上海戏剧学院 SHANGHAI THEATRE ACADEMY 电影学丛书
文化部文化艺术科学研究项目（14DC17）成果

改编与中国电影

Adaptation and Chinese Film

万传法◎著

CFP 中国电影出版社
2020 · 北京

图书在版编目(CIP)数据

改编与中国电影 / 万传法著. —北京：中国电影出版社，2020. 6（2021. 9重印）
ISBN 978-7-106-05103-7

Ⅰ. ①改… Ⅱ. ①万… Ⅲ. ①电影改编—研究—中国 Ⅳ. ①I207. 351

中国版本图书馆CIP数据核字（2020）第096625号

责任编辑：苗　卉
装帧设计：联创睿合
责任校对：林　娜
责任印制：赵匡京

出版发行　中国电影出版社（北京北三环东路22号）　邮编：100013
电话：64296664（总编室）　64216278（发行部）
64296742（读者服务部）　E-mail：cfpbjb@126. com
印　　刷　中国电影出版社印刷厂
版　　次　2020年8月第1版　2021年9月北京第2次印刷
开　　本　710mm × 1000mm　1/16
印　　张　15
字　　数　220千字
定　　价　68.00元

目录

自序

2014年秋，我还在美国访学期间，得到了我申报的文化部文化艺术科学研究项目——《新世纪中国改编电影与产业关系研究》——获得通过的通知，心情很是愉悦。之所以申报这个课题，是基于一个有目共睹的事实：21世纪以来中国电影改编所显示出来的产业能量，正在极大地改变着我们对于"改编电影"的传统认知，对于它的研究，或许正是解开中国电影发展之核心的关键所在。然而在研究中，我却又深刻地感觉到，仅限于21世纪以来的电影改编研究，似乎又不能详尽描述其由来，以及对于其历史性规律的探察，亦缺乏一种比照的角度和视野，因而有必要引入一种"宏观历史"的书写方式和研究思路。基于此，我将21世纪之前整个中国电影改编的历史纳入到了研究之中，借以历史性的梳理，详细考察了中国电影改编的某些历史规律和历史征候。这样做的结果，虽导致了原先课题研究重点的某些偏差，但却又是值得庆幸的，因为它给予了此研究以某种历史性的关怀，以及一种"上帝视角"式的自我审视和思考。

在本书的写作过程中，我要特别感谢两个人。一个是中国艺术研究院的研究员李清博士，虽与她未曾谋面，但她的著作《中国电影文学改编史》，却给予了我很多启发，她的许多观点与我不谋而合，令我欣喜异常。因而在本书中，我不仅引用了她梳理或挖掘的许多基础性历史史料，也吸收了她的一些观点。可以说，她的这部著作，对于本书的写作，助力大焉！另一个要感谢的人，是兰州大学的副教授周仲谋博士，他的《消费文化语境下的中国电影改编》一书，也令我大有如获至宝之感，该书不仅对当下中国电影改编的发展现状给予了深入分析，同时也提出了自己的理论思考。这对我的研究大有裨益！同时，我还要感谢上海大学的教授冯果博士、复旦大学的副教授龚金平博士，他们闻听我在做这一课题后，也纷纷寄来自己的研究著作，他们的支持，都在书中有所体现。

特别感谢厉震林教授对我一如既往的支持和鼓励，特别感谢我的博士导师陈犀禾教授、硕士导师钟大丰教授一直以来对我的关爱，以及特别感谢我的家人。

绪论

文学作品的电影改编，是将小说、戏剧、散文、随笔、诗歌、漫画等体裁改编、转换为电影文学、文本的一种活动。这种活动由来已久，几乎可以追溯到世界电影的诞生期。“事实上，自电影这一艺术形式产生之初，就有改编电影出现。最早改编自文学的电影是1897年的《南茜·赛克斯之死》，它是查尔斯·狄更斯的小说《雾都孤儿》中的一段情节。”[1]再譬如，法国著名电影导演梅里爱的《月球旅行记》(1902)，就是改编自儒勒·凡尔纳的《从地球到月球》和H.G.威尔斯的《最早登上月球的人》。而有的学者认为，中国电影史上的第一部电影，也是来源于传统戏曲名剧的电影——1905年拍摄的《定军山》，虽然只是将摄影机固定不动如实记录京剧名家的一段戏曲表演，但这部戏曲是一个有头有尾的故事，它通过胶片摄制，在银幕上放映，不仅是一个艺术样式的改编，同时也是一次电影改编的行为。也就是说，这部改编自古典名著《三国演义》情节片段的戏曲被搬上银幕，实际上算是一种原始的、粗糙的文学改编行为。[2]虽然这一说法还有待商榷，但种种迹象表明，

【1】 约翰·M.德斯蒙德、彼得·霍克斯：《改编的艺术：从文学到电影》，李升升译，世界图书出版公司，2016，第110页。

【2】 李清：《中国电影文学改编史》，中国电影出版社，2014，第17页。

无论中外，文学作品的电影改编，在电影诞生后不久，特别是进入20世纪之后，已成为一种世界性现象及世界性传统。事实上，那些各个历史时期的代表性作家的代表作品，都曾被改编搬上过电影银幕，有的作家的作品还不止被改编一次、一部。比如19世纪的法国作家维克多·雨果的多部作品，由他写作的长篇小说《悲惨世界》《九三年》等，曾经数次被搬上法国银幕，其中《悲惨世界》还数度被改编；司汤达的《红与黑》等长篇小说，也曾多次被搬上银幕；此外，还有巴尔扎克的《欧也妮·葛朗台》《幻灭》《高老头》等，这些名著均被相继改编成电影。据统计，改编自大文豪莎士比亚作品或者依托其创意的作品，至少有400部；列夫·托尔斯泰的一部《安娜·卡列尼娜》就被改编达13次之多；普希金的作品被搬上银幕也达50多次。[1]

毫无疑问，上述数字还将会随着岁月的流逝而不断增加，而如此悠久、广泛且频繁的改编，亦为我们的研究提供了坚实的基础。当然，事实远不止于此，在其原因索引上，以下证明可能更为有效：电影对印刷文本的改编一直持续到今天。尽管评价各有不同，但大多数评论家一致认为，约1/3的现代商业电影取材自文学作品。布莱恩·麦克法兰引用莫里斯·贝雅的统计表明，从第一届奥斯卡奖评比开始，改编电影获得奥斯卡最佳影片奖项的占全部获奖电影的3/4。在2003年奥斯卡奖项评选中，所有5部提名最佳影片的电影均是改编自文学作品，包括《纽约黑帮》《指环王2：双塔奇兵》《时时刻刻》《钢琴家》，以及最终的获奖影片《芝加哥》。在2004年奥斯卡奖项评选中，提名最佳影片的5部电影中，有4部是改编电影，包括《神秘河》《奔腾年代》《怒海争锋：极地远

【1】吴辉：《改编的艺术——以莎士比亚为例》，载张冲主编《文本与视觉的互动——英美文学电影改编的理论与应用》，复旦大学出版社，2010，第18页。

征》，以及最终获奖的《指环王3：王者无敌》。[1]而相同的描述还有：一个有目共睹的事实是，100多年的电影发展史中，电影和文学一直相伴相生，相互补充借鉴交缠，互动着向前发展。而同样作为叙事的艺术，文学因其数千年的厚盛历史和深厚底蕴，使电影这门年轻的艺术不断从文学中汲取养分，并直接将许多文学作品改编后搬上银幕，其数量蔚为可观，占据了所有拍摄电影的半壁江山。[2]而据资料统计，在世界影片的年产量中，改编影片约占40%左右。我国近年来根据文学作品改编成的影片也日益增多，大体占全年故事片生产的30%。[3]而且，改编影片经常独占鳌头，获得影坛上的最高荣誉。我国的改编影片情况也是如此，在历届获"金鸡奖"最佳故事片奖的影片中，大部分也是改编影片：1981年，第一届"金鸡奖"最佳故事片奖《天云山传奇》，根据鲁彦周同名小说改编；1982年，第二届"金鸡奖"最佳编剧奖《被爱情遗忘的角落》，根据张弦同名小说改编；1983年，第三届"金鸡奖"最佳故事片奖《人到中年》，根据谌容同名小说改编，《骆驼祥子》，根据老舍同名小说改编；1985年，第五届"金鸡奖"最佳故事片奖《红衣少女》，根据铁凝小说《没有钮扣的红衬衫》改编；1986年，第六届"金鸡奖"最佳故事片奖《野山》，根据贾平凹小说《鸡窝洼的人家》改编；1987年，第七届"金鸡奖"最佳故事片奖《芙蓉镇》，根据古华同名小说改编；1988年，第八届"金鸡奖"最佳故事片奖《老井》，根据郑义同名小说改编。[4]

无论数量还是质量上的占优，都保证了电影改编这一传统的持久性。但是，我们还必须看到，就电影改编而言，它在电影的早期和当

【1】约翰·M.德斯蒙德、彼得·霍克斯：《改编的艺术：从文学到电影》，李升升译，世界图书出版公司，2016，第2—3页。

【2】李清：《中国电影文学改编史》，中国电影出版社，2014，第3页。

【3】汪流：《中国的电影改编》，中国广播电视出版社，1995，第2页。

【4】同上，第2—3页。

下并非可以同日而语。约翰·M.德斯蒙德和彼得·霍克斯注意到，到1908年，当电影已经把自己调整到可以很好地完成故事讲述时，改编不仅使创作变得相对容易，一个更重要的原因是，电影可以借文学的威望来提高自身这一新的艺术形式。因为调查显示，在1911年，78%的纽约观众是由“工人阶级”构成的。而当时盛行的5分钱娱乐场，也主要集中在拥有大量蓝领工人和移民的制造业城市。在此情况下，若想吸引中产阶级光顾影院，其中一种方法就是鼓励电影制作者拍摄迎合中产阶级妇女儿童的电影，而改编经典文学名著是参展商用来吸引中产阶级的市场策略。此后，随着电影对外传播的日益加强，电影改编又肩负了向本国人民及世界大众普及本国文化遗产的任务。譬如英国，不仅改编了大量的莎士比亚的作品，其他一些英国作家，包括查尔斯·狄更斯、简·奥斯汀、勃朗特姐妹、托马斯·哈代、约瑟夫·康拉德、弗吉尼亚·伍尔夫、D.H.劳伦斯等，他们的作品也经常被改编，有效传播了英国文化。不过，另一方面，改编一部文学作品的初衷，在商业制作者那里，是相信这部电影可以赚钱的。以好莱坞为例，随着制作成本的不断增加，每部影片的预算都高得惊人，而为了使风险最小化，电影公司都普遍认为，不管是经典文学作品，还是从未列入标准范畴的通俗文学，都是拍摄电影的最优选择。因为无论经典还是通俗，都拥有大量的读者群，而这些都有可能转化为未来的票房奇迹，或者至少是取得成功最基本的条件。[1]

上述种种，是对改编之重要性及其研究之必要的回答，虽非全面，但却深中肯綮，而这也顺理成章地引出对于改编研究的世界性及普遍性话题。“从安德烈·巴赞《非纯电影辩——为改编辩护》、杰·瓦格纳《改编的三种方式》、乔治·布鲁斯东《从小说到电影》，到21世纪以来

【1】 约翰·M.德斯蒙德、彼得·霍克斯：《改编的艺术：从文学到电影》，李升升译，世界图书出版公司，2016，第17—20页。

莫尼克·卡尔科–马赛尔和让娜–玛丽·克莱尔的《电影与文学改编》、罗伯特·斯塔姆和亚历桑德拉·雷恩格的《文学和电影：电影改编理论与实践指南》等著作，电影改编问题一直受到西方学者的关注。”[1]此类名单还可以列出很多，譬如安德烈·戈德罗的《从文学到影片——叙事体系》、雅各布·卢特的《小说与电影中的叙事》，以及本书前面提到的约翰·M.德斯蒙德和彼得·霍克斯的《改编的艺术：从文学到电影》等，不一而足。而论及国内的电影改编研究，“首先应提到夏衍。夏衍从1958年到1963年，先后发表了《杂谈改编》《谈〈林家铺子〉的改编》《漫谈改编》《对改编问题答客问——在改编训练班的讲话》等一系列文章和讲话，来探讨电影改编问题。20世纪80年代国内电影改编研究形成了又一个高潮，围绕‘电影与文学的关系’、‘忠实于原著’和‘戏剧式改编’等问题，学界展开了激烈的争论，张骏祥、郑雪来、李振潼、张卫、金天逸、仲呈祥、汪流等学者纷纷撰文，发表自己独特的见解。另外，还有大量对具体改编影片进行个案研究、指出其艺术上成败得失的学术论文出现”[2]。进入20世纪90年代，特别是21世纪之后，随着电影业的全面复兴，对于电影改编的研究也越加深入，除了老一辈电影学者汪流的《中国的电影改编》等书之外，一大批新的研究者开始崭露头角，如李清的《中国电影文学改编史》、冯果的《当代中国电影的艺术困境——对电影与文学关系的一个考察》、赵庆超的《文学书写的影像转身——中国新时期电影改编研究》、傅明根的《从文学到电影——第五代电影改编研究》、龚金平的《开放视野下多维对话关系的构建——作为历史与实践的中国当代电影改编》、周仲谋的《消费文化语境下的中国电影改编》等，都对电影与文学的关系、电影改编问题，进行了深入的研究与思考。

【1】周仲谋：《消费文化语境下的中国电影改编》，中国社会科学出版社，2015，第1—2页。
【2】同上，第2页。

然而无论中外，其研究都集中在“电影改编观念”“电影改编理论”“电影改编模式及方式”“电影与文学关系”等几个方面。就本书而言，上述问题同等重要，因为只有将这些基本问题澄清，本书随后的讨论和研究才能变得顺理成章。

第一，就电影改编观念而言，“能否改编”和“要否忠实”是其中的两大核心问题。但相比而言，后者所掀起的讨论和讨论的持久性要远甚于前者。尽管在历史的长河中，有关“能否改编”，也就是“改编的合法性”问题，曾有过争论，但在爱森斯坦、普多夫金、贝拉·巴拉兹、安德烈·巴赞等人不断地理论表述及提倡下，特别是长期以来的历史实践、创作实践，早已经证明了改编的必要性与合法性，所以，就算有一些先锋派、实验派等提出反对意见，但因之而建起的“改编”之大厦，已无法动摇。相反，由于对于“忠实度”的理解和价值判断的模糊性及不确定性，不仅导致了讨论的广度，而且决定了讨论的长度，此问题自有改编伊始，相伴相随，一直延续至今。在此历史长河中，虽有时代、民族、文化、地域等的差异，但却以“要否忠实于原著、是否忠实于原著”，分成了两大阵营。“改编要忠实于原著”一方，国外的代表人物有安德烈·巴赞、苏联电影学派的普多夫金、什克洛夫斯基等人，国内的代表人物则有夏衍、汪流等人。如巴赞认为，“那些以所谓符合银幕要求为名而很少关心忠实原著的人既歪曲了文学，也歪曲了电影”[1]，“电影家如果忠实于文学原著，自己也会获益匪浅”[2]，因此，“好的改编应该能够形神兼备地再现原著的精髓”[3]。安德烈·巴赞的改编观显然是与他的电影观完全一致的，即在一种“木乃伊情结”的驱使下对于“现实”（延伸至文学）的一次完全的记录、再现与复原。正是在此意义

【1】安德烈·巴赞：《电影是什么？》，崔君衍译，中国电影出版社，1987，第101页。

【2】同上，第97页。

【3】同上，第99页。

上，安德烈·巴赞所谓的“忠实”，不仅是指一种外在的忠实，也指一种内在的忠实。而在某种程度上，巴赞的“忠实观”，不仅代表着一种普遍性，也相应地划定了“忠实”的域限范围。因此，无论是“完整再现原著的思想艺术风貌”，还是“忠实于原著的精神实质”，无论是“严格地把本文转变成电影语言”，还是“保持叙事核心、原著精神然后进行重新结构”，都无出其右。在这方面，普多夫金、什克洛夫斯基等人的观点，大多如此。

夏衍的改编观念，与安德烈·巴赞大多一致，特别是在经典文学名著的改编问题上尤其如此。在《杂谈改编》一文中，他曾谈道：“从改编不可避免地要有所增删，很自然地就会联想到容许增删的程度、范围——也就是改编本与原作的距离的问题。对此，我以为应该按原作的性质而有所不同。假如要改编的原著是经典著作，如托尔斯泰、高尔基、鲁迅这些巨匠大师的著作，那么我想，改编者无论如何总得力求忠实于原著，即使是细节的增删、改作，也不该越出以至损伤原作的主题思想和他们的独特风格。”[1] 尽管后来夏衍的“忠实观”有所发展和侧重，譬如，强调个人的世界观对于改编的重要性，强调“戏剧式改编”等，但不管如何变化，“忠实于原著”是他始终坚持的名著改编的基本原则。在此方面，汪流的观点如出一辙，他认为，对待名著，还应在忠实原作精神的基础上，以电影的方式进行创造，这是一种比较妥当的观点。其理由是：1. 原作已经具有了反映生活的深刻程度和思想高度，有的已经达到当时历史条件下的顶点，如果改编者违背历史真实，任意篡改或拔高原作，其结果必然会损坏原作真实完美的艺术形象。这种状况，在电影改编中已屡屡发生，似不少见。如原作《伤逝》写的是个人奋斗、爱情至上的失败，改编后的主题成为“通过一对青年人恋爱的悲

【1】 夏衍：《电影论文集》，中国电影出版社，1979，第222页。

剧来反对封建势力，抨击旧社会”，反而破坏了原作形象的完整性。又如小说《骆驼祥子》的改编者为了“不忍心让人们在银幕上看到祥子颓然堕落”，其结果反而削弱了原作中“人把自己从野兽中提拔出，可是到现在人还把自己的同类驱逐到野兽里去”的主题意义。故而，无论是影片《伤逝》还是影片《骆驼祥子》，在现实主义的深度上反倒不如原作深刻了。2. 原作中的人物形象已经活跃在读者心中，形成较固定的印象。如果改编者任意改动，变化他们在整个艺术形象中的位置，使原作中的人物形象或被抬高，或被压低，也都会引起观众的反感。如老舍先生早已提醒：“我的眼一时一刻也离不开祥子，写别的人正所以烘托他……我决定不许任何人夺去祥子的主角地位。”(《我怎样写〈骆驼祥子〉》) 改编者恰恰在影片中让虎妞去替代祥子的主角地位，既违背了老舍先生的原意，也使观众感到失望。再如影片《药》，把原来处理为暗线的夏瑜改编成明线，大写特写其行刺、就义等行为，无疑也使原作形象起了变化。观众对这种任意改编人物形象的做法是不满的。3. 原作中的风格、情调和意境，是唯成功之作所独具的重要方面，它为读者所欣赏和熟悉，若加破坏，更会使观众感到不可容忍。如小说《药》中所包含的悲凉、孤寂、黑暗、阴冷的调子，被影片中夏瑜壮烈、激越的调子所代替；小说《伤逝》中那种凝固、困窘的意境，被影片中反封建的高昂情调所代替；小说《骆驼祥子》中冷静、严峻的批判现实主义和悲剧色彩，也因虎妞的被突出而遭到削弱。于是，观众因再难以从这些影片中领略到原作的气质和情趣，再难品尝到原作的“味儿”而感到失望。[1] 在如此详细的阐述后，汪流给出了自己的“忠实观”，他认为，忠实于原作，并不是要使电影成为原作的附庸，丧失自身的美学价值，而是要能创造出全新的电影艺术形式来。因此，所谓“忠实”，主要是

【1】 汪流：《中国的电影改编》，中国广播电视出版社，1995，第27—28页。

指忠实于原作的精髓（或叫作“神韵”和“实质”），绝非是指要受原作形式的束缚。[1]

与“忠实于原著”之观念相反，坚持“非忠实观”的也大有人在。譬如，贝拉·巴拉兹就倡导一种彻底的“自由改编”，要求把原著仅仅当成未经加工的素材。他说：“如果一位艺术家是真正名副其实的艺术家而不是劣等工匠的话，那么他在改编小说为舞台剧或改编舞台剧为电影时，就会把原著仅仅当成是未经加工的素材，从自己的艺术形式的特殊角度来对这段未经加工的现实生活进行观察，而根本不注意素材所已具有的形式。”“几乎每一个在艺术上严谨而又杰出的改编作品，都对素材进行过这样一种新的解释。”[2]乔治·布鲁斯东也持相同观点，他认为：“当一个电影艺术家着手改编一部小说时，虽然变动是不可避免的，但实际的情况却是他根本不是在将那本小说进行改编，他所改编的只是小说的一个故事梗概——小说只是被看作一堆素材。他并不把小说看成一个其中语言与主题不能分割的有机体；他所着眼的只是人物和情节，而这些东西却仿佛能脱离语言而存在。”[3]

约翰·M.德斯蒙德和彼得·霍克斯在《改编的艺术：从文学到电影》一书中，对上述观点进行了更为深入的分析。他们认为，只有“改编电影”能够“不忠实”于原著，而描述忠实度的语言除了使改编带有人类道德色彩，它还暗示一种等级制度。当一位评论家说，一部电影忠实于原著，他就使人们注意到一种时间顺序。文学本身是忠实的，然而改编一定是忠实于自身之外的其他东西，即一些以前便有的东西，一些先例。虽然文学作品是首先被创造出来的，但事实上，并无法保证文学作品优于其改编电影。例如，詹姆斯·M.凯恩的中篇小说《双重赔

【1】汪流：《中国的电影改编》，中国广播电视出版社，1995，第28—29页。

【2】贝拉·巴拉兹：《电影美学》，何力译，中国电影出版社，1982，第247—248页。

【3】乔治·布鲁斯东：《从小说到电影》，高骏千译，中国电影出版社，1981，第67—68页。

偿》，其艺术价值就小于比利·怀尔德的同名改编电影。虽然这部电影几乎保留了小说中所有的人物和大量的情节，但它采用更加可信的描述、幽默生动的对话，以及一个简单明了的结局，替换了书中难以描述的女主人公形象、僵硬的对话，以及复杂的结局。继而，他们写道，詹姆斯·纳雷摩尔提供了一份列表，总结了改编超越文学原著的电影作品：茂瑙执导的《日出》、威尔斯执导的《安倍逊大族》、奥菲尔斯执导的《一封陌生女子的来信》、福特执导的《双虎屠龙》，以及希区柯克执导的《惊魂记》。最后，他们总结道：事实上，文学原著先问世，并不能保证在审美上它就优于改编电影。[1]

关于电影改编“应否忠实于原著、要否忠实于原著”的问题，其争论还会一直持续下去，因为不管怎样，双方都有成功的案例，也都有失败的案例。但相较而言，本书更倾向于后者，这是因为：1. 随着时代的发展，文学原著中所描述的一些东西或所呈现的思想主题等，都已发生了或多或少或根本性的变化，如果一味遵从“忠实于原著”，失败的可能性将会增大。2. 电影观众的审美倾向和审美趣味，亦会随着时代和时间的变化而变化，如果不能与时俱进而墨守成规，也可能会导致失败。3. 文学是文学，电影是电影，这是两种不同的媒介，两种不同的艺术，因此电影改编要遵从电影的艺术规律和媒介特点，在这层意义上，文学只能是一种叙事学层面上的“素材”，电影应根据自身的方式对其加以合理化地重新编排、改造和重塑。4. 电影的根本任务，在于“创造”和“升华”，而不是“忠实”。或者说，电影的任务并非在于满足对于文学的“重温”，而是应该立于文学的肩头，更上层楼。以非凡的创见或者以更流畅、更前卫、更多变的叙述方式，完成对于文学的超越。

【1】约翰·M.德斯蒙德、彼得·霍克斯：《改编的艺术：从文学到电影》，李升升译，世界图书出版公司，2016，第55—56页。

上述理由还可以罗列很多，但倾向归倾向，我们不能用倾向来以偏概全，更不能以倾向作为衡量一切改编的标准。就本书而言，仍坚持相对论和辩证法的原则，也就是采用具体作品具体对待的方法。

第二，就电影改编理论而言，本书认为，所谓的“改编理论”，是在对电影观念及电影本性的认识基础之上所形成的一套完整的改编理论体系及方法论建设。围绕“忠实观”的思考及对各改编媒介的认识，在某种意义上，电影的改编理论首先是建立在各种改编源的非本体论之上的，也就是“小说式改编理论”“戏剧式改编理论”“散文式改编理论”“诗（史）式改编理论”“非文学式改编理论”等等。相较而言，由于“戏剧式改编理论”影响较大，在此将先讨论之。

戏剧式改编理论，是基于对戏剧及戏剧与电影的关系的认知所形成的一套理论，该理论不仅具有世界性的广泛影响，且一直持续至今并仍将持续下去。此理论之核心在于：改编文本必须要有一个比较完整紧凑的情节，要有一个比较完整的故事，即要有矛盾、有斗争、有结局。或者说，它是按照冲突律为情节和结构基础，并依次建构起善恶分明的阵营及代表人物、冲突的中心事件、起承转合的情节线索、有头有尾的完整故事等如此一套改编程序的理论。在此需要特别强调指出的是，戏剧式改编理论并非只针对戏剧这一样式，而是涵盖所有体裁领域（小说、散文、诗歌等）的一种改编理论。而在这种“戏剧式”改编理论的指导下，也相应地产生出一整套改编方法。汪流认为，其中最明显的，表现在把小说改编成电影的过程中：首先改编者往往要去挑选一部结构紧密、富有戏剧性的中篇小说来改编，因为这样的小说，既符合他们所需求的结构特点，篇幅的长度也比较适合于一部影片的容量。而如果被改编的是一篇叙事性较强、戏剧性较弱的小说，那么改编者也往往要把小说中作者用叙述口吻所做的侧面描写，一律改为人物的外部行动，并把通过作者叙述出现的一个个场面，删去枝蔓，用情节线索贯穿起来，加强情节的紧张性。[1]汪流的这一概括虽然并不全面，但注重“戏剧（冲突）性”“叙事性”“连贯性”“动作性”“外部性”等等，无疑已成为这一改编的方法论原则和依据。

戏剧式改编理论的实践，自梅里爱、格里菲斯初创，至经典好莱坞时期达至中兴，再至现在，中间虽遭受先锋派电影、蒙太奇学派、意大利新现实主义、法国新浪潮、后现代主义等思潮或流派的冲击，几度起起落落，但却一直不曾中断过，至今，它仍是保证市场票房、吸引观众的最重要的改编方式之一。在中国，戏剧式改编理论的形成与发展，也有一个波动起伏的过程。周仲谋在《消费文化语境下的中国电影改编》一书中曾详细描述了这一过程：从“戏剧式改编”的历史渊源，到关于“戏剧式改编”的论争，再到消费文化语境下的现实发展，皆给予了详细分析。其基本表述是：1. 电影初创时期，因向戏剧和文学学习叙事，从而渐渐形成了“戏剧式电影”，而“戏剧式电影”的广受欢迎，则推动了“戏剧式改编”的出现。在20世纪三四十年代，虽然也有“散文式改编”的成功案例出现，但“戏剧式电影”和“戏剧式改编”却一直占据着主流。新中国成立后，出于政治环境的需要，“戏剧式电影”和“戏剧式改编”更是受到前所未有的重视。因为“戏剧式电影”具有完整紧凑的故事情节、紧张剧烈的矛盾冲突和性格鲜明的人物形象，能够更好地根据政治要求来表达敌我之间的矛盾斗争、塑造性格鲜明的革命英雄形象，同时也更符合一般大众的接受水平和观影心理。2. 20世纪七八十年代，关于“丢掉戏剧的拐杖”所引发的大讨论，直接催生了电影向本体论的靠拢，以及改编多样化的发展，但矫枉过正的结果，却导致了另一种片面化。譬如“第五代”。不可否认的是，“第五代”的艺术探索将中国电影带到了一片

【1】 汪流：《中国的电影改编》，中国广播电视出版社，1995，第99—100页。

新天地，但是，对“戏剧式电影”和“戏剧式改编”的过分冷漠，也导致了中国内地电影在20世纪八九十年代的另一种片面性发展，即只重视画面感和造型性，忽视了故事性和趣味性，只重视意境韵味的营造，忽视了矛盾冲突的设置。进入21世纪以后，当“第五代”导演张艺谋、陈凯歌等人开始拍摄商业大片时，他们实际上已经不会讲故事了。无论是《英雄》《满城尽带黄金甲》，还是《无极》《赵氏孤儿》，在故事情节的合理性和矛盾冲突的安排上总是遭人诟病。从某种程度上说，这与长期忽视“戏剧式电影”和“戏剧式改编”有很大关系。

3. 进入21世纪之后，在以消费为主导的文化语境下，“戏剧式电影”和“戏剧式改编”有了重新焕发生机的现实土壤，这是因为，“戏剧式改编”有助于弥补当前电影改编实践中不会讲故事的缺陷；“戏剧式电影”和“戏剧式改编”对戏剧冲突合理而巧妙的设置，有助于增强影片的“戏剧性”，营造紧张激烈的剧情氛围；借鉴“戏剧式改编”的成功经验，有助于消除当下改编影片中人物行为动机和因果关系逻辑上存在的断裂和疑点，使影片情节发展和人物形象性格显得真实可信。不过，在借鉴的同时，还应注意处理好几个方面的问题。一是“戏剧式改编”方式与尊重原著的关系问题，亦即并非所有的文学作品都适合用“戏剧式”的方式进行改编。如果文学原著本身的故事性比较强，有较好的情节设计和比较激烈的矛盾冲突，在改编时就有可能做到“戏剧式改编”方式和尊重原著的完美结合。二是“戏剧式改编”方式与其他改编方式的关系问题，亦即在尊重“戏剧式改编”的前提下，多向其他改编方式——如散文式改编、诗式改编——吸收借鉴。三是故事讲述与主题表达的关系问题。亦即改编影片不能只满足于讲述一个跌宕起伏、严密有致的故事，还要回答“为什么讲述这个故事”。也就是说，改编影片不仅要把故事讲好，讲得曲折生动、引人入胜，还要有积极向上的主题表达，要使观众从影片讲述的故事中受到启迪，获得感悟。[1]

本书对周仲谋的这一表述，基本持赞同的态度，不过，本书想要补充的是：首先，我们应该对“戏剧式改编”的属性问题有一个更进一步的认识。毫无疑问，“戏剧式电影”及“戏剧性改编”的出现，一方面是为了自身的成长，也就是电影需要借助戏剧、文学的叙事经验，而促使自己发展壮大，但另一方面，我们还必须看到，正如约翰·M.德斯蒙德和彼得·霍克斯在《改编的艺术：从文学到电影》一书中所描述的，电影天然地倾向于“戏剧式改编”，更多是从吸引观众这一商业目的出发的，所以，与其他改编理论、改编方式相比较，“戏剧式改编”更具有一种商业属性。其次，在对“戏剧式改编”进行分析的过程中，还应注意到“戏剧式改编”自身的进化问题，也就是在100多年的历史发展中，不仅“戏剧观念”本身在不断发展变化（譬如，对“戏剧性”的认识，以及有关“场景性”“空间性”“媒介性”等的理解，都在发生变化），而随着科技的发展，特别是剧场的变化、观影方式的变化等等，也会对“戏剧性”产生影响，或许在未来，“交互性”“互动性”“沉浸性”将会取代旧有的“戏剧性”而成为新的“戏剧性”。最后，我们还应注意到“戏剧式改编”在与体裁及类型的结合过程中，所应具有的“差异性”问题。也就是说，“戏剧式改编”在小说、散文、诗歌，以及在科幻片、武打片、爱情片、伦理片等不同体裁及类型之中，或许其“改编的观念及方式”并不相同。

小说式改编理论，在某种程度上，并不排斥“戏剧性”，当然也不排斥“散文性”和“诗（史）性”等特征，然而相较而言，这是一种偏重“文学性”“叙事性”，以及以此为基础所建立起来的一套改编理论。约翰·M.德斯蒙德和彼得·霍克斯在《改编的艺术：从文学到电影》

【1】周仲谋：《消费文化语境下的中国电影改编》，中国社会科学出版社，2015，第49—58页。

一书中，对小说改编的一些基本原理给予了详细分析。对中长篇小说的改编，他们在讨论了其中的剪裁，视觉化，削减人物角色、场景、次要情节，人称叙事，外部因素等问题之后总结道：小说中的一些元素，比如背景和人物，有助于电影的展开，但其他的因素，比如作者的观点立场，是很难转移到电影里的。不像短故事，小说的改编者被迫要剪切、压缩、合并或截断叙事元素，以此来适应故事片电影的平均长度。这些改编导致电影与小说产生不同的叙述重点。在剪辑和转换的基础上，改编者不得不处理一些与小说无关但仍会影响改编的外部决定因素。商业电影拍摄耗资巨大，需要大批量的受众。编剧、导演、制作人和其他演职人员也许会改变一部小说的开头或结尾，或是调整故事的品位和道德倾向以适应公众的期待，以此解决电影商业令人生畏的经济问题。[1]而在论及短篇小说的改编时，他们认为有三种策略可单独也可混合使用，这三种策略是：1. 集中策略。电影创作者保留了短篇小说中的大部分叙事元素，将这些元素集中在电影的开场、中间或结尾处，将新创造的元素添加到电影其他地方。2. 交织策略。电影创作者保留了短篇小说中的大部分叙事元素，将这些元素分散在电影中（尽管未必按照他们的原始顺序），将新创造的元素，或对小说的开展，交织进已经存在的元素中。3. 出发点策略。电影创作者削减掉短篇小说中的大部分叙事元素，保留情节的前提、人物名字，或者只是标题，以这些元素作为出发点，拓展为一个新的故事。[2]

在此需要特别强调的是，虽然上述小说改编的一些基本原理，同样适用于小说式改编，但小说改编并不等同于小说式改编。小说改编属于技巧范畴，可以运用各种手段，将其自身改成各种体裁的创作方式。而

【1】 约翰·M.德斯蒙德、彼得·霍克斯：《改编的艺术：从文学到电影》，李升升译，世界图书出版公司，2016，第162—163页。

【2】 同上，第179页。

小说式改编则属于一种观念范畴，在某种程度上是反“小说改编”而行的，它是旨在将其他体裁样式（包括小说）改编成“小说式”的一种创作观念和理论方式。与戏剧式改编相比，它具有如下特点：1.更加追求“文学性”和“文学品质”；2. 结构更加自由和多样，既可以是戏剧性的，也可以是非戏剧性的；3. 叙述方式也更加灵活，既可以采用全知视角，也可以采用第一人称视角和其他剧中人视角，还可以混合使用；4. 情节线索也是自由灵活的，既可以采用单一线索，也可以运用明线暗线，还可以采用多线交织等。

与小说式改编同理，散文式改编和诗（史）式改编，也是相较而言侧重于“散文性”或“诗性”的两种改编方式。这两种改编，在电影史上皆有非常成功的案例，在此不一一列举。与其他改编相比，散文式改编除了“散文性”这一最突出特点之外，更加强调一种“意绪”或“意蕴”，在结构上，更加随意和松散，而在情节上，可以容许“零情节”的存在。而诗（史）式改编，由于与散文式具有某种天然的亲近性，所以散文式改编的一些特点，诗（史）式改编也可通用，但除此之外，诗（史）式改编，更强调一种“诗意”和“诗境”，此外，若更偏“史”的话，历史的厚重性、多重性、传奇性、绵延性等特征，也是其特色所在。

以上，是按照文体体裁所进行的划分。然而，还有另外一种划分方式也较为普遍，那就是按照“文艺思潮”或某种“消费趋向”所划分而成的“现实主义改编”“现代主义改编”“后现代主义改编”“娱乐化改编”“跨文化改编”等。赵庆超在《文学书写的影像转身——中国新时期电影改编研究》一书中，就以此为划分依据并对“现实主义改编”“现代主义改编”“后现代主义改编”进行了详细分析。在论及“现实主义改编”时，他首先把现实主义看作一种倾向，一种通过艺术手段来表现或批判现实的态度和倾向。现实主义不是纪录片式的平面化地展现现实世界，而是在挖掘和梳理生活真实的基础上概括现实生活的本质特征以达到艺术的真实，从而反映出新时期中国社会的心理变迁和文化转型的深层动因。其次，把现实主义看作一种表现现实的艺术手段，如追求细节的真实、人物和环境的典型性、情感表现的内倾性等等。现实主义呈现为一套表现现实世界的叙事手段和艺术方法，在人物塑造、情感表达、情节设计和环境建构上都是紧紧围绕主题思想上的现实主义精神服务。这种精神不仅表现在文学作品中，而且还以别样的形式转化到电影文本中，丰富和深化文学性的表现元素，成为新时期以来文学艺术改编的重要景观之一。[1]

在“现代主义改编”篇章中，他以“精神异化”“焦虑情结”“孤独体验”三大主题分类。在“精神异化”主题系列中，改编方式一般喜欢把历史场景压缩抽取为文化、人性、生存等层面的主题内涵，喜欢把关注的兴趣转向历史和民间，借逃离正史束缚的野史和民间建构自己的人性世界，追求整体基调的寓言化或象征性和局部叙述与细节描绘的逼真性，同性恋、通奸、乱伦、原罪、嫉妒、诅咒等关于生命异化的原型故事在过去的时间隧道里达到了以假乱真的地步，昭示着人性反思与批判的深度和广度。[2]在“焦虑情结”主题系列中，改编不管是侧重于物质层面所引发的焦虑的书写，还是侧重于精神层面所引发的焦虑的书写，都突出人的内心世界的分析与展示，显示心灵在与残缺的外部世界碰撞时所产生的沉重创伤，这种向内转的书写形式带有借鉴西方现代主义文化主题的鲜明印迹。[3]而在“孤独体验”主题系列中，作者认为，对于当代的主题建构而言，这种注重深度呈现的现代主义孤独、死

【1】 赵庆超：《文学书写的影像转身——中国新时期电影改编研究》，齐鲁书社，2012，第24—25页。

【2】 同上，第70页。

【3】 同上，第82—83页。

亡的生存命题依然非常重要，它使得文学穿越浅层化的现实表象，向生命和世界的更高层面跃进。由《命若琴弦》《草房子》《活着》等作品可以看出这种文学生长的维度在新时期多元文学语境中存在的现实，但亦应看到，当它向影像转换进行新的话语编码时，由于新的时代语境和新的艺术规律的制约，其深度化的文化主题往往会在一定程度上被消解或转化，导致精英文学精神的空前失落与俗化。而如何避免这种现象的发生，则是此类电影改编应该注意的问题。[1]

在“后现代主义改编”篇章中，作者总结了“后现代改编”的几种特征和倾向：一是解构和颠覆传统权威。包括政治历史权威、知识精英形象，以及传统伦理情感。二是复制和戏仿平面生活。包括消解苦难本质，掩饰不幸生活；添加喜剧元素，剔除讽刺功能；烘托闹剧氛围，增强游戏动机。三是臣服和向往感官愉悦。包括建构金钱神话，增加性爱话语，以及崇尚暴力美学等。[2]

赵庆超的上述分析，给了我们一个较为基本的认识，然而，在某种程度上，他的归纳与梳理，虽涉及改编的一些基本原则，但更多是一种主题文化学意义上的总结。本书认为，这种以“文艺思潮”为导向的改编理论，虽然必不可少地会被引入其“理论预设”，但必须清楚，不管何种改编理论，都是基于一种“核心本质”的整体设计和整体建构。譬如现实主义改编理论，其核心在于“现实性”，而非“现实”，因此其理论的整体建构，应是以“现实性”为基础的改编方式：注重对现实深层结构的挖掘，注重对人物、细节等的现实性处理，注重对现实本质的追问、思考和批判，注重对现实的日常性处理，注重对结局的敞开性思索等；再譬如现代主义改编，亦应是建立在对于“现代性”的认知与思

【1】赵庆超：《文学书写的影像转身——中国新时期电影改编研究》，齐鲁书社，2012，第93—94页。

【2】同上，第95—134页。

考的基础之上的，可以视之为“故事现代性”“人物现代性”“空间现代性”“细节现代性”“思想现代性”等一系列“现代性”处理的方式与方法；同理，后现代主义改编，也应作如是观，是对于故事素材的一种整体“后现代性”处理，它涉及结构、情节、人物、主题等所有的内容。

娱乐化改编，在某种程度上，可算作是后现代主义改编之一种，因为正是后现代主义的滥觞，才出现了娱乐化、游戏化的倾向，并导致了娱乐化改编的风行。周仲谋对娱乐化电影改编的分析，也便是建立在这个层面上。他认为，20世纪90年代以来的中国电影改编，正处于精英文化向大众文化转化、文字印刷文化向视觉图像文化转化的社会转型当中，自然受到后现代主义和消费文化的影响。在以消费文化为主导的多元文化语境下，大众文化的无深度、平面化和游戏性，恰好契合了后现代主义消解中心、反深刻、反意义、追求随意性世俗性的文化倾向，而视觉图像时代文学霸主地位的丧失也使改编者对原著的敬畏之心大大降低。置身于这样的文化语境下，电影改编以游戏化、娱乐化的方式消解原著的深度模式和严肃主题就成为不可避免的了。[1]在随后的分析中，他认为当前的娱乐化改编存在着价值迷失、叙事缺失、民族化色彩匮乏等问题，而如何使当前的电影改编走出困境，就需要从改编理论的角度对娱乐化改编进行整体观照和思考。[2]

然而，如果仅仅把娱乐化改编看成是后现代主义改编的一种，则显然又是错误的，因为早在20世纪20年代、40年代的早期中国电影中，就存在着这种娱乐化改编的风潮，而就世界范围来看，这种娱乐化改编的观念也是长期而又广泛存在着的，且不说我们所熟知的喜剧、闹剧，就是在一些类型片中，这种娱乐化的改编倾向也是非常明显的，所以娱乐化改编并非是后现代主义改编的一种，而是在对电影的“娱乐

【1】周仲谋：《消费文化语境下的中国电影改编》，中国社会科学出版社，2015，第32页。

【2】同上，第32—35页。

性”和对观众的“消费性”取向深刻认知的基础上所形成的一种改编观念和改编理论。它以“娱乐性”和“消费性”为基础，以“喜剧（闹剧）化”“游戏化”“非深度化”等为改编宗旨，运用“误会”“巧合”“追逐”“打闹”“拼贴”“消解”等手段进行改编创作的一套理论系统。

21世纪之后，随着中国电影的全面复兴，开始出现一批改编自国外文本或聘请国外导演执导中国影片的案例，在此情况下，有关“跨文化改编”的讨论开始出现。跨文化改编通常的情况是跨国改编，也就是把一个国家的文学名著改编成另一个国家的电影。但周仲谋认为，跨文化改编还应包括跨时代改编，即把原著故事从一个时代搬到另一个时代。他认为，不同的国家、时代有不同的文化需要，从而会对改编影片提出特定的要求。而这种特定的要求，也正决定了跨文化改编的难度。在所有的改编方式中，跨文化改编是最难操作也最难讨巧的。杜德莱·安德鲁曾说：“对电影实践整个情况的参与，事实上取决于特定时期的电影美学体系和那个时期的文化需要和压力。”[1]跨文化改编更是如此。无论是跨国改编还是跨时代改编，都要处理好原著故事与本国文化、特定时代文化交融的问题，处理好文化差异的“变通”问题。不仅如此，跨文化改编影片还要在对原著的忠实与创造之间，在观众的期待视野和自身的美学表达之间，找到最佳的平衡；既要在思想主题上有所提升，也要在表现形式上有所突破。只有这样，跨文化改编才能获得最佳的艺术效果和商业效果，得到人们的赞誉和肯定。[2]

上述描述，虽对跨文化改编有了一个基本的分析，但我们仍需清楚，跨文化改编在中国也并非是一个最近才有的现象，早在20世纪二三十年代的早期中国电影中，就有大量改编自外国文学名著的电影，

【1】杜德莱·安德鲁：《改编》，陈犀禾译，载陈犀禾选编《电影改编理论问题》，中国电影出版社，1988，第344页。

【2】周仲谋：《消费文化语境下的中国电影改编》，中国社会科学出版社，2015，第71页。

譬如根据《保险党十姊妹》改编的《红粉骷髅》，根据《复活》改编的《良心复活》，根据《里恩东镇》《野之花》改编的《空谷兰》等，都是如此。在好莱坞，跨文化改编更是一种常态，各大制片公司经常将其他国家的一些文学名著拿来进行改编，以便获得全球市场及普遍赞誉。而涉及跨时代的改编，在中外更是一个普遍现象，因此跨文化改编一如娱乐化改编，也不是一个新近才有的现象，而是早就存在的一种普遍现象，因此我们认为跨文化改编是基于"文化共融"及"文化再生"等所形成的一种改编理论，它是以"在地化"和"现在化"为宗旨，以"变易""互融""嫁接"等为手段，由此所逐渐演变出的一整套理论系统。

至此，我们看到了以体裁作为分类和以思潮等作为分类的两类改编理论，但毋庸置疑的是，改编理论并非仅仅只有这两大类，还有一个非常明显的是以"类型"作为划分依据的改编理论。在这一大类中，我们可以划分出"喜剧改编""家庭伦理剧改编""警匪片改编""黑帮片改编""科幻片改编""公路片改编""歌舞片改编""青春片改编""爱情片改编"等诸如此类的类型改编。这一部分，将在其后的章节中结合具体的影片进行具体分析，在此略述。但必须强调说明的是，上述三类改编理论的划分，其实仍不能穷尽所有的改编理论，而且，上述三类改编理论之间，其实也存在着交叉，有的甚至涵盖全部三类改编理论，因此，上述的理论划分只是相对而言的一种划分方式，侧重点不同而已。

第三，关于改编的模式及方式方法问题。在这方面，涉及的著作和论文有很多。傅明根认为，模式论是从19世纪的数理逻辑范畴的集合论和原核论中萌生出来的一种认识理论。由于模式论作为一种当代认识学科领域当中比较受欢迎的前沿理论，所以这种理论很快就逐渐渗透和影响到其他认识学科领域，包括诸如语言学、心理学、哲学、生物学等领域。而一个完整意义上的模式，应该说是由环环相扣、在一定规约下的三个部分组成——中心意念，意念构成的若干情境和/或背景，以及用于意念表达的各种符号、实体、范畴和方式。以此为基础，他将“第五代”电影改编模式归为五类：“反思型”改编模式、“民俗型”改编模式、“信仰型”改编模式、“市民型”改编模式、“战争型”改编模式。以“反思型”电影改编模式为例，他认为，其代表人物是陈凯歌，而在这一模式中，厚重性文化反思环境的营造，单义性文化反思人物的塑造，多义性文化反思主题的开拓，是其中的关键所在。[1]

冯果在其著作《当代中国电影的艺术困境——对电影与文学关系的一个考察》中，虽没有使用“模式”一词，但实际上却是嵌入了“代际模式”的思想。该书以“第三代”“第四代”“第五代”“第六代”作为分析的依据，集中探讨了每一代电影人的改编创作情况。譬如在分析“第三代”电影人的改编创作时，冯果认为，这一代电影人在其改编创作时，存在如下模式特点：1. 被内化的主流意识形态；2. 被简单化的“蒙太奇”理论；3. 戏剧式电影占据优势；4. 文学成为艺术的“添加剂”。而到了“第四代”，伴随着视听语言和抒情手段的发展，他们则集体走上了后撤式的改编之路，也就是重新回到文学的怀抱。显然，相较于“第三代”“戏剧式”电影的改编模式，“第四代”则又重新回到了“文学性”的模式探索之中。[2]

而龚金平认为，关于电影改编的观念/方法，看起来众说纷纭，却不外乎是“忠实型、创造型、折中型（既基本忠实于原作，又有改编者创造性的发挥）”这三种类型的各种变体。譬如，克拉考尔将电影改编分为自由的改编和忠实的改编；巴赞则提出了忠实型、自由型、忠实性与独创性同在等改编方式。再比如赵凤翔、房莉在其《名著的影视改编》一

【1】傅明根：《从文学到电影——第五代电影改编研究》，中国社会科学出版社，2011，第53—59页。

【2】冯果：《当代中国电影的艺术困境——对电影与文学关系的一个考察》，上海文化出版社，2007，第42—98页。

书中提出三种改编方式：对原著情节内容的忠实展现，对原著精神的传达（为此不惜删改原著中不宜于视觉表现的情节而增添许多声画结合得比较巧妙的情节），对原著精神的重新阐释（在原著中渗透改编者或当代人的理解，使原著呈现出新的精神实质）。何希凡、谭光辉在其《电影对文学名著改编的困境与出路——影视文化的发展与中国现当代文学的接受研究之二》一文中也列举了改编者对原著的三种态度：第一种认为不应忠实于原著，而应忠实于电影，第二种认为应尽量忠实于原著，第三种观点是折中主义的，认为改编应以电影的方式忠实于原著。一番例证后，龚金平认为，拨开似乎纷繁复杂的重重迷雾，对电影改编观念/方法的“见仁见智”其实只能在“忠实型、创造型、折中型”三者间循环、游移和定位，表述上的差异只能视为异曲同工的变奏。[1]

与此相类似的是，约翰·M.德斯蒙德和彼得·霍克斯在其《改编的艺术：从文学到电影》一书中，也将电影的改编分为三种类型：紧密型、松散型、居中型。他们认为，紧密型电影改编是指文学作品中大部分的叙事元素被保留在电影中，很少的元素被舍弃，并且没有补充太多的元素。譬如《哈利·波特与魔法石》（2001）就是如此。松散型电影改编是指文学作品中大部分的故事元素在电影中被舍弃，并且电影中大部分元素是被替换或补充的。松散型电影改编视文学作品为起点。譬如霍华德·霍克斯执导的《有钱人和没钱人》（1944，改编自海明威的小说），克里斯托弗·诺兰执导的《记忆碎片》（2001，改编自乔纳森·诺兰的短篇小说），便是松散型电影改编的经典案例。而居中型电影改编则是指游走于紧密型和松散型之间的电影改编，故事中的一些元素被保留在电影中，另一些元素被舍弃，并且仍有更多的元素被补充进来。居中型电影改编既不完全符合原著，也不完全脱离原著。由莱塞·霍尔斯

【1】 龚金平：《开放视野下多维对话关系的构建——作为历史与实践的中国当代电影改编》，光明日报出版社，2007，第15—19页。

道姆执导的《不一样的天空》(1993，改编自皮特·海格斯的小说)，是居中型电影改编的典型案例。[1]

杰·瓦格纳也将改编的方式划分为三种，只不过他以移植式、注释式、近似式来命名。这一划分，究其实质，与上述表述并无太大区别，但在此基础上，他还进一步细分出八种方法，即：平行移植、扩充、合并（将同一个作家的几个作品合并组成一个新的叙事框架）、节选、浓缩、借势（有些文学作品自身有可取之处，但不宜直接改编成电影，改编者只好把它拿来作为一个“由头”重新创作）、造境（文学作品展现的历史和空间环境不具备概括性或不符合导演的习惯，导演根据自己的生活经验重新创造一种新的环境来放置原作中的人物与情节）、跨国界改编。[2]

受杰·瓦格纳影响，汪流将电影改编的方式划分为六种：1. 移植：此法一般是以容量相近的中篇小说为改编对象。改编中篇，对原作中的人物、情节、主题均可少作明显的改动，大多是直接挪移过来即可。如《早春二月》《天云山传奇》等。2. 节选：从一部作品中，选出相对完整的一段，予以改编。节选的主要对象往往是长篇小说，节选的部分往往是人物、事件、场景较为集中的段落。如影片《战火中的青春》是从长篇小说《踏平东海万顷浪》中节选出来的。3. 浓缩：浓缩的对象，往往是指那些篇幅长、内容丰富、头绪繁杂的原作，改编者又不想从中节选一段，而要全部搬上银幕，这就需要对原作做浓缩工作。此种方式抓住与主题有关的人物事件，以主人公思想情绪的脉络为贯穿线，对原作删繁就简，去枝砍蔓，以适应电影结构单纯、集中、简洁、明了等特点。

【1】约翰·M.德斯蒙德、彼得·霍克斯：《改编的艺术：从文学到电影》，李升升译，世界图书出版公司，2016，第59—60页。

【2】杰·瓦格纳：《改编的三种方式》，陈梅译，《世界电影》1982年第1期。转引自龚金平：《开放视野下多维对话关系的构建——作为历史与实践的中国当代电影改编》，光明日报出版社，2007，第18页。

如《青春之歌》《基督山伯爵》等的改编均采用这种方式。4. 取意：从某一作品中得到某种启示，重新构思，但仍保留原作中的人物和情景，这种改编方式，叫取意。《达吉和他的父亲》《小花》等均属此法。5. 变通取意：意将外国作品本国化。如日本导演黑泽明，将陀思妥耶夫斯基的小说《白痴》日本化，把莎士比亚的《麦克白》改编为日本古装片《蜘蛛巢城》，把《李尔王》改编为《乱》等。6. 复合：这是指将两部作品合而为一，用来表达改编的某种设想。如电影《罗生门》是把芥川龙之介的两篇小说合并改编，它以小说《罗生门》做影片的框架，以《筱竹丛中》的故事做影片的中心事件。[1]

然而，有意思的是，汪流并未将上述六种方式看作是一种全球性的普遍性的改编方式，而仅仅将其看作是西方电影的改编方式，而至于中国电影的改编，他认为主要有三种：第一，忠实于原著精神基础上的创造。这种方式，一般用于改编名著。所谓“忠实于原作”，是指改编影片一定要忠实于原作的精髓，或叫作“神韵”和“实质”，不能走样。所谓“创造”，则是指创造出新的银幕形象来。这种方式，已常见于影片改编名著中。如夏衍改编的《祝福》、吴贻弓改编的《城南旧事》等。第二，忠实原著文字语言的改编，也被称之为“描红式”的改编。如张瑶均改编鲁迅先生的《伤逝》，实际上就是用了忠实于原著文字语言的改编方式，但是，从实践情况来看，这种改编方式似乎不甚适合中国观众的口味。因为，这种充满画外音的影片往往被批评为“过于文学化”。第三，最不忠实于原著的改编。这种改编，往往只从原作中提取了一个意念或某些素材，而把原作中的人物、故事都做了改动，几乎找不到原作的影子。总之，在中国，改编名著一般采用“在忠实于原著精神基础上的创造”这种方式；而对待一般作品，则采用改动较大的方

【1】汪流：《中国的电影改编》，中国广播电视出版社，1995，第21—23页。

式；而“忠实于原著语言文字”这种方式似乎不太行得通。[1]

在中国电影史上，特别是在电影改编方面，不论是实践创作，还是改编理论总结，夏衍都可谓是第一人。在《杂谈改编》《谈〈林家铺子〉的改编》《漫谈改编》《对改编问题答客问——在改编训练班的讲话》《关于改编的若干问题》《琐谈改编》等一系列文章中，夏衍不仅阐释了改编工作的意义、目的、态度和作用，还特别强调了选取改编题材所需要的条件：首先，“要有好的思想内容，作品对广大观众有教育意义”；其次，“要有比较完整紧凑的情节，要有一个比较完整的故事”；最后，“要有几个（至少一个）性格鲜明、有个性特征的人物”。[2]对于怎样改编经典著作，夏衍强调，要“力求忠实于原著，即使是细节的增删、改作，也不该越出以至损伤原作的主题思想和他们的独特风格”[3]。而在怎样改编古典作品这一问题上，他认为既要“用今天的世界观去分析，给历史人物以应有的、正确的评价”，又要注意不能“把历史人物现代化，赋予今人的思想感情”。[4]“人物的思想感情、行动、语言不能‘现代化’，人物不能离开他的典型环境……不能勉强古人有今人的思想，做今人才能做到的事情，勉强了就不真实。”“假如让明代的人说辛亥革命时代的话，那么一看就显得不真实了。哪个时代的人，只能做哪个时代的事，说哪一时代的话。违反这些，就不是提高，而是反历史。我们所说的应该有所提高，指的是用我们的立场观点去分析事物，让观众知道哪些人值得同情，哪些人应该批判，什么是对，什么是不对，什么是历史条件限制，在什么条件下他们才能突破限制，把时代推向前进。”[5]

【1】 汪流：《中国的电影改编》，中国广播电视出版社，1995，第24—25页。

【2】 夏衍：《电影论文集》，中国电影出版社，1979，第249—250页。

【3】 同上，第250页。

【4】 同上，第251页。

【5】 夏衍：《写电影剧本的几个问题》，中国电影出版社，1980，第105页。

除此之外，夏衍还提出了改编的一些具体方法，涉及对不同形式文学作品的改编。对于怎样改编神话故事和民间传说，他认为“可以有更大的增删和改作的自由”[1]。对于怎样改编长篇小说，他提出了三种方案：“一、抓主线，舍其余。”“二、分段写。”“三、以个别人物为中心来写。”[2]对于怎样改编短篇小说，他认为“要在不伤害原作的主题思想和原有风格的原则之下，通过更多的动作、形象——有时还不得不加以扩大、稀释和填补，来使它成为主要通过形象和诉诸视觉、听觉的形式”[3]。对于怎样改编话剧，他认为“可以删去舞台上为了交代时间和人物关系的某些不必要的对话，并要将话剧中的整场戏切碎”[4]。这些都对当时或以后的电影改编产生了重要影响，被大多数的电影工作者所接受。[5]

与之相关的对于电影改编方式的描述，还可以一直延续下去，但通过上述分析，我们看到，无论中外，就电影改编方式而言，普遍存在着一种“题材（体裁、主题）类型模式论”与“长度模式论”的交叉。譬如，傅明根的划分，就属于“题材类型模式论”范畴。因为不论是反思型电影改编，还是信仰型电影改编，不论是战争型电影改编，还是民俗型电影改编，都可归入“主题模式、题材类型模式”这一大类之中。而夏衍关于小说、话剧等的改编方式的分析，也可归入此类。另一方面，不管是“忠实型、创造型、折中型”的划分，还是“紧密型、松散型、居中型”的分类，不管是“移植式、注释式、近似式”，还是“忠实式、描红式、非忠实式”，都是基于小说的长短作为基本的划分依据的，这当然也包括更进一步的六种或七种具体方式的梳理和总结。上述

【1】夏衍：《电影论文集》，中国电影出版社，1979，第222页。
【2】同上，第266—267页。
【3】同上，第221页。
【4】夏衍：《写电影剧本的几个问题》，中国电影出版社，1980，第111页。
【5】周仲谋：《消费文化语境下的中国电影改编》，中国社会科学出版社，2015，第43—49页。

两大类电影改编模式，经过历史的检验，早已为广大改编者所普遍接受。但本书认为，这些改编方式的研究总结，尽管已卓有成效，但仍有不尽如人意的地方，譬如，缺乏或缺少“观众-市场”因素的考虑。从某种程度上来说，不管是商业电影的改编，还是非商业电影的改编，其实都有一个潜在的观众群及市场的考虑。而恰恰是这个因素，才决定了在改编时是采取戏剧式的方式方法，还是散文式的方式方法；是忠实型的方式方法，还是折中型的方式方法；是移植节选，还是取意变通。所以，本书认为，在考量电影改编的方式方法时，应采取“逆推法”，或者说，“逆推法”是更值得推广与研究的一种电影改编方式。由“观众-市场”往前逆推，再将工业的因素加入进来，进而综合考量一种电影的改编方式，或许正是当下应该努力的方向。

然而，不管怎样，对于电影改编及其方式方法的讨论和分析，还应再拓展、再加强，或者，还需要更进一步系统化。此外，不管是“忠实型、创造型、折中型”改编，还是“紧密型、松散型、居中型”改编，在历史的长河中往往更多依赖“戏剧式的结构及手法”的现象，也许仍值得我们继续思考。而有意思的是，它所牵涉出的另一个话题，即电影改编多来自于小说，但改编方式却多来自于戏剧的这种“背离”现象，仍将促使我们继续探寻电影与文学的关系，尽管这是一个老话题，但却是一个绕不过去的话题，因为只有将这层关系分析得越加透彻，对于电影改编的问题研究，才能越加深入。

第四，电影与文学关系问题。在世界电影史上，电影与文学之关系，犹如我们所谓的“忘年交”，因为早在电影诞生之前，文学的盛况已是持续了十几个世纪，相较于历史悠久的文学来说，电影无疑是非常年轻的，但这种时间差距似乎并没有影响二者之间的紧密关系，在电影100多年的历史发展中，二者一直是如影随形，如父如子，又如兄弟。周仲谋将电影与文学的历史关系，划分为三个阶段：第一个阶段，是电影模仿文学。在这一阶段，电影作为一个新生儿，不仅难登大雅之堂，还算不上是一门艺术，只有当它充分吸取了音乐、舞蹈、绘画、建筑，特别是文学等艺术领域的精华后，才羽翼渐丰，不仅大大丰富了自身的表现手法和表现内容，也大大提升了自身的品位和思想意蕴，为自身向伟大艺术迈进打开了广阔的道路。一如安德烈·巴赞所言："就像孩子的教育是从模仿周围的成年人而开始的一样，电影的发展也是和那些神圣艺术的榜样密不可分的。"[1]而在这之中，文学对电影的成长无疑助益最大，其中最突出的是两个方面：一是叙事形式和表现技巧方面。文学在其漫长的发展过程中，不仅形成了各种各样的叙事形式，如史诗叙事形式，戏剧叙事形式，长、中、短篇小说叙事形式，而且积累了丰富的叙事经验。当电影想把一个复杂的故事有条不紊地叙述出来，又要保持它的连续性、生动性和感染力，最便捷的途径就是借鉴文学的叙事形式和叙事经验。可以说，正是在对文学叙事形式的模仿上，电影逐渐形成了自己的时空表现和叙事形态。而在表现技巧上，亦是如此，一些著名导演多是受惠于此。譬如，受到狄更斯小说的启发，格里菲斯在电影中创造性地运用了融、叠印镜头，以及特写和全景镜头等表现技巧，而且尝试运用"蒙太奇"的手法讲述故事，《一个国家的诞生》中著名的"最后一分钟营救"，就是典型的"蒙太奇"。"蒙太奇"技巧后来经苏联的爱森斯坦等人发展完善，成为电影的基本叙事语法。而必须强调的是，爱森斯坦的蒙太奇理论与传统艺术特别是文学之间也有着密切的联系，他认为电影要向包括文学、戏剧在内的传统艺术学习，"必须从'间接的'祖宗，从具有数千年悠久传统的文学、戏剧和造型艺术那里找寻原料，来构成电影表现形式"[2]。不仅如此，一些电影还大量借鉴了

【1】 转引自D.G.温斯顿：《作为文学的电影剧本》，周传基、梅文译，中国电影出版社，1983，第9页。

【2】 M.罗姆：《爱森斯坦论文学与电影》，罗晓风译，《电影艺术译丛》1956年第7期。

小说特有的结构、风格、手法，如内心独白、象征主义等。这些表现技巧和手法，成为电影受用不尽的财富。[1]二是故事内容方面。电影以改编的方式直接借鉴文学作品的故事内容，而电影之所以如此热衷于改编文学作品，是因为文学作品提供了生动曲折的故事情节、鲜活丰满的人物形象，无论在思想文化的积淀上，还是在反映生活的广度和深度上，文学都足以成为电影依靠的“巨人”。此外，电影对文学故事内容的借鉴和模仿，还催生出了不同的影片类型，这在所谓的商业电影中表现得尤为明显，像侦探片、恐怖片、武侠片、科幻片、言情片等，很大程度上都得益于侦探小说、恐怖小说、武侠小说、科幻小说、爱情小说等文学类型所提供的故事内容和情节模式。而除此之外，文学作品深厚的思想意蕴也影响到了电影的表达，文学作品中极富生活气息的人物语言也有助于电影人物对白的个性化和简洁化。可以说，通过对文学的模仿和借鉴，通过如饥似渴地汲取文学营养，电影大大提升了自身作为艺术的品位和地位，成为可以和文学相提并论的新兴艺术。[2]

第二个阶段，是电影与文学并驾齐驱。其主要标志是一大批富有才华的电影导演，拍摄出了众多令人惊叹的电影作品，这些作品的横空出世，不仅刷新了人们对于电影的认知，也让人们在惊叹中深感电影地位的大幅提升。譬如D.G.温斯顿，他这样感叹道：有一些影片（其中大多数为欧洲影片）深深感动了我，而过去我却一度认为，只有伟大的文学杰作才有可能激动人心。这些影片（尤其是英格玛·伯格曼、费德里科·费里尼、阿仑·雷乃、让-吕克·戈达尔和米开朗琪罗·安东尼奥尼等人的电影）给了我特别深刻的印象，因为其中的人物性格刻画是那样完美无缺，对话是那样微妙细腻，结构又是那样错综复杂。于是在我的脑海里逐渐形成了这样一幅图景：电影这个崭新的媒介正在试图扩大

【1】周仲谋：《消费文化语境下的中国电影改编》，中国社会科学出版社，2015，第72—77页。
【2】同上，第78页。

其艺术表现的手段及其通往现实的道路。[1]而该时期的好莱坞电影，在对故事的重视性上，以及叙述故事的技巧方法上，其成就也丝毫不逊色于通俗文学，并因此吸引了不计其数的观众，那种心醉神迷的魅惑力，甚至超过了通俗文学对读者的吸引。而随着电影地位的提高，不仅催生了“电影剧本是文学作品”的观点，也催生了大量受电影影响的作家及作品。譬如乔伊斯及其作品《尤里西斯》，海明威及其作品《乞力马扎罗的雪》《丧钟为谁而鸣》等，都受到电影化手法的深刻影响。除此之外，另一个重要现象是，除了在小说创作中使用电影手法和技巧之外，很多著名作家还纷纷参与电影剧本的写作，如威廉·福克纳、司各特·菲茨杰拉德、纳撒尼尔·韦斯特、约翰·斯坦贝克等。而欧洲的一些作家，不仅当编剧，还积极转行当导演，如法国的阿兰·罗伯-格里耶、玛格丽特·杜拉斯、阿涅斯·瓦尔达等人。总之，在这一时期，电影与文学并驾齐驱的关系使二者之间的相互影响形成一种良性循环。电影从文学中汲取营养，达到自身的成熟，文学采取电影化的技巧开拓出新的表现领域，并更好地促进电影的发展。[2]

第三个阶段，是文学中心地位的丧失。相较于文学而言，电影具有天然的视听优势，这使得它的传播要远比文学广泛。最重要的是，当从文学中学会了如何讲述故事之后，电影已经不单单是一系列活动图像，而是成为一种具备叙事功能的影像。电影开始在银幕上讲述一个个生动的故事，呈现一个个鲜活的人物形象，这意味着电影具有了与文学相抗衡的巨大竞争力，也意味着文学在叙事领域的势力范围将面临全线失守的危机。在电影的压力下，文学不得不做出适当的调整，譬如以波澜壮阔的宏大叙事为傲的长篇小说，进入20世纪后有了明显的变化，越来越从外部行动退避到内心思想，从情节退避到性格，从社会现实退避到心

【1】 D.G.温斯顿：《作为文学的电影剧本》，周传基、梅文译，中国电影出版社，1983，第9页。
【2】 周仲谋：《消费文化语境下的中国电影改编》，中国社会科学出版社，2015，第79—83页。

理现实。而电影对文学的挤压，不仅在于利用技术条件和视觉优势侵入叙事领域，将叙事文学的读者变成自己的忠实观众，还体现在它以产业化的运作模式和强大的经济优势，影响到文学作家的创作动机和方式。譬如，大批作家纷纷转行进入编剧领域等。可以说，在电影叙事逼真性和产业经济利润的双重挤压下，文学一步步从中心退至边缘，拱手将霸主地位让给了电影。电影的强势地位使其在改编文学作品时不必毕恭毕敬，而是可以随意改动原著的情节、主题、人物，以便符合消费文化语境下广大观众的视觉欲望和娱乐要求。在电影取代文学中心地位的视觉消费时代，就连文学名著的改编也难以逃脱被任意删改的命运。[1]

周仲谋对上述三个阶段的分析和描述，是清晰的，也是基本符合事实的，但其行文中不免带有某种主观倾向性，这在某种程度上使得其论断具有一种偏离性。本书认同其“电影得益于文学”和“电影反哺于文学”的观点，而不赞同其“文学中心地位消失”且愈益边缘化的论断。在某个时期，伴随着人们阅读习惯的改变，文学的地位确实大不如前，但不管怎么说，文学都未曾沦落到成为电影的附庸，在经历了严肃文学曲高和寡、通俗文学难以为继的短暂阵痛之后，伴随着网络文学的异军突起和全面繁盛，文学又开始四处开花，不仅大量的影视剧作品都改编自网络文学，且还形成了流行一时的“IP风潮”。而就总量来看，改编自文学作品的电影在21世纪之后亦呈现出越来越强劲的趋势，这一局面在2019年的春节档被彻底激发出来，皆是改编自刘慈欣小说的《流浪地球》和《疯狂的外星人》，不仅票房大卖，而且均获较好口碑，这再一次显示出文学的力量。因此，本书认为，当早期电影借助于文学的营养而获得成长之后，直至今日，文学与电影其实一直处于起起伏伏的相互交融发展阶段，有时一方暂处于强势，一方暂处于弱势，但究其实质，

【1】周仲谋：《消费文化语境下的中国电影改编》，中国社会科学出版社，2015，第83—88页。

其相互交融之局面却一直未曾改变。

然而，仅仅如此粗线条地勾勒，是难以全面探究电影与文学之关系的，在这其中，既有老问题，也有新问题。比如，文字形象能否转化为银幕形象？电影和文学的属性到底是什么？从文学到电影，叙事性的转换到底是如何运作的？叙事性、文学性、戏剧性等，是相互融合还是彼此对立的？如此等等，都属于老问题。而在当下数字技术大发展的时代，随着未来观影方式的变化，文学与电影之间的关系到底何去何从呢？是将一直维持现在的局面，还是会彼此分离呢？如此等等，则属于新问题。

在老问题中，文字形象能否转化为银幕形象属于老生常谈，或许放在当下早已不是问题，故在此不再赘述。而电影和文学的属性问题，虽亦属于老生常谈，但却有必要再次加以审视和思考，因为随着时代的发展，电影和文学自身本来固有的一些属性，正在悄然发生变化。譬如，电影的最小单位以前公认为是镜头，但随着数字技术的发展，在未来则很可能变为“像素”，如此等等，都将影响我们对于电影或文学的再认识。电影史上，不乏单独对于电影或文学属性的探讨和分析（如巴赞《电影是什么？》等），由于篇幅限制，本书不再一一列举，在此仅就涉及二者之关系之比较的方面做一简单描述。对此，汪流曾总结出如下几点：第一，电影是用镜头构成银幕形象，文学则是用语言构成文字形象。电影形象是直接的，文学形象是间接的；电影形象是具体的，文学形象含有抽象的成分；电影形象是单一的，文学形象是多义的；电影形象是一种侧重于直接感觉的体验艺术，文学形象是一种侧重于理解的分析艺术。所以电影改编实际上也就需要改编者把间接、抽象、多义的文学形象变为直接、具体、单一的银幕形象；把侧重理解分析的艺术，变成一种侧重直感体验的艺术。而在改编中，就必须注意：1. 从小说到电影，必须是小说的叙事内容在进入电影后，都赋予逼真、具体的视觉造型特征。2. 由于文学形象是联想性和感受性的，而电影形象则是直接性和体验性的，因此，文学中的象征和比喻不宜直接转化为银幕形象。3. 小说善于用一种复杂的方式处理人物的思想观点，因此它除了可以通过人物的语言和动作去表现外，还可以直接去探索人物的意识活动。所以改编不仅要将感受性的文学形象转变为直观性的银幕形象，还应对原作进行必要的丰富和补充，以弥补转化时的损失。4. 电影发展至今天，已经可以用“闪回”手法构成的“内心时空”，使得影片中的心理分析变为可能，然而这不等于说，电影在表现心理方面已和小说享有同等的自由。第二，小说通过语言叙述故事，电影通过画面的流动展现故事，这就造成两者虽都同属时间艺术，但其表现形态却又完全不同。首先，小说有时需要让动作停顿下来，进行描写，电影却必须使动作不停顿进行下去；其次，电影虽然具有时间和空间的双重特征，但它不只是在时间上展开，而且是以空间表现力征服观众的，因此，改编者必须充分意识到电影的空间表现力所具有的那种直接的感情冲击力；最后，作家写小说不一定会有很强的空间意识，而电影改编者恰恰需要在空间构思方面予以补充。总之，虽然它们都是时间艺术，但空间却成为电影和文学的主要区别点。所以在将文学作品改编成电影的过程中，既要看到它们都是在时间的延续中塑造人物、表达感情和叙述故事，但同时也要注意到，电影要靠空间画面去展现时间，在它们之间也还存在着一些无法替代的情况和矛盾，所以改编者切忌照搬原作。如果改编者不将原作中无法体现在银幕上的部分割舍掉，同时加强空间表现力，通过空间去表现人物情感和故事，创造出一个全新的电影艺术境界来，那么再好的原作也难以体现在银幕上。[1]

汪流在区分中就文学如何被改编为电影所提出的上述见解，有他独

【1】汪流：《中国的电影改编》，中国广播电视出版社，1995，第11—19页。

特的地方，但上述所有的分析，都是建立在主流商业电影或一般的概念基础之上的，而没有充分考虑到一些艺术电影或实验电影。如果将这一因素考虑进去，则“电影人物形象单一性”等的描述就是有失偏颇的，因为在一些实验电影中，人物形象同样是多义而又暧昧的。再譬如逼真性、具体性，安德烈·戈德罗就曾有过如此的追问：电影向我展现的画面真是像人们有时要我相信的那样具体吗？电影的现实印象——正如“印象”的名称所标明的——是不是一个仿像呢？构成一部影片的“现实的片断”尽管外表具体，与书写叙事的词语相比，难道就不会更远离现实吗？从根本上说，电影确实离现实更远。因为，与书写叙事的陈述装置的简易相比，影片叙事的陈述装置简直就是“难以承受的沉重”，其基本叙述者为机器性质的最高叙述者，我或多或少意识到，最高叙述者必然首先是非个人的，为了向我传播叙事信息，“他”不得不借助同样为机器性质的同伴——放映机或者说放映者。如此沉重的装置导致其理论的表述不可能简单化。由此产生这些看起来颇烦琐的术语概念：最高叙述者、纯影片叙述者、影片的最高演示者、纯影片的演示者和亲影片的演示者。它们尽管烦琐，但对于说明影片的叙事体系还是有用的。而该体系建立在一系列的操作和干预之上。第一层次的操作是亲影片演示者的场面调度（比如摄影机很少对准真实工人，而是扮演者），然后是两个系列的纯影片操作，各自使被拍摄的对象进一步远离真实。首先是纯影片演示者的取景构图。影片的画面是仿像之仿像。最后是纯影片叙述者的画面连接，该叙述者机制负责蒙太奇的组合，负责已摄制画面和已录制声音的操作。因此，实际上，电影在我们眼前展现的是包含三重陈述者的一种现实。每一个陈述者对应于影片叙事话语活动的一个阶段。[1]

【1】 安德烈·戈德罗：《从文学到影片——叙事体系》，刘云舟译，商务印书馆，2010，第205—207页。

安德烈·戈德罗建立在叙述/演示这对辩证组合关系基础上的叙事体系研究，为我们重新认识电影的相关属性，辨别电影与文学之间的关系，都提供了一个有力的补充和现代性的视角。而针对1909年以来在电影中出现的两个著名对立：戏剧性（一种既模仿戏剧，又适应电影条件的叙述形式）和叙事性（建立在蒙太奇活力上的，从舞台束缚中获得解放的，对一个行动的连续性表现），安德烈·戈德罗通过分析早期电影，引入了“互介性”的概念。他认为，在最低的意义上，“互介性”的概念用于表明各种媒体之间发生的、内容和形式的转移与移居的过程，该过程先以不知不觉的方式反映到作品中，后随媒体的繁荣发展成为一种规范。事实上，问世初期的电影十分互媒介化，以至于早期电影还不是、还没有成为电影本身。这种早期“电影”一部分属于戏剧的领域，至少属于“舞台戏剧”的领域，另一部分属于摄影的领域，还有一部分属于集市杂耍的领域。这一时期的早期“电影”更应视为“活动影像”，它还不是真正的电影，因为，今天我们说到“电影”之时，在我们的头脑中不仅意味着银幕上伴随声音放映活动影像的技术和机械现象，我们指的是或涉及的是已成为“体制”的电影，正如其他体制一样，这种体制化的电影具备自身的规则、自身的限制、自身的排他性和自身的程序。因此，电影史的“以前”和“以后”的划分，不应是卢米埃尔兄弟发明电影机，而是发生于20世纪10年代之初，因为这一种断裂导致“电影语言”的诞生，电影开始走向体制化。但是，一旦电影人不再将他们的电影活动局限于一种外来的文化系列，一旦他们试图从新生的电影本身出发，开创一种话语与一些实践，就要跨过一道门槛，发生一种范式的转变。显而易见，在跨越过程中，他们首先引进的是戏剧模式，先是20世纪初引进情节剧，1908年前后，又引进“合法性”戏剧、资产阶级戏剧。在整个20世纪10年代，电影在探索模式的过程中稳步前进，途中与文学这另一文化系列相遇，利用书写的文学性而不是米特里所说的叙事性，电影开始抛弃舞台戏剧性的模式（1910年前电影也改编文学，但此时电影对文学作品的改编是建立在戏剧性模式上的）。因而，安德烈·戈德罗将戏剧性与文学性相对，而非叙事性。他认为，叙事性与戏剧性的这种对立是不可靠的，因为借此难以识别形式实体和表现实体。叙事性是舞台或书写这样一些“本文”的一种特质，无论产生这些“本文”的表现材料如何，“场面调度”和“文字调度”同样能采用叙事性这一模式。因此有必要借助“文学性”这一个概念，用于表示电影具有产生各种陈述段的语言能力，与舞台上或银幕上的单纯演示相比，这些陈述段上升到一个更抽象的层次。所以，区别舞台本文和书写本文的，不是叙事性而是文学性。[1]

安德烈·戈德罗从早期电影的“体制化”转型过程中所重新梳理出的“戏剧性与文学性”的对立，虽仍基于“叙述/演示”这一关系基础，但毫无疑问，这一分析为我们认识“电影”本身，以及从文学到影片的转换过程，都是非常具有启发性的。由此，当我们重新思考诸如“电影改编自小说，却采用戏剧式模式”之类的问题时，我们已不再单纯局限于对于“戏剧性”的理解，而是将其放置于“叙事性”的逻辑之上。当然，对于“文学性”亦然。此外，对于“文学性”的认识，也已不再是普遍意义上对于“文学艺术性”的强调，而是对于“陈述手段、陈述方式”的一种抽象化提升。

至此，上述老问题都已得到重新梳理或廓清，然而这并不代表着一种结束，事实上，对于上述问题的思索和追问，仍将是持续性的，况且，随着时代的发展，很多事物都正在悄然发生着变化，诚如前文所说，伴随着数字技术的进步，对于电影最小单位的认定，在将来或许会彻底改变。因此，伴随着“电影”这一形式本身的可能性变化，伴随

【1】安德烈·戈德罗：《从文学到影片——叙事体系》，刘云舟译，商务印书馆，2010，第208—226页。

着观影方式的变化，当未来某一天，“电影”已不再是现在的“电影”时，电影与文学的关系又将如何呢？是仍旧维持目前现状呢，还是彻底分离？是必然的文学全面繁盛呢，还是“个人文学电影”取代一切？依本书而论，在未来，现在的电影形态或许还会存在，但很有可能只是存活于博物馆或展览馆里用来保存其原有形态的一种展出，而可能的“电影”，将完全是个人式的，不仅电影的制作是个人式的，观看方式也是个人式的，到那时，或许“电影就是文学”，电影就是个人完成的一次文学创作，然后再分享给大家，抑或仅仅是自娱自乐。如若是这样，电影将与文学合而为一。这也就意味着，个人文学电影或个人电影文学将取代一切。然而，这一切都仅仅只是猜测，无法定论，不过显见的一点是，电影与文学的关系始终都是处在一种变动之中。此外，本书想借用安德烈·戈德罗的“互介性”对未来电影再做一个补充，也就是说，本书倾向于认为，未来的电影也是一种“互介性电影”，即，电影在未来将更多分属于各种领域，除了现有的，还可能分属于电脑，分属于各种成像装置……而且，电影就存在于各种介质之中，既是介质的延伸，也是介质的一种。而在此之中，电影与文学的关系，或许是重合的，也或许是彼此的延伸，还有可能，它们彼此是彼此的反映与撞击。

以上，我们论证了在当下研究电影改编之必要性，以及电影改编的四大核心问题：电影改编观念、改编理论、改编模式及方式方法、电影与文学之关系。通过分析和梳理，我们对以上问题有了更为清晰的认识和理解，这对于我们即将展开的对于21世纪以来的电影改编的全方位研究，提供了必要的理论基础和概念基础，然而，我们还必须清楚，上述分析至少存有如下几个方面的缺陷：1. 论述仍有偏狭。譬如就电影改编观念而言，以上的论述多纠缠于“忠实观”的讨论，而未能跳脱开这一传统认知，进而对电影改编观念进行更为深入的分析。从某种程度上来说，“忠实观”是针对或面向“文学作品”的，那么我们可不可以换个角度来进行重新定位或重新分析呢？譬如，能不能将这种“面向性”转到电影本身？也就是说，以电影类型、题材等本身的特殊性，作为选择或改编的观念点。或者，将这种“面向性”转向观众，以不同的观众群作为选择和改编的观念点，以此确立改编的方向，如此也不失为一种开拓。如此，既可以仍以“忠实观”来进行讨论，这样就有了面向文学作品的忠实观，也有了面向电影本身的忠实观，以及面向观众的忠实观。当然，也可以不以“忠实观”来命名。但不管如何，我们看到，对于它们的讨论，都将弥补先前过于偏狭的缺陷。2. 仍存有重叠的缺陷。在上述的描述中，由于概念等的交叉，导致一些论述存有重叠的现象。从大的方面来说，电影改编观念与电影改编理论本身就有许多重合点，因为究其实质而言，电影改编的观念和电影改编的理论是相辅相成的，有什么样的观念，就决定了什么样的理论及随后模式的形成。由于太过相近，所以往往导致一些观念和理论的混淆与重叠，这不仅存在于上述描述之中，也存在于其他学者的分析之中。该归于观念范畴的，被归入了理论范畴，或者正好相反，抑或在观念与理论中进行重复论述。因此，对于此二者的重合点，仍有必要进一步廓清，以便对其内涵与外延，有更为清晰的认识。此外，就局部而言，也存有此类重叠现象，譬如对于戏剧性改编理论的分析，其中所涉及的对于戏剧性及戏剧式的讨论，同样也在其他改编理论中存在，因为戏剧性或戏剧式，作为一种偏向性和方式手段，亦适用于小说改编理论、散文改编理论及类型改编理论等，然而，在这般的讨论中，其重叠性则是不可避免的，因此，这方面的研究分析工作，仍有继续深入的必要。3. 仍有涵盖不到、解析不清或未能解答之缺陷。在上述的梳理中，尽管本书力求做到翔实，但实际情况却是难以面面俱到，自然，也就存有涵盖不到的地方。譬如，对于改编的文化论的探讨，就是一个缺失。改编的文化论，在某种程度上，与跨文化改编有重叠，但我们必须强调的是，改编的文化论，更突出的是一种文化底蕴的实现与养成，这与改编中将文化转换作为一种手段，是不尽相同的。而至于解析不清，则显现于对于电影的观众学研究的未能深入，尽管本书已经意识到这一问题，但由于此方面研究的整体缺失，导致未能全面展开，或者说，未能就此问题进行更为清晰地论证。而未能解答之问题，非常显见的就是对于未来电影与文学之关系的判断，当然，这也同属于解析不清之病因，因为若是对原来电影与文学之关系有着异常清晰的分析的话，也是可以推断出未来走向的，但就目前情况来看，我们却只有预测而无肯定性解答，实为憾事。

然而，不管怎样，我们对于电影改编的一些概念范畴和理论框架已然搭建起来，虽有缺陷，也有未能解答之遗憾，但上述的诸般讨论与分析，都将在后面的章节中，一一展开并给予验证，并在进一步的分析讨论中，对其进行再确认、再分析、再补充、再修整，从而不仅是对于21世纪以来的中国电影改编，其实乃是对整个历史时期的中国电影改编，进行一次全方位的分析和探讨，以求真正建立一种理论与实践范式。

第一章

21世纪前中国电影改编的几个阶段及改编特点

在某种意义上，如果认同中国电影史上第一部影片《定军山》也是一部改编电影的话（改编自古典名著《三国演义》），那么，中国电影改编的历史和中国电影的发展历史是一样长的。李清在《中国电影文学改编史》一书中，将21世纪之前的中国电影改编史分为六个阶段，分别是：第一阶段：1905—1922，戏曲和文明戏被搬上银幕；第二阶段：1924—1932，以鸳鸯蝴蝶派（简称“鸳蝴派”）为创作主体掀起的第一次商业电影大潮；第三阶段：1932—1949，抗战风云与电影改编；第四阶段：1949—1976，主导意识形态话语建构与戴着政治镣铐的改编；第五阶段：1978—1988，多姿多彩的新时期电影改编；第六阶段：1988—2000，精英文化向大众文化转型的后新时期电影改编。[1]本书基本认同这一划分，在接下来的分析中，也将以此时间段为准，对21世纪之前的中国电影改编的阶段特点，进行梳理、描述及辨析。

第一节
※
中国电影改编的第一阶段：1905—1922

中国电影初创时期，就其改编而论，呈现出两大倾向：一是向中国古老的艺术样式——戏曲——靠拢；二是向现代的艺术样式——文明戏（现代话剧雏形）、现代小说——靠拢。这种“向古又向新”的改编诉求，成为中国电影改编的一个独特现象。因为在世界范围内，最早的电

【1】 参见李清：《中国电影文学改编史》目录，中国电影出版社，2014。

影改编，几乎均来自于小说。

早期中国电影改编“向古”的一面，一如前文所说，最早开始于1905年丰泰照相馆拍摄的由谭鑫培主演的京剧片段《定军山》。《定军山》取材自《三国演义》中的一段故事：蜀国老将黄忠，当曹操攻打西蜀重镇葭萌关时，发挥老当益壮的精神，向诸葛亮讨令拒敌，打退了敌将张郃，乘胜攻占了曹军屯粮的天荡山，又再接再厉地用计斩了曹军大将夏侯渊，夺取了曹军大本营所在地定军山。此后，丰泰照相馆还拍摄了谭鑫培的《长坂坡》片段，以及其他一些著名京剧演员的一些戏曲片段，比如有俞菊笙与朱文英合演的《青石山》中的“对刀”，俞振庭表演的《白水滩》《金钱豹》等剧的片段，还有小麻姑的《纺棉花》片段等。[1]

丰泰照相馆1909年毁于一场大火，但这种戏曲片的拍摄活动在中国早期电影阶段却一直没有中断过。创办于1897年2月11日的商务印书馆在1918年成立活动影戏部，1920年拍摄了来沪演出的著名京剧艺术家梅兰芳的《春香闹学》和《天女散花》。这两部戏都是梅兰芳的代表作，且“身段表情比较多”。前者是昆曲的传统剧目，改编自古典名剧《牡丹亭》。后者是根据宗教故事创作的神话歌舞剧，梅兰芳在戏中扮演散花的天女。这两部戏在北京、上海等大城市和全国各地上映，还发行到了海外南洋各个城市，受到了国内外观众的欢迎和喜爱。1924年，香港早期电影人黎民伟带了摄影机来到北京，为梅兰芳拍了《西施》《霸王别姬》《上元夫人》《木兰从军》《黛玉葬花》等剧的片段。而早在1913年，黎民伟在香港拍摄的故事短片《庄子试妻》，也是根据粤剧《庄周蝴蝶梦》改编的。[2]

以上是电影初创时期电影改编“向古”一面的一些基本状况，从

【1】 李清：《中国电影文学改编史》，中国电影出版社，2014，第19—20页。

【2】 同上，第22页。

中我们可以看到，它具有如下特征：1. 这属于一种“原始改编”，所谓的“原始改编”，是在“电影形态”还未确立之前的一种“机械式的照搬”，然而，它又带有某种“改编”的性质，也就是大多采用了改编方法中的“节选法”。当然，这一方面是由于拍摄条件的限制，但另一方面也是出于一种朦胧的自觉意识。以《定军山》为例，在拍摄时仅选取了其中的“请缨”“舞刀”“交锋”等段落，它们皆以“动作性”为主，这显示出创作者在选取时的倾向性。此后，中国的武打功夫片长盛不衰，成为中国公认的类型片，由此可见其源头。2. 从当时选片的一些操作方式来看，早期中国电影的“创作及改编”天然地有一种“商业依赖”。譬如丰泰照相馆老板任庆泰，其剧目的选择是很有考量的，他“先是请名角儿去‘大观楼’影戏院演出，见哪些戏好看，群众欢迎，他就记下来，慢慢地一个个请到照相馆来，让刘仲坤给他们拍照片，放大后挂出来；再让刘仲坤选那些光演不唱的好戏拍成片子，拿到‘大观楼’去放映”[1]。李清认为，正因为市场回报的利润，才维持着任庆泰大量拍摄戏曲片的热情。进而我们可以说，中国的电影从起步开始，就显示出电影作为大众娱乐商品的商业化特征。[2] 3. 中国早期电影自动向“戏曲”的靠拢，一方面显示出戏曲在当时的繁盛，具有强烈的可依赖性，同时，当时的创作者也可能是看到了二者的共同属性：演示。也就是说，二者同具有叙事学意义上的“演示”特性，或者用白话现代主义的观点来说，是它们都有“吸引力”的特性。4. 早期电影向“戏曲”靠拢的另一特性，是它无意当中担起了“民族影像志”的记录功能，显示出“国家理论”的某种表述。

文明戏又称“新剧”或“文明新戏”。中国人最早的文明戏活动

【1】 王越：《中国电影的摇篮——北京“丰泰”照相馆拍摄电影访问追记》，载中国艺术研究院影视研究室编《影视文化》(第一辑)，文化艺术出版社，1988，第298页。

【2】 李清：《中国电影文学改编史》，中国电影出版社，2014，第22页。

是留日学生1906年在日本组织的“春柳社”。20世纪初的“文明戏”活动主要集中在上海。“文明戏”有两大特点：一是内容的现实性，二是形式的创新性。文明戏的出现，是以中国资产阶级民主革命为背景，从事戏剧的人旨在以此“启迪民智”，实现“社会教育”，传播“革命思想”。因此，多数剧目，如《黄花岗》《猛回头》《社会钟》《共和万岁》等大都取材于现实。在艺术形式上，则彻底否定传统旧剧的固定程式和表现手法，以对话、动作，以及写实为表现手段，并且采用日本新派剧和西欧话剧的现代舞台装置。[1]革命热潮衰退后，文明戏被迫转向，开始以市民生活、社会新闻剧和市民关注的话题为主，由于题材紧扣现实，形式上又多以喜剧笑闹方式描绘人间百态，所以广受市民欢迎。

在此背景下，大量热门的文明戏被改编为电影短片，张石川一年里拍了十多部，如《活无常》《五福临门》《赌徒装死》《二百五白相城隍庙》《老少易妻》等。此外，商务印书馆活动影戏部也拍摄了9部风格类似的短片。由于这些短片大多趣味比较低俗，虽受市民欢迎，但格调不高。不过，在此时期，有两部由文明戏改编的电影却颇受关注，一部是电影短片《黑籍冤魂》，另一部是电影长片《阎瑞生》。

《黑籍冤魂》是清末谴责小说家吴趼人有感于当时吸食鸦片猖獗贻害无穷而创作的小说，发表于他主编的《月月小说》1907年2月刊上，叙述了一个富翁为圈住儿子让其守住家产而教他吸食鸦片并最终导致家破人亡的故事。此后，上海名伶夏月珊和夏月润兄弟请许复民将该小说改编为京剧，在新舞台演出，后又改编为文明戏，该剧触及当时的社会热点，又令观众有切身之感，因此连演数年，上座不衰。1916年，张石川和管海峰成立幻仙影片公司后，将其拍摄成片。张石川选中文明戏

【1】 李清：《中国电影文学改编史》，中国电影出版社，2014，第23—24页。

《黑籍冤魂》进行改编，从商业上来说，这是当时红极一时的戏剧，热潮远未停息，电影的利润可期。而另一方面，张石川选中这个题材，具有社会意义。[1]

电影《阎瑞生》，既改编自文明戏，又取材于发生在1920年上海滩的一件真实案件，所以它在某种程度上，既是时事电影，又是改编电影。其事实是，洋行买办职员阎瑞生嗜赌成性，挥金如土。一日，他在好友朱老五（上海名人、巨商朱葆三之子）家里，邂逅名妓“花国总理”王莲英。阎瑞生见她满身贵重饰物，债台高筑的他顿起谋财害命之念。他暗地购买麻醉药和绳索，同时向朱老五借来一辆高级轿车，将王莲英骗至郊外，由好友吴春芳相助，将王莲英闷倒勒死，抢走她身上的饰物，弃尸麦田后逃逸，后被捕皆被处死。此案在报纸上披露后，引起了不小的轰动，创办新舞台的夏月珊和夏月润兄弟因有《黑籍冤魂》的成功经验在前，他们立即将这个题材改编成文明戏，在新舞台上演，一时卖座空前，历时半年而不衰。也正是看到了个中商机，陈寿芝、邵鹏、施彬元、徐欣夫、顾肯夫、陆洁等，很快于1921年将《阎瑞生》搬上了银幕。电影由杨小仲根据文明戏改编，任彭年、徐欣夫导演。影片片长10本，是中国第一部长故事片。该片在上海静安寺夏令配克影戏院首映，虽然在拍摄技巧等方面还比较粗糙，但由于取材于真实事件，本身案情就十分吸引人，再加上拍摄多用实景，又多“身边人”扮演，情景真实性强，因此颇为成功。该片连映一周，轰动了影坛。而它的放映也引起了连锁反应，大舞台、笑舞台等剧场都跟着演出了各自的《阎瑞生》，有些是连台本戏，其中影响最大的是著名京剧老生麒麟童（周信芳）主演的《枪毙阎瑞生》……一时竟成热潮。[2]

早期中国电影改编“向新”的一面，除了向文明戏靠拢外，还向现

【1】 李清：《中国电影文学改编史》，中国电影出版社，2014，第26—27页。
【2】 同上，第28—30页。

代类型小说靠拢，这方面的代表作就是中国第一部侦探长片——《红粉骷髅》。这部影片是根据法国侦探小说《保险党十姊妹》改编的，由管海峰和殷宪辅兄弟等创办的新亚影片公司于1921年拍摄完成。影片讲述女学生黄菊英遭遇车祸负伤，在医院治疗期间，与青年医生鲍宗瀛相恋。菊英伤愈，一日应宗瀛约同游公园。时歹徒集团骷髅保险党为筹集活动经费，派遣女党徒娟娘施展美人计诱掳谋财对象。娟娘见宗瀛年轻健壮，遂用邪术将宗瀛诱去，囚于保险党巢穴。党魁一面向保险公司为宗瀛投保，一面每天迫其服用毒药促使其慢性死亡，以便届时领取巨额人寿保险赔款。菊英为宗瀛下落不明而焦急万分，菊英家兄黄谦为律师，怀疑宗瀛突然失踪必有蹊跷，乃公开登报寻人。保险党唯恐事泄，又施邪术囚禁黄谦。黄谦发现保险党罪恶阴谋，用计逃脱后，复与菊英化装潜入保险党巢穴侦察。经历重重危险和搏斗，终于在侦探和警察协助下，一举破获保险党，救出垂死的宗瀛。经菊英悉心护理，宗瀛恢复健康，两人结为夫妻。影片共有12本，借商务印书馆玻璃拍摄馆进行拍摄。该片于1922年5月10日首映于上海夏令配克影戏院，虽然整体制作有些粗糙，但作为中国的第一部侦探影片，既跟风了当时很火热的欧美侦探片的风格，又杂糅了中国武侠的打戏，使这部影片有侦探，有冒险，有武术，有言情，有滑稽，所以颇受观众喜欢，连在上海的外国人也来观看，盛极一时。[1]

李清认为，这一时期的电影改编，具有如下特点：1. 正是通过对传统戏曲戏剧片和当时流行的文明戏的改编，电影这个舶来品才得以逐渐引发中国观众的观赏热情，从而确保早期电影拓荒者的实验活动得以为继，并在最初就形塑中国电影走具有中国独特风格和鲜明民族文化特征的道路；2. 早期电影人同时是在参照模仿欧美电影开始对电影进行探索

【1】 李清：《中国电影文学改编史》，中国电影出版社，2014，第30—31页。

试验的，《阎瑞生》《红粉骷髅》等中国最早的长故事片，就借鉴了美国侦探长片，虽然技法还显得生硬稚嫩，但在欧美电影的影响下，早期电影人不仅注意到娱乐和感官刺激对电影表现的重要性，而且在模仿中掌握了剧情片叙事形态的主要特征，学会了运用影像讲故事的主要元素和叙述方法；3. 从戏曲到文明戏再到小说的改编，早期电影在体裁题材和叙事方式上沿袭了一条以城市文化和流行趣味为主导的商业之路，而其背后的话语则是传统伦理文化。[1]

上述表述和总结，笔者认为是非常准确的，早期中国电影正是借助戏曲、文明戏与小说的支持，从而渐渐确立了自己的形态和特色。不过，仍有几点需要补充：1. 早期中国电影在改编数量上，对戏曲、文明戏的改编要远远大于小说，这显示出早期中国电影对“戏曲、文明戏”的偏向性选择，这也是中国电影“影戏观”确立的主要原因之一。2. 从世界范围看，早期中国电影很明显走的是“梅里爱路线”，似乎缺少“卢米埃尔路线”之创作，但从某种程度上来说，文明戏实际上是部分性地填补了这一空白。因为文明戏大部分就是直接取材于现实生活，具有较强烈的“现实性”，所以，就某种意义而言，早期中国电影走的是一种二者相结合的路线，或者说，是一种“以影戏为主的弱现实主义路线”，而这一路线，直接影响了后来中国电影的创作，并成为其主要特色。3. 早期中国电影借助现代科技对于传统戏曲等的改编，不仅仅在于一种样式的转换和展示，而且是潜藏着一种“传统的现代性塑造”，所以，也可以说，早期中国电影很早就开始了一种“传统的现代化”尝试。4. 早期中国电影在改编上所显示出来的“向古又向新”的局面，显现出早期中国电影的某种漂移、某种裂变和某种撕扯。这表现在“题材”与“类型”、“动作”与“叙事”、“写意”与“写实”等诸方面，但

【1】 李清：《中国电影文学改编史》，中国电影出版社，2014，第32—42页。

根本的，“戏剧性”和“文学性”的问题，最早可以追溯至此。而这一根本性的“对立”和“撕扯”，一直潜伏于中国电影的创作之中，时起时落，并最终在20世纪七八十年代形成“丢掉戏剧的拐杖”“电影就是文学”等的大讨论。

第二节
※
中国电影改编的第二阶段：1924—1932

自1923年郑正秋编剧、张石川执导的《孤儿救祖记》大获成功之后，中国电影创作进入了第一个高潮期，不仅产业规模迅速扩大，影片数量也大幅度攀升。1924年，郑正秋将鸳鸯蝴蝶派的代表作品《玉梨魂》搬上银幕，在社会上产生极大影响，商业上也取得不俗成绩。随后大量的鸳鸯蝴蝶派文人投身电影创作，他们的名作如《空谷兰》《梅花落》等一系列“鸳蝴派”文学的改编作品都获得了极大成功，创造了一系列票房纪录；接着一批取材于民间故事、神话传说和历史演义的古装片也是史称的“稗史片”的拍摄上映，还有取材于古代侠义小说和当下流行武侠小说如平江不肖生（向恺然）《江湖奇侠传》改编的《火烧红莲寺》为代表的武侠神怪片的兴起和蔓延，在商业上形成了“言情片”“古装片”“武侠神怪片”三种类型轮换之势，使中国电影迎来了历史上第一个繁荣兴盛期。更重要的是，在此后中国电影漫长的发展历程中，这种社会/伦理片和言情片、武侠片、历史题材的古装片，它们的基本故事类型、叙事模式与表现风格对中国电影有着巨大影响，乃至持续至今。[1]

【1】 李清：《中国电影文学改编史》，中国电影出版社，2014，第43页。

早期中国电影第一次繁荣兴盛，首先是和“鸳蝴派”成员的加入，以及他们的文学创作紧密联系在一起的。或者说，如果没有“鸳蝴派”文人的加入以及“鸳蝴派”文学的滋养，早期中国电影大概难以形成当时的繁盛，以及后来的持久。为了更好地分析“鸳蝴派”与早期中国电影之间的深层关系，我们有必要梳理下“鸳蝴派”的基本情况。

鸳鸯蝴蝶派，也称礼拜六派或民国旧文学派。晚清科举制度废除后，传统知识分子无法依靠举仕跻身政治上层，一些主要来自苏州、无锡、常州等地的文人，聚集到上海这个现代大都市，以写作为谋生手段，开始了职业写作的生涯。他们在一个由茶馆、咖啡馆、沙龙、书店、社团、同人刊物、公共媒体、出版社、大学和广场等构成的新的都市空间中，依靠在大众媒体发表作品或在书局出版作品换取酬劳。上海的商业化环境和庞大的市民阶层为他们的转型提供了生存的土壤和物质基础。这一流派的作者群先后多达200余人，重要的代表人物有包天笑、徐枕亚、张恨水、吴双热、吴若梅、程小青、孙玉声、李涵秋、许啸天、秦瘦鸥、冯玉奇、周瘦鹃等。其中，包天笑、徐枕亚、李涵秋、周瘦鹃、张恨水被称作“鸳蝴派”的“五虎将”。“鸳鸯蝴蝶”是以形象化的名称来指谓民初的才子佳人的言情小说派别。有研究者把这个流派统称为“旧派”。据统计，民国旧派文学，有长篇2000部，杂志113种，大报副刊4个，小报45种。他们的重要刊物有《民权素》《消闲钟》《快活》《中华小说界》《小说丛报》《礼拜六》《眉语》《小说新报》《小说大观》《小说画报》等。《礼拜六》是他们代表性的刊物，创刊于1914年6月6日，终刊于1923年2月10日，共出版200期。《礼拜六》影响了文坛近10年，民初的一些小说家几乎都在上面发表过小说，所以当时很多人又称他们是“礼拜六派”。无论怎样称呼，这个派别的宗旨就是适应市民阶层的需要，以求博得世人一乐，特别强调文学的娱乐和消闲的功能。由于这一点与电影的诉求不谋而合，所以随着民初电影业在上海的发展，对大众新媒体始终敏感的“鸳蝴派”文人大批地渗入到电影创作部门中，从20世纪20年代到1931年，中国各影片公司拍摄了共约650部故事片，其中绝大多数都是由鸳鸯蝴蝶派文人参加制作的。[1]

据李清研究，“鸳蝴派”文人主要的电影活动集中在如下几个方面：1. 观影、写电影评论乃至建构电影理论。“鸳蝴派”文人都是影迷，有些甚至是狂热的影迷。他们进入影坛先从观影开始，如郑逸梅“经常观剧”“观万籁鸣兄弟绘制卡通片”等。周瘦鹃更是看影成癖。观影成为“鸳蝴派”文人的生活方式，他们每有新片，则相邀一同欣然往观。“鸳蝴派”文人不仅看电影，还将所看的电影观感写下来发表在报刊上，这些影评涉及内容广泛，有着众多的读者，以至于电影人一旦有了新作，专门请他们看电影，希望借他们之笔宣传电影，来扩大影响力。如周瘦鹃写过《党人魂与湖边春梦》《战功与悔不当初》，就是评论美国导演西席·地密尔名作《党人魂》和国产电影卜万苍的《湖边春梦》，以及大中华影片公司的《战功》与晨钟影片公司的《悔不当初》。包天笑也为《明星特刊》写过《历史影片之讨论》，程小青在《电影月报》1928年4月第1期上翻译发表《电影编剧谈》，顾明道发表了《哀情影片之商榷》《电影剧本采取旧小说之我见》等。在此之中，写过最多最有连续性和系统性的有关电影观感文字的要数周瘦鹃了，他于1920年春开始主编《申报·自由谈》，在任期间，他发表了30多篇电影批评文字，名为《影戏话》。其中有大量的介绍西方电影的内容，涉及对西片的评价分析，以及拍片的技巧、小说改编等，甚至对导演明星等生活琐事也做详尽介绍。除此之外，周瘦鹃甚至还提出了电影能开通民智的重大宏论。2. 写影戏小说、电影本事（剧本）、字幕等。“影戏小说”是“鸳蝴派”文人对早期电影的独特贡献，可以说，他们创造了一种看

【1】 李清：《中国电影文学改编史》，中国电影出版社，2014，第50—52页。

电影的读本形式，也就是将看过的电影改写成小说，发表在《申报》《礼拜六》《游戏杂志》等一些通俗文学杂志上，其中仍是周瘦鹃写作的“影戏小说”数量最多，据陈建华统计，自1914年开始约十年间，至少有《阿兄》《何等英雄》《庞贝城之末日》《妻之心》《女贞花》等十来部电影被周瘦鹃改写成“影戏小说”。[1]但相较而言，“鸳蝴派”文人对20世纪20年代电影繁荣贡献最大的当属他们的编剧工作。他们参与创作的剧本大致可分为三类：“一类属于原创，另一类改编自鸳鸯蝴蝶派作家自己的小说，还有一类则是对外国文学作品的改编。”[2]1924年明星公司根据“鸳蝴派”文人徐枕亚的著名作品改编、郑正秋执导的同名电影《玉梨魂》上映，这是第一部“鸳蝴派”的作品被改编搬上银幕，造成了轰动，票房口碑双丰收，影响巨大，从此“鸳蝴派”文人在电影界名声大作，许多电影公司都请他们来编写剧本，或者将他们的作品改编上映。1925年，明星公司干脆将“鸳蝴派”代表人物包天笑请进公司写剧本。据统计，从1925年到1929年，包天笑参与了13部电影的创作，其中有10部由他担任编剧。它们分别是《可怜的闺女》（1925）、《梅花落》（1925）、《空谷兰》（1925）、《多情的女伶》（1926）、《好男儿》（1926）、《富人之女》（1926）、《良心复活》（1926）、《风流少奶奶》（1927）、《多情的哥哥》（1928）、《女伶复仇记》（1929）等。而拍摄于1925年和1927年的《小朋友》（郑正秋编剧，张石川导演）和《挂名的夫妻》（郑正秋编剧，卜万苍导演）则分别改编自包天笑翻译的外国作品《苦儿流浪记》和《一缕麻》。这些作品中最轰动的，当属明星公司1925年根据由他翻译的日本畅销小说《野之花》改编成的影片《空谷兰》。“鸳蝴派”另一主将朱瘦菊也参与创作了近20部电影，涉及的类型包括言情片、伦理

【1】陈建华：《文人从影——周瘦鹃与中国早期电影》，《电影艺术》2012年第1期。

【2】盘剑：《选择、互动与整合——海派文化语境中的电影及其与文学的关系》，浙江大学出版社，2006，第34页。

片、古装片、武侠神怪片等；1924年周瘦鹃也加入到编剧队伍中来，和天一公司一起推动了古装片风潮。此外，程小青、徐卓呆、顾明道、张碧梧、徐碧波 、严独鹤、郑逸梅、姚苏凤等人也先后加入了电影界，皆任编剧或有作品改编为电影。3. 创办影片公司，自任导演主演等。1920年，上海影戏公司在但杜宇寓所宣告成立，该公司的主要成员就有朱瘦菊。1924年，朱瘦菊在颜料商人吴性栽的投资下创办了百合影片公司。1925年，百合与大中华合并，“大中华百合”成立不久，周瘦鹃也加入到“大中华百合”的编剧队伍中来。1925年，有“滑稽大王”称号的徐卓呆与汪仲贤合作创办了开心影片公司。从1925年到1928年，开心影片公司拍摄了十几部滑稽片，几乎每一部徐卓呆都参与了编剧、导演和主演的创作。[1]

李清进而认为，“鸳蝴派”文人如此大规模全方位地进入电影界，对早期中国电影，特别是类型电影的推动，起到了重要作用，这是因为：首先，类型电影是操作商业电影的最有效策略。“鸳蝴派”的文学作品本身就是类型化的操作（小说人物、故事、道德，以及形式的类型化），它建立了一种适合现代都市商业运作机制的文化形式，和早期电影类型片在风格、题材上都相匹配，有着同构性。“鸳蝴派”的作品与市场结合得几乎完美，比较重视文学的市场价值，注重情节性、趣味性，汲取了中国传统叙事文学中注重矛盾、冲突等优点，所以这些作品天然具有改编成电影的价值。其次，早期中国电影类型片明显受到欧美电影特别是好莱坞类型电影的影响，而“鸳蝴派”文人许多都是“双语”作家，他们精通外文，早期还翻译了许多外国小说，同时也是狂热的影迷，不少“鸳蝴派”文人看完欧美电影，还根据电影改写成“影戏小说”，因此当他们介入电影创作后，所受的好莱坞等类型片的影响也

【1】 李清：《中国电影文学改编史》，中国电影出版社，2014，第58—67页。

自然而然地在他们的电影作品中反映出来。而“鸳蝴派”小说对曲折离奇的情节和动人情感的追求，和好莱坞类型片讲究故事的传奇性、情节的一波三折性有着天然的亲和力。最后，由于教育和语言的隔阂，再加上对风俗人情的陌生，当时许多市民更喜欢观看具有中国传统文化道德观、价值观的国产电影。“鸳蝴派”既具有浓厚的中国传统意识，却又并非食古不化，他们更多地杂糅了由传统向现代、由“旧”向“新”转型的特征，和20世纪初的大众文化语境十分契合。而从他们被改编的作品或者是他们参与编导的电影来说，言情片、古装片、武侠神怪片，是“鸳蝴派”文人对早期电影类型片最大的贡献。[1]

一、言情片

言情片，或称爱情片、哀情片，是早期中国电影中发展相对较为完善的类型片。中国最早的言情片，是拍摄于1921年的《海誓》，上海影戏公司出品，但杜宇导演。初次尝试后，但杜宇很快又推出第二部言情片《古井重波记》，剧本由“鸳蝴派”成员朱瘦菊创作。片长6本，讲述了女主人公胡娇娜恋上律师李克希，但遭富翁胡特妒忌，李克希被杀而胡娇娜又杀死胡特的故事，是一出爱情悲剧。1924年，“鸳蝴派”早期重要人物徐枕亚的哀情小说《玉梨魂》被搬上银幕，这也是第一部被改编后搬上银幕的鸳鸯蝴蝶派小说，由明星公司出品，郑正秋编剧，张石川导演。徐枕亚的原作《玉梨魂》是用骈文写作的，有十余万字，1912年该书先连载于《民权报·副刊》，1913年出单行本，再版数十次，掀起了骈文支派甚至整个“鸳蝴派”中的轩然大波。《玉梨魂》小说讲述一位出身于书香门第的才子何梦霞，任教于江南某校，客居远亲家，受

【1】李清:《中国电影文学改编史》，中国电影出版社，2014，第69—70页。

托给孀妇白梨娘的稚子当督教，何梦霞和白梨娘在诗函赠答和相互关照中，坠入情网。白梨娘为礼教所困，却又无法忘怀何梦霞，遂荐小姑筠倩以自代。无奈何梦霞用情专一，筠倩也追求自由，不愿李代桃僵，白梨娘进退维谷郁悒成疾，自戕身体，以死成全小姑和梦霞婚事。梦霞离家奔走革命在武昌起义中中弹身亡，以殉国形式殉情。筠倩也终日情志不舒，最后抑郁而死。电影《玉梨魂》基本沿用小说的情节，但更强化渲染旧礼教对女主人公梨娘心灵的无形束缚，以及由此而带来的忧郁和痛苦。影片也改变了小说的悲剧结尾，让筠倩遵从梨娘的嘱托，带着遗孤鹏郎去寻找何梦霞，两人互为对方感动，终于和好，并抚养鹏郎长大成人。影片于1924年5月试映于上海夏令配克影戏院，引起轰动。而《玉梨魂》开创的哀情电影类型，对早期电影的影响是巨大的，同时也引发了言情电影的跟风现象。多家电影公司大量改编或请“鸳蝴派”文人创作剧本，一时之间，爱情、哀情、奇情、怨情、谐情、幻情、侠情、义情等等，无所不有，掀起了言情片热潮。[1]

言情片另一代表作《空谷兰》是由包天笑根据自己翻译的同名小说改编而来。值得特别提及的是，此小说译本是根据日本作家黑岩泪香的翻译小说《野之花》转译而来，而黑岩泪香的《野之花》则译自英国女作家亨利·伍德夫人的畅销小说《里恩东镇》(*East Lynne*)。电影《空谷兰》分上下两部，共计20本，由张石川导演，张织云、杨耐梅等主演。1926年2月16日《空谷兰》在中央大戏院首映，引发轰动，电影公映盛况空前，票房收入高达13.2万元，创下了默片时代的最高纪录。《空谷兰》讲述了一个都市婚姻中善有善报、恶有恶报的道德训诫故事：世家子弟纪兰荪与亡友之妹纫珠相识并相爱，遂订下婚约。由于两家门第悬殊，婚后纫珠因不善应酬，两人产生芥蒂，暗恋兰荪的表妹柔云擅长

【1】 李清：《中国电影文学改编史》，中国电影出版社，2014，第70—76页。

周旋取得纪家欢心。纫珠产下一子取名良彦，在良彦周岁生日席间，纫珠无意撞到兰荪和柔云隐情，于是留书一封，携婢女翠儿返回老家。其间发生了车祸，兰荪误以为纫珠车祸身亡，其实死去的却是相貌酷似纫珠的婢女。兰荪遂与柔云成婚。谁知柔云婚后不仅不似纫珠温柔贤惠，还追逐名利自办学校，且待良彦刻薄。14年后，纫珠想念亲儿到柔云办的学校化名幽兰夫人任职。因良彦染疾甚重，柔云将医生给良彦开的药偷走，欲加害良彦，不料正被纫珠发觉，并向柔云亮明身份，柔云大惊，遂乘马车匆忙逃走，不料途中人仰马翻，受重伤身亡。兰荪与纫珠夫妇重归于好，合家团聚。[1]

李清认为，影片宣扬的是善有善报、恶有恶报的因果报应伦理道德理念，同时也涉及了许多的社会问题，比如自由恋爱、门第观念、民主平等、办学、亲子之爱等。但事实上，影片没有引向真正的个性解放和民主平等，而是给恋爱自由、婚姻自主所代表的西方的个性解放，披上了中国传统的家族本位的伦理道德化世俗化的外衣。这部改编影片源自亨利·伍德夫人《里恩东镇》的原著故事，尽管日文版的《野之花》已经将原著改编成了东方的故事，但我们通过和原著故事的对比，仍可以看到包天笑所做的有意味的中国化改写。原著讲述了一个女子因为嫉妒和任性抛弃了她的丈夫和孩子与另一男子私奔，结果为自己的行为付出了沉重的代价的故事。小说中女主人公最后隐匿了自己的姓名和身份，回到原来的丈夫和孩子身边赎罪，临终前得到了丈夫的宽恕。[2]这是一部非常明显的男权话语体制内的小说，但显然中国观众并不适应西方文化中的自我救赎式情怀的故事，在这里面他们找不到一个感情和道德上可以完全投入和认同的男主人公或女主人公，他们更喜欢善恶分明，忠奸对立，善有善报、恶有恶报的叙事模式。因此在包天笑的转译中，

【1】李清：《中国电影文学改编史》，中国电影出版社，2014，第77—78页。

【2】董新宇：《看与被看之间——对中国无声电影的文化研究》，北京师范大学出版社，2000。

女主人公被分离成两个人物，代表着善与恶的两个化身。女主人公纫珠作为善的伦理代表，被重塑为集忍耐、贞洁、顺从和母爱于一身的完美女性，即使因为家贫被驱逐，但依然对爱情忠贞不移，最后她重新赢得父权秩序的体认，得以回到家族中，最终拥有了丈夫和孩子；而另一个女主人公柔云则是代表着恶的富家女，她贪慕虚荣爱好交际有心计，还独资办学锋芒毕露凌驾男人之上，最后难逃“多行不义必自毙”的遭丈夫厌弃的结局。这种明晰的忠奸立场与善恶判断，以及大团圆式的伦理叙事模式，其本质上是和中国古典小说、戏曲故事、坊间说书、民间传奇、稗史侠义等传统的中国通俗文学一致的，所以更容易获得中国观众的认同与共鸣。[1]

《空谷兰》大获成功之后，包天笑根据俄国大文豪托尔斯泰的名著《复活》改编的电影《良心复活》（1926），根据法国著名作家雨果的散文剧《安琪罗》改编的电影《多情的女伶》（1926），根据自己小说《诱惑》改编的电影《可怜的闺女》（1925）等，也都取得了较大影响。它们连同此时涌现的《连环债》《同居之爱》《风雨之夜》等影片，将言情片创作向更深更广处推进。至20世纪30年代初期，言情片本想借助于小说《啼笑因缘》的横空出世而再掀高潮，但因缘际会，阴差阳错，电影《啼笑因缘》所带来的纠纷和票房失利，却导致了言情片创作的衰落，不过，它仍是这一时期当之无愧的代表作。

《啼笑因缘》是张恨水被严独鹤邀请到上海为《新闻报·快活林》写稿而创作的作品，自一甫出，便震惊上海文坛，成为张恨水最畅销的作品之一。该作自1930年3月17日开始连载，至11月30日连载完毕，期间大受欢迎。12月，上海三友书社出版单行本，一时洛阳纸贵。《啼笑因缘》成为畅销小说后，不断地被改编成评弹、说书、话剧。从此风靡

【1】 李清：《中国电影文学改编史》，中国电影出版社，2014，第78—79页。

全国，以至影响达于海外。其书屡屡再版，至今不绝。张恨水自己也说："上至党国名流，下至风尘少女，一见着面，便问《啼笑因缘》，这不能不使我受宠若惊了。"[1]善于捕捉热点引领风潮的明星公司自然不能放过，于是将其改编为电影。[2]

李清认为，《啼笑因缘》不仅作为中国电影史上第一部部分彩色电影有着特殊的地位，而作为标志着"鸳蝴派"进入第一阶段衰落期的电影，本身也很有文化和历史语境上的研究价值。影片通过樊家树这个"平民化的少爷"与贫寒女子沈凤喜的爱情传奇及其悲剧结局，从侧面反映了北洋军阀统治的黑暗和动乱的社会现实。原著集言情、武侠和社会于一炉，电影也尽力体现小说的主题，与其他改编自张恨水的影片相比，这部电影具有一定的现实意义。和原著一样，影片把樊家树与平民女沈凤喜、豪门仕女何丽娜和江湖女侠关秀姑之间曲折复杂的情爱纠葛作为主线，架构整部电影。沈凤喜和何丽娜的容貌十分相像，因此在她们之间的选择，则代表着两种不同文化趣味的选择。何丽娜是一个受外来畸形文化影响的时髦女郎，美丽而放荡，因此樊家树便把情感寄托在沈凤喜这样一个具有东方自然神韵的少女身上。在他眼里，沈凤喜却是一个中西合璧的人物，与丽娜相比，她含涕微笑不失天真烂漫，妩媚可人涉世未深，尽显处女之美、自然之美，而她的娇憨伶俐缠绵又绝不是秀姑那样老老实实的样子可比。他送沈凤喜去读女子职业学校，为她单独租赁独门独院住房，把订婚戒指套在她手上，这反映了张恨水这样经过"欧风美雨"影响的知识分子，对西方文化理智上接受，希望反叛传统向现代靠拢，但情感上却本能排斥，向往东方的情调，欲加以保存和改良。张恨水摒弃了非新即旧、新优于旧的绝对化的思维模式，他希望在新与旧、中与西之间进行整合，将现代化与民族化结合起来，既肯定

【1】张恨水：《我的小说过程》，《上海画报》1931年2月。

【2】李清：《中国电影文学改编史》，中国电影出版社，2014，第86—88页。

"五四"新文化，西方文化的先进性、现代性，同时也不否认传统文化的合理性内核，他更注重的是对传统文化的继承和改造。如果说《玉梨魂》代表着爱情无法自由欲爱不能的悲剧，那么《啼笑因缘》则是有了自由选择权后，抉择的艰难。沈凤喜、何丽娜和关秀姑分别象征了三种文化形态，樊家树与她们的情感纠葛体现了不同文化样式之间的碰撞，这可视为新文化运动之后受过西方文化影响的中国人文化选择的矛盾心理。影片结局是沈凤喜屈服于金钱和权力，背叛了樊家树，最后被刘将军虐待致疯，象征着东方情调被暴力毁灭和金钱侵蚀；而何丽娜退出社交圈，在西山茹素学佛，摩登女郎向东方情调的回归，终获得樊家树感情的归宿，代表着张恨水式的"新鸳鸯蝴蝶派"的一种憧憬：力图对传统文化进行改良，使之既有现代风云，又保存东方文化风情。此外，张恨水为了满足上海读者的欣赏趣味，特别增添了行侠仗义的关寿峰和关秀姑的具有传奇色彩的情节，这些在影片中都体现得非常成功。电影共分六集，每集分十本，其中六本为无声黑白片，两本是彩色片，两本是有声片。剧情中凡遇有风景的地方，如北海、什刹海、西山等外景，就拍成彩色片，当演到将军府唱堂会、鞭打沈凤喜、唱《四季相思》歌等场面，则拍成有声片。可以说，电影《啼笑因缘》是明星公司非常认真大投入生产的一部大制作，但因为著名的"双包案"（与大华公司顾无为的纠纷）官司的内耗，再加上此时政治局势变化，民族救亡成为主潮，观众兴趣发生转移，导致电影《啼笑因缘》最终失利收场。[1]

李清的这一梳理和分析，极其清晰地勾勒出了早期中国言情片的发展状况及鸳鸯蝴蝶派对言情片的重要影响，从中我们可以看到，鸳鸯蝴蝶派不仅直接催生了言情片这一早期中国电影类型的诞生，且将言情片这一类型不断丰富化、深远化。从《玉梨魂》的"爱而不能"，到《空

【1】 李清：《中国电影文学改编史》，中国电影出版社，2014，第90—91页。

谷兰》的“爱分忠私”，再到《啼笑因缘》的“爱可选择”，鸳鸯蝴蝶派文人一步步拓展了言情片的主题内容及创作路径，使得言情片无论就其探讨的深度，还是描述的广度，都较之前有了巨大的发展，所以，在某种程度上，鸳鸯蝴蝶派对早期中国电影的成长无疑是不可或缺的。就改编而论，鸳鸯蝴蝶派对于早期中国电影的重要性，以及其所呈现出来的改编特点，主要表现在如下几个方面：

1. 鸳鸯蝴蝶派对于中国言情片乃至早期中国电影最重要的贡献在于其独特的“文学性”。从广义上讲，“文学性”是使一部既定作品成为文学作品的特性；从狭义上讲，则是从表达、叙述、描写、意象、象征、结构、功能及审美处理等方面对一部作品的普遍升华，是形象性、想象性、多义性、暧昧性等的统一。在鸳鸯蝴蝶派文人全面进入电影创作之前，尽管已有郑正秋、张石川等人的探索与开拓，但相较而言，此时的电影形态较多注重“戏剧性”或“趣味性”，而缺少“文学性”。换句话说，在此之前的早期中国电影虽找到了其基本结构和叙事形态，使之开始具有了“可观看性”，但却缺乏一种“普遍升华”。而鸳鸯蝴蝶派不仅填补了“文学性”这一空白，并以其努力，非常出色地完成了这一“普遍升华”，使早期中国电影在“可观看性”上，逐渐拥有了“可阅读性”“可欣赏性”“可回味性”，大大提升了早期中国电影的品位与品格。表现在电影改编及创作上，其特点为：（1）人物形象的类型化和丰富化。鸳鸯蝴蝶派不仅为言情片提供了一系列形象生动、情感饱满的人物形象，还使这些人物形象逐渐固定化、类型化。在早期中国言情片中，无论男女，基本都可分为“忠贞型”“开放型”“混合型”三种。忠贞型是“痴男痴女们”的典型代表，一如《玉梨魂》中的梦霞和梨娘；开放型是“现代女性及交际花”等的代表，一如《空谷兰》中的柔云；混合型则是“浪子浪女们”的典型代表，一如《啼笑因缘》中的何丽娜。这种类型化的创作，一方面显然继承了古代小说或文学中“才子佳人”的艺术传统，另一方面，又显然是对传统的“现代化丰富和发展”，呈现出“现代性”的一面，但更重要的是，人物的类型化，不仅为批量生产、电影的工业化提供了保障，也为后来的言情片创作，提供了基本的形象原型。（2）故事多具传奇性和曲折性。鸳鸯蝴蝶派对言情片乃至早期中国电影的另一助力，在于将中国古代传奇小说及文学中的“传奇性”和“曲折性”重新“移植”到了电影创作及生产之中。这一移植，激活了电影叙事的能力，使得早期中国电影从实质意义上开始真正实现由“短”向“长”的飞跃。而必须强调的是，这一移植，并非是一种简单地照搬挪移，而是一种由文人式的“雅”向文人、市民混合型的“雅俗”的转变。也正是在这个意义上，早期中国的言情片，作为一种类型，才获得了广大市民的认可。或者，应该反过来说，正是这种“雅俗性”，才获得了观众的喜欢，并使得言情片作为一种类型，得以最终成立。（3）情节结构的类型化。与故事的传奇性和曲折性一脉相承，顺延下来的便是情节结构的类型化。这本是一体，在此分开表述的原因是，前者更倾向于“叙事的显像层”，而后者更倾向于“叙事的内部层”。在某种程度上，鸳鸯蝴蝶派所带给早期中国电影“叙事内部层”的建构无疑是巨大的，这主要表现在“人物关系的复杂性、情节发展的波折性、叙事结构的悲剧性”等方面。以《啼笑因缘》为例，所有的叙事发展首先是建立在“一男三女”这一复杂的人物关系上，并由此带来了情节发展的“一波三折”，而何丽娜最后的顿悟，虽然使得叙事结构走向某种“圆满闭合”，但沈凤喜被“毁灭”的过程作为主结构，却将整个叙事结构带向了“悲剧性”的一面，从而使得言情片的叙事呈现为一种“悲剧式结构”。不过，在此特别强调的一点是，郑正秋等所开创的“家庭伦理剧”，虽也具有“情节发展的波折性”，但与言情片所不同的是，家庭伦理剧的情节发展更多依靠矛盾冲突，而言情片的情节波折，更多来自于一种“命运与个人”的交错或错失。

2. 鸳鸯蝴蝶派对于中国言情片乃至早期中国电影的另一贡献在于，它给中国言情片乃至早期中国电影提供了一种特有的“情感性”——“情韵和气韵”，也可以说是“情质和气质”。在某种程度上，中国留存最早的影片《劳工之爱情》(又名《掷果缘》)，可说是中国言情片的“前身”，通过这部短片我们可以看到，作为一种爱情表述，《劳工之爱情》不仅较为清晰地向我们讲述或展示了爱情“爱恋—追求—挫折—转机—成功”这一完整的过程，而且还把这一过程建立在现代性“自由恋爱”的基础上，可以说，《劳工之爱情》作为一部“言情片”，已是相当成功了。然而，另一方面，这部影片由于太过于关注爱情在过程进行中的“关键点”处理，而缺乏一种“情质和气质”在叙事和影像上的渲染，在此，需要特别提及的是，这并非是因为影片长短的问题，而是一种观念的缺失，或者说，张石川、郑正秋在对“情”的处理上既非“擅长”，亦未意识到“情”——情质和气质——对于爱情片的重要性。在某种意义上，是一种“格局式欠缺”。这种“欠缺”，在郑正秋和张石川后来的影片中可以得到进一步印证。而鸳鸯蝴蝶派的进入，则恰恰弥补了这一“格局式欠缺”，不仅使“爱情/言情片”在叙事形态和情感表述上更趋完备、完善、完美，更使得它在激发观众最薄弱、最易感动之情绪、情感方面，获得了突破式发展。在此方面，鸳鸯蝴蝶派对于言情片乃至早期中国电影而言，厥功甚伟，因为正是它的进入，使得早期中国电影学会了自己的“情感表述”。

3. 除却“文学性”“情感性”之外，鸳鸯蝴蝶派对于言情片的贡献，还在于它的“主题性”。与郑正秋在家庭伦理片上所开创的“主题性”表达一样，鸳鸯蝴蝶派也很注重对于“主题性”的开掘。也就是说，鸳鸯蝴蝶派在丰富、发展言情片的“文学性”与“情感性”的同时，也一以贯之地对于“恋爱观”“爱情观”“婚姻观”等给予时代性的审视和思考。在“自由恋爱”这一现代性基础上，鸳鸯蝴蝶派对于“爱情主题”的挖掘，开始向“爱情的自由论”“爱情的道德论”“爱情的忠贞论”“爱情的选择论”“爱情的金钱论”“爱情的社会论”等方面不断深入。有时一部影片集中讨论一个问题，有时一部影片兼论多个问题。譬如《玉梨魂》集中讨论的，是一个在恋爱逐渐开放自由的时代里，恋爱的不自由问题，或者说是“恋爱的自由度”问题。在影片中，恰恰是因为“恋爱的不能自由”，最终导致了悲剧的发生。在某种程度上来说，这一问题探讨的不可谓不深入。因为随着西风东渐，“自由恋爱”开始成为各种文艺表述的“显贵”，但鸳鸯蝴蝶派却敏锐意识到，由于受到传统文化等的影响，“自由恋爱”很可能是一个“伪命题”，而正是因为这一“伪命题”的存在，才导致爱情悲剧时有发生。这一探讨，既是针对现代性的，也是针对传统性的，可谓独到而又深刻，而对此问题的探讨，不仅在当时受到欢迎，也一直影响至今，不时成为文艺讨论的主题之一。再譬如《空谷兰》，探讨的是“爱情的忠贞论”和“爱情的道德论”等问题，而《啼笑因缘》则探讨的是“爱情的选择论”，以及“爱情的金钱论”“爱情的社会论”等问题。这些主题，由于紧扣现实，而又独特深刻，所以影响广泛。从另一方面来讲，这也是言情片在当时为什么如此受欢迎且对早期中国电影发展缘何如此重要的根本原因。

4.然而，我们不应忘记鸳鸯蝴蝶派文人在电影创作中所具有的“世界性”。这种“世界性”，不仅体现在他们对西方文学（小说和电影）的广泛涉猎和接受上，更体现在他们对西方文学的“转译”与“改编”上。具体而言，它呈现为三种方式：一是为人们所广为熟知的“转译”，如包天笑，他翻译的西方文学作品，主要是从日文版译介过来的，而日本版又来自日本作家翻译的欧美作品；二是“转写”，也就是将看过的电影，“转写”成影戏小说；三是“改编”，就是将西方文学作品直接改编为电影。譬如1926年的《良心复活》，就是根据托尔斯泰的《复活》改编而来；再譬如1926年的《多情的女伶》，则又是包天笑根据法国著名作家雨果的散文剧《安琪罗》改编而成。在此需要特别提及的是，上述“转译”“转写”“改编”三种方式，并不仅仅只限于包天笑一人，而是广泛存在于鸳鸯蝴蝶派诸文人之中。而由此所显现出来的自信心与世界性，在某种程度上，拓展了中国电影的格局，显示了中国电影在处理世界性题材上的能力。

5. 不过，“世界性”并非是鸳鸯蝴蝶派文人的最终目的，或者说，它仅是一种手段而已。鸳鸯蝴蝶派所根本关心的，仍在于它的“本土性”或“在地化”。这一点已得到了研究者的普遍认可。如秦喜清在《欧美电影与中国早期电影：1920—1930》一书中就认为，包天笑对托尔斯泰《复活》的改编，就体现了这一点。首先，在《良心复活》这部电影中，原著中的基督教思想被改换，突出的是具有道德意义的良知，它改用具有中国特点的大团圆叙事结构，让母子与富家子团圆，从而使人们在良知被实现的结局中得到充满伦理意义的抚慰。因此，《良心复活》完成的是宗教精神向道德训诫的转化。其次，原作中玛丝洛娃和聂赫留朵夫的孩子出生后不幸夭折，而在《良心复活》中，则是母亲含辛茹苦把儿子抚养成人。这不仅体现了中国文化当中伦理亲情的温暖与价值思想，也因此而改变了叙事的整体结构。正因如此，《良心复活》在某种意义上，完成了“本土化”的改造。[1]而相同的情形，也发生在《多情的女伶》等影片上，这显示出鸳鸯蝴蝶派文人对于“本土性”的自觉。

上述“文学性”“情感性”“主题性”“世界性”“本土性”，是鸳鸯蝴蝶派对于早期中国电影乃至整个中国电影的独特贡献，它不仅使得早期中国电影迅速成长起来，且显著提升了早期中国电影的整体品格。这一点，可从最新发现的《风雨之夜》这部影片中得到佐证。这部由朱瘦

【1】 秦喜清：《欧美电影与中国早期电影：1920—1930》，中国电影出版社，2008，第90—91页。

菊于1925年拍摄的电影，不仅使世人第一次目睹了什么是鸳鸯蝴蝶派电影，也让人们领略到了“鸳蝴派电影”的真正魅力。无论是其题材选择的时尚性（一对乡绅夫妇各自的精神出轨），还是故事的曲折性、文学性，无论是其主题的深刻性（对于现代性的反思），还是人物形象的丰满性，这部电影在当时的世界范围内，都可称得上是一部“世界性”影片。

二、古装片

毫无疑问，古装片是这一阶段电影改编的一次大爆发。而所谓的“古装片”，是相对于取材现代的“时装片”而言的，它发轫于1926年天一影片公司拍摄的《义妖白蛇传》和《梁祝痛史》。1927年开始，受天一公司的启发，大大小小的上海电影公司纷纷开拍古装片，据统计，参与摄制的公司达17家之多，“几乎所有的公司都掉首而热衷拍摄宽袍阔带的古人故事。即使以‘社会片’创作特色的‘明星’公司和以都市生活题材见长的‘大中华百合’公司，也无法逃避古装片的商业诱惑，相继拍摄了《车迟国》（取材于《西游记》）、《美人计》等与以往的创作旨趣有异的影片”[1]。

古装片的题材其实非常广，涵盖了民间传说、弹词、小说、神话传说、戏曲、诗歌等各个方面，片种也多样，可分为稗史、言情、神怪、武侠等，不一而足。从《三国演义》《红楼梦》等名著小说，到《孟姜女》《白蛇传》等民间故事，都先后被搬上了银幕。这一时期，天一公司除了《义妖白蛇传》《梁祝痛史》之外，还拍摄了《珍珠塔》《孟姜女》《孙行者大战金钱豹》《唐伯虎点秋香》《刘关张大破黄巾》《西游记女儿国》《唐皇游地府》《花木兰从军》等；明星影片公司拍摄了《车迟国

【1】 弘石：《第一次浪潮——默片期中国商业电影现象述评》，《当代电影》1995年第2期。

唐僧斗法》《蔡状元建造洛阳桥》《白云塔》等；长城公司根据《水浒》拍摄了《石秀杀嫂》《武松血溅鸳鸯楼》等；民新公司拍摄了《西厢记》《观音得道》《木兰从军》等；上海影戏公司则拍了《盘丝洞》《杨贵妃》等；大中华百合公司拍了《乌盆记》《美人计》《大破高唐州》《清宫秘史》等。在此之中，属于制作比较精良的有《美人计》《盘丝洞》《西厢记》《木兰从军》等。[1]

李清认为，“古装片”风潮有几个历史成因：首先，1926年之前的一段时间内，中国国产电影大多是一些穿着“时装”的言情片和社会片，其泛滥程度已经让观众倒了胃口。其次，与当时的新文学运动提倡的“整理国故”运动相呼应，开始到民间文化之中寻找创作的源泉。最后，也是最根本的原因，那就是从市场商业方面考虑。这里包括两个因素：一个是当时的中国电影市场已基本上被美国片商垄断了，留给中国制片公司的只是一些下等影院，而光顾下等影院的都是些经济能力有限、文化程度偏低、长期受取材于稗史的弹词、评书、评话等曲艺艺术影响的观众，各公司为销路起见，要迎合这些观众的胃口，去摄制他们熟悉的题材以获得市场效益。另一方面，南洋市场一直是中国电影最大的市场保障，而古装片对于远在南洋的华侨来说，通过这些脍炙人口的、妇孺皆知的传说、戏曲和古典小说演义等改编的电影，可以寄托自己的乡愁并借此寻找回自己的文化之根。[2]

当然，“古装片”的成因取决于此但又并非仅限于此。一方面，我们必须看到当时的全球性语境和这种语境所带给中国电影创作者的影响。在某种程度上，本书并不完全认同“影像殖民”等一边倒的看法，而是认为，当上海这个城市早已融入全球性的范畴之中的时候，它所有的一切，无形之中都已成为“参与”的一部分并被裹挟于其中。电影亦

【1】李清：《中国电影文学改编史》，中国电影出版社，2014，第96页。

【2】同上，第93—95页。

如是。“古装片”可视为是对欧美“历史片/史诗片”的一个回应，并在这种回应中，共同参与了全球性的建构。另一方面，这也可能是一种“类型意识”的觉醒。尽管此次“古装片”创作最终并未能形成一种类型，而是以“风潮”的样式出现并迅速褪去，但我们却并不能因此而否认“古装片”作为一种类型的可能，以及潜藏于其中的早期电影人欲将之创塑成一种类型的企图。可以说，在它身上，显示了一种朴素的“类型意识”的存在，即取材的相对集中，对于历史的演义化，相对稳定的叙事结构，相对固定的观众群，以及市场等。

但“古装片”并未形成真正的电影类型的最根本原因，除了缺乏连续而一贯的持久性和严谨而科学的严肃的创作态度外，还在于缺乏一种对于“类型概念”的深刻理解。“类型”作为一种“概念”，既包括了叙事各要素，又包括了工业各要素。所以，当我们今天把更早期的中国电影中的“言情片”“社会片”作为一种类型来看待的时候是不严谨的。而中国真正的类型片，无疑是稍后的“武侠片”，因此此时的武侠片，不仅建立了叙事各要素的稳定结构，也建立起了发行、放映等工业体系的各要素的稳定结构。所以，从这一方面来讲，“古装片”可视为是“类型”的“一次预演”。其功不可没。而李清则认为：“20年代的古装片迅速走向衰落，是市场对急功近利的投机行为的否决”，但古装片是以流传了千百年的中国传统文学经典、话本小说、戏文故事等为蓝本进行改编的电影，也就是说，通过电影的表现手段对民族文化进行视觉的呈现，可以说是一种非常重要的文学改编行为，对中国电影有着重要的贡献。它通过对民族民间故事的选择，使得中国早期电影在错综复杂的语境中能够坚守民族意识，同时也是这一时期中国民众维护民族自尊、反思文化传统和寻求精神寄托的重要举措；同时它也拓展了本土电影的生存空间，具有强大的生命力，不仅不会随着时间的流逝而消泯，反而会在特定的时空中反复出现。20世纪20年代中后期之后，在1940年前后的‘孤岛’时期，古装/历史片再度繁盛，成为‘孤岛’影人以古喻今、宣传抗敌的武器。”[1]

从总体上来说，古装片风潮可看作是中国电影史上的第一次“IP”争夺战。尽管先前有对张恨水《啼笑因缘》这一“IP”的抢夺，但此时的抢夺更多带有构陷、搅局的意思，而非纯粹商业意义上的争抢。但到了“古装片”时期，对于资源的抢夺则具有了纯粹的商业意义。尽管各类文学经典、话本小说等，并不能资源独享，可以购买“囤积”，但在资源的利用和疯狂式挖掘上，二者如出一辙。因此，这一时期的改编特点可以概括为：1. 改编的范围和广度得到了大大增强，以前仅限于鸳鸯蝴蝶派作品的改编局面被打破，开始向中国古典文学及民间故事等拓展。2. 改编良莠不齐，有的对原著进行了较好的改编与呈现，如侯曜的《西厢记》，在比较“忠实”于原著的基础上，进行了较好的艺术加工，原著的故事思想与创作者个人的艺术表达，较好地得到了体现。但相较而言，其他大多数改编都属于粗制滥造。3. 改编上，第一次出现了“娱乐化”倾向。譬如但杜宇的《盘丝洞》，与原著相比，不仅故事上有了较大的改动，且整个的编排，朝着“娱乐化”的方向前进。既有着时尚的追求（蜘蛛女们的穿着打扮），又有“特技”——“奇观化”效果——的展现；既有“混搭”风格的诉求，也有插科打诨、戏谑逗乐的表演呈现。在某种程度上，这一“娱乐化”追求，是出于对于商业市场的考虑，但从另外一方面来看，这也显现出改编的一个基本动态。

三、武侠神怪片

接续古装片，武侠神怪片应运而生。或者可以说，武侠神怪片就是

【1】李清：《中国电影文学改编史》，中国电影出版社，2014，第99—100页。

古装片的一个延续和发展，是商业上的一次“升级换代”。武侠神怪片的成因也有很多，具体说来，主要有以下几个方面：1. 直接受美国动作片等的影响。譬如这一时期放映的《侠盗罗宾汉》《月宫宝盒》《三剑客》《巴格达窃贼》等，都对中国武侠电影的诞生，起到了很大的影响作用。换言之，中国的武侠电影也可以解读为是中国的电影人以此契机，通过模仿与创作，参与全球性电影生产的一种直接反映。2. 1927年大革命失败后，在普通民众中间普遍存在一种苦闷与不满的情绪，而武侠神怪片的出现，恰好满足了他们的情感宣泄和一种替代性的民族诉求。3. 中国源远流长的侠义精神，为武侠神怪片的产生，提供了最基本的文化土壤。4. 彼时大量的武侠出版物（包括武侠小说和侦探小说等）的流行，为武侠电影的诞生，提供了丰厚的改编资源。如平江不肖生（向恺然）的《江湖奇侠传》、顾明道的《荒江女侠》等，后来都被改编成电影，且都长达数十集。5. 电影对于动作性的偏爱，从一开始就得到了充分验证，所以，以动作为主的武侠电影的诞生，将是必然的。6. 电影摄影术的发展，特别是对于一些“特技”的开发运用，为武侠电影的诞生提供了技术保障。7. 必不可少的，是此时内地电影市场和东南亚市场的形成，倒逼电影工业体系日益完善，并以此作为突破寻找最佳类型的一次大爆发。

公认的武侠神怪片的起始，是明星影片公司于1928年根据“鸳蝴派”文人平江不肖生（向恺然）的畅销小说《江湖奇侠传》改编的《火烧红莲寺》（第1集）（郑正秋编剧，张石川导演）。自此之后，武侠神怪片热燃遍中国。据不完全统计，在1929年至1931年间上海的50多家影片公司，就拍摄了250多部武侠神怪片，占其全部影片的60%以上。[1] 在这众多的武侠神怪片中，大致可以分为如下几类：1. 根据“鸳蝴派”作

【1】 程季华主编《中国电影发展史》（第一卷），中国电影出版社，1963，第113页。

品改编的武侠神怪片。“鸳蝴派”文人，除了写作言情小说外，还创作武侠题材小说。其中当首推向恺然，他的《江湖奇侠传》，1923年1月在《红杂志》22期开始连载；6月，同时在《侦探世界》上开始连载《近代侠义英雄传》。除了他，“鸳蝴派”的陆士谔创作有《血滴子》《红侠》，顾明道有《荒江女侠》，姚民哀则有《四海群龙记》《山东响马传》等。而被改编为电影比较有名的有：根据《江湖奇侠传》改编的《火烧红莲寺1—18集》(1928—1931，张石川导演)，《红侠》(1929，文逸民导演)，《荒江女侠1—13集》(1930—1931，陈铿然导演)，《关东大侠1—13集》(1928，任彭年导演)等。其中最有名的当属《火烧红莲寺》，自火爆市场后，引起了中国电影界一片“火烧现象”，这当中有大中华百合影片公司的《火烧九龙山》(1929)，天一影片公司的《火烧百花台》(上下集，1929)，友联影片公司的《火烧九曲楼》(1929)，暨南影片公司的《火烧青龙寺》(1929)、《火烧白雀寺》(1930)，复旦影片公司的《火烧七星楼1—6集》(1930)，锡藩影业公司的《火烧剑峰寨》(1929)、《火烧刁家庄》(1930)，昌明影片公司的《火烧平阳城1—6集》(1929—1931)等。[1] 2. 根据古代侠义小说、民间传说、戏曲等改编的武侠神怪片。这一时期，除上述改编外，还有大量根据古典小说、民间传说、戏曲、话本等为蓝本改编的武侠神怪片。譬如，天一影片公司根据明代短篇公案小说集《龙图公案》的第五十八回和《三侠五义》的一个段落改编的《五鼠闹东京》(1927)，根据野史小说《乾隆游江南》等改编的《乾隆游江南1—9集》(1929)；友联公司根据清代小说家文康的《儿女英雄传》改编的《儿女英雄1—4集》；长城公司根据《水浒传》改编的《武松血溅鸳鸯楼》(1927)等。

李清认为，武侠片及武侠神怪片虽然在火爆了四年后偃旗息鼓，但

【1】李清：《中国电影文学改编史》，中国电影出版社，2014，第108页。

今天重新还原和审视其价值，我们发现这股以流行武侠小说改编为主，并蔓延至与民族文化相关的小说和戏曲话本等改编的商业电影热潮，为民族电影的发展在各方面都做出了有益的贡献。首先，武侠神怪片在电影特性上做出了新的探索，使早期电影的技巧和镜头语言有了很大的发展。其次，早期的武侠片将中国历史及文学叙事中的武侠传统转化为一个个银幕奇观，这种叙事模式逐渐形成，创造出至今魅力不减的武侠类型片。这种行之有效的讲故事方法，深受平民观众的喜爱。另外，武侠神怪片在叙事上的另一贡献便是创造了连集分目的形式，这是将传统叙事艺术形式和现代媒介相结合，融入电影，在每集的结尾总先预设一个无可挽救的难关或功能性的悬疑，吸引观众迫不及待地看下一集。最后，在经济上，武侠神怪片的火爆更是为早期中国电影壮大做出了巨大贡献。[1]

这一概括，特别是对叙事的总结，是准确的。但除此之外，我们还可以看到，这一时期的改编还具有如下特征：1. 建立在武侠小说、民间故事、戏曲话本等基础上的电影改编，最终帮助中国电影建立了第一个真正的类型片样式，这对于中国电影而言，是意义巨大的。2. 武侠神怪片的改编，并非是完全建立在“忠实观”基础上从头到尾忠实于小说的一种改编，而是大多采取“局部改编法”，其态度也大多是“既忠实也非忠实”的。譬如《火烧红莲寺》第1集，只是截取了平江不肖生原作的一个片段改编而成。3. 武侠神怪片的改编是一种杂糅式的创作，也就是说，其思想观念是多元的，里面既有封建传统文化思想的集成，也有传统侠义等精神的体现，其中还包括一些现代性思想的成分，譬如对女侠形象的塑造，就有跳脱父权体制、掌控个人身体、追求个人理想等现代性思想的闪光。

【1】 李清：《中国电影文学改编史》，中国电影出版社，2014，第113—114页。

综上所述，在1924—1932年间，早期中国电影与改编的关系，具有如下特征：1. 在很大程度上，这一时期的中国电影创作，是一种以“改编为主”的创作。可以说，它首开中国电影大规模改编之先河。2. 这一时期的改编，帮助早期中国电影真正“成长”了起来，它为早期中国电影所注入的“文学性”“情感性”“主题性”“世界性”“本土性”，使得早期中国电影从一开始就具有了世界性格局和自信，同时，也培养了自我的主体性。3. 相对来说，这次大规模的改编，不管是言情片，还是古装片和武侠神怪片，都侧重或偏好“通俗文学”，这显示出电影与“通俗性”的某种亲缘性，也显示出电影的商业性的特质。4. 这次大规模改编，虽说数量巨大，但质量上乘者并不多，或者说只是少数。这对早期中国电影而言，是一个不利因素。它使得早期中国电影虽然快速成长起来，但却有点先天不良。归根结底，在于此时普遍存在的“投机心理”，即很多电影人，并未从根本上将电影作为一种事业来看待，而只是当作一种赚钱的工具，这大大限制了电影艺术、电影技术的进一步拓展。5. 但不管怎么说，紧随主体性的建立，早期中国电影开始具有了自己的民族性特征，这既体现在叙事上（譬如对于伦理的优先考虑，对于家庭的看重，对于大团圆结局的偏好等），也体现在影像风格上（譬如偏中远景的使用，多固定镜头而少运动镜头，讲究对称性构图等）。6. 这次大规模改编，为中国电影的发展，提供了丰富的经验和不断打开的方式：深挖本民族古典文学、通俗文学，深挖民间故事、戏曲话本，凡此等等，就算在今天，也是电影创作所考虑的某种首选。

第三节
※
中国电影改编的第三阶段：1932—1949

中国电影在1931年的“九一八”事变和1932年的“一·二八”事变后，发生了一种显著的转折性变化，它不仅带来了思想内容上的革新，也带来了形式上的大变革。一句话，1931年后的中国电影与1931年前的中国电影相比，不论是内容形式还是精神气质上，不论是主题立意还是题材选择上，都变得“不一样”了，这也就是为何所有电影史学家，都普遍将1931年作为中国电影史分期的一个重要原因。而基于“战争”因素的贯穿，也便有了1932—1949这一阶段的划分。不过，很明显的，1932—1949并非是完整一块，一般来说，以1937年抗日战争全面爆发为分界点，又可将其分为“局部抗战时期”（1932—1937）、“全面抗战时期”（1937—1945）和“抗战胜利后”（1945—1949）。

一、局部抗战时期（1932—1937）的中国电影改编

这一时期，中国电影界最大的变化，便是左翼文化人士纷纷进入电影界，并在他们的影响和主导下，掀起了一场名副其实的“新兴电影运动”。关于左翼人士进入电影界的原因，在《中国电影发展史》一书中已做了大量介绍，在此不再赘述。而在此必须提及的是，以夏衍为首的左翼影人在进入明星影片公司后，仅在1933年，明星公司就推出了《狂流》《春蚕》《铁板红泪录》《盐潮》《女性的呐喊》《前程》《上海二十四小时》等20部影片。在这一批左翼影人主导或影响下创作的影片中，有两

部是根据左翼小说家的小说改编的，那就是根据茅盾的《春蚕》改编的同名电影和根据楼适夷的《盐场》改编的电影《盐潮》。数量虽不算多，但影响却巨大。

《春蚕》是“五四”以来第一部新文学作品被改编为电影搬上银幕。作为茅盾“农村三部曲”(《春蚕》《秋收》《残冬》) 中的一部，《春蚕》真实地反映了当时社会生活特别是农村生活和民族工业破产的现实。小说以平实朴素的表现手法，通过农民老通宝一家把生活的希望寄予养蚕卖茧上，结果却由于进口人造丝的冲击，致使蚕茧丰收却遭遇破产的悲剧，揭示了20世纪30年代的农村在帝国主义的经济侵略下的破产真相。通过影片，我们看到夏衍对此小说的改编，主要集中在如下几个地方，并表现出如下特征：1. 夏衍的改编是建立在“忠实观”的基础之上的，也就是说，剧本最大限度地保存了原作的真实风貌，未做结构性调整，也没有大的情节改动。2. 在改编中，夏衍特意强调了其“纪录性、纪实性”的一面，譬如养蚕育茧的整个过程，从修蚕台、糊蚕篦、窝种、育蚕花，到蚕宝宝的头眠、二眠、三眠、上山、做茧等，都极尽细致地一一做了展现，并将这个过程与情节的发展紧紧联系在了一起，构成了“内外有别”的两层叙事。3. 加大加强了剧中荷花的戏份，将其塑造成了一个不甘逆来顺受的农村女性形象。这既改变了原先的人物设定，又突出了反封建的另一主题。

《盐潮》则根据楼适夷小说《盐场》改编而成，由阿英、郑伯奇编剧，徐欣夫导演。影片正面表现了盐场的阶级斗争，贫苦的盐民们不堪忍受剥削者的欺凌，依靠“群众力量”奋起反抗，最终取得了斗争的胜利。影片还贯穿着一条爱情的线索，由胡蝶饰演的贫苦姑娘阿凤和地主胡少爷之间产生了爱情，然而最终阿凤又因为阶级觉悟，毅然离开了胡少爷。这种以阶级划分定善恶的爱情标准，是典型的早期左翼电影的征候。总之，直接由左翼影人改编的电影《盐潮》具备了左翼电影的各种特征，比如表现下层生活，重视阶级观念并表现阶级斗争，以浓厚的政治意识形态编码叙事，包括爱情故事。[1]

由上述两部电影改编，以及结合此时期的其他左翼电影来考察，我们就会发现，这方面的电影改编，具有如下鲜明的特征：1. 不论其选材，还是其表现手法，更加突出“直面性”“现实性”，这使得整个电影界的创作方向，由先前的一种“逃避现实主义”的倾向，转向一种“直面现实”，并在“贴近现实”的基础上，渐渐走向一种对深层的“社会结构”的探索；2. 新文学代表着“五四”以来文学创作的一种新面向，其最大特征，在于其全新的“意识观”“世界观”的注入，电影改编完全继承了这点，特别是蒙太奇思维的引入，为这一新的“意识”和“观念”，找到了最佳落脚点；3. 在叙事方面，矛盾冲突由先前的比较单纯的“善恶”对立，变为对抗强烈的“阶级冲突”，但在表述的过程中，又往往包糅着先前的“善恶”对立，在某种程度上，可看作是“阶级冲突”对“善恶冲突”的一次覆盖或侵蚀；4. 电影改编同样也吸收了新文学创作中的“文学性”等，但与“鸳蝴派”所不同的是，这时期的“文学性”，更多呈现为一种“硬性的气质”。

左翼影人在这一时期所开创的电影改编与创作，虽然带有较强的意识形态色彩，但毕竟为中国电影带来了崭新气象与面貌，在其影响之下，出现了费穆的《城市之夜》(钟石根原著，贺孟斧等编剧)这样倾向于左翼色彩的影片。不过，这一时期，天一和联华出品的绝大部分影片，却都有着非左翼色彩。其改编了多部文学作品。这些作品或来自中国文学，如来自《聊斋志异》的《恒娘》(1931，编剧：朱石麟，导演：史东山)、《人道》(1932，导演：卜万苍)；或来自外国文学名著，如《一剪梅》(1931，改编自莎士比亚《维洛那二绅士》，导演：卜万

【1】 李清：《中国电影文学改编史》，中国电影出版社，2014，第138页。

苍)、《恋爱与义务》(1931，改编自波兰籍作家华罗琛的同名小说，编剧：朱石麟，导演：卜万苍)、《孤城烈女》(1936，改编自莫泊桑小说《羊脂球》，编剧：朱石麟，导演：王次龙)等。

上述改编，与左翼电影相比，呈现出“异质性”的一面。可以说，在某种程度上，它延续的更多是“鸳蝴派”电影的路子，都是力图将故事放置于“家庭与爱情”的维度上，以“缩影”的方式，表达对于某种社会现实和文化伦理的思考。不过，上述电影改编，又不同于“鸳蝴派”电影，在这方面，它正是基于如下特征，拉开了二者之间的距离：1. 上述改编，更多关注“现代性与传统性”的“内在冲突”问题，譬如《人道》《恋爱与义务》等，都对此展开了集中探讨。一方面，改编者对于“现代性”给予了一种由衷的赞美和欣赏，然而另一方面，对于“现代性”却又存有一种天然的恐惧，并认为，对“现代性”所带来的危害所能给予最后拯救的，反而正是“传统性”的存在。以《恋爱与义务》为例，影片一开场，便是一个“现代性”十足的场景，一身学生装打扮的杨乃凡(阮玲玉饰)神采奕奕地走在一个公共空间—— 一条笔直的大街上，随后，她与李祖义在公园里的恋爱，也都给予了充分的“现代性光晕”。随后的剧情，是“传统性”与“现代性”相互冲突的一个集中体现，并最终显现为一种“现代性”的伤害，已经与黄大任结婚但为了爱情又离家出走的杨乃凡，虽与李祖义生活在了一起，但并不长久，李祖义未几潦倒而死。15年后，为了让女儿获得幸福，杨乃凡将女儿托付给黄大任，自己投河自尽。在这里，“传统性”承担了最后的责任与义务，并显示出它稳固性的一面。在《人道》中，对于“现代性”的批判虽然更为强烈一些，但总体而言，上述改编，都显示出了在“现代性”与“传统性”之间的游移与徘徊，对于“现代性”与“传统性”的“内在冲突”，给予了一定程度的反思。2. 上述改编，更多关注“个人性与国族性”的“内在张力”问题，譬如《一剪梅》《孤城烈女》等，皆是如此。以《孤城烈女》为例，这部改编自《羊脂球》的电影，并未将重心放在对于人性的批判上，而是将重点放在了少女依依为了成全国族大事而甘愿牺牲自我这一点上，这一变化，将“个人性与国族性”这一矛盾，给予了较为深刻的思考，在当时“家国危难”之际，这一想象性的建构，虽不如左翼电影那样激进，但也显示出思考的另一面向。3. 上述改编，更多关注“民族性与可讲述性”之间的“内部控制”问题。在这方面，我们既可看到改编者对于世界性作品的“民族性讲述”的试验与控制，也可看到其对于本民族作品的“可讲述性”问题的思索。前者如《恋爱与义务》《一剪梅》《孤城烈女》等，后者则如《恒娘》《人道》等。以《恒娘》为例，改编虽然基本遵循了原故事的内容，但在“可讲述性”上，探讨的却是现代的婚姻制度等问题，而在“民族性”上，则将传统的“父权思想”，巧妙地置换为了“作为个体的女性追求自我幸福”这一“现代民族性”上，对于“民族性”给予了某种补充或改写。而正是基于以上三点，使得上述改编表现出与“鸳蝴派”迥异的特点，可视为是“鸳蝴派”的某种升级版。

二、全面抗战时期（1937—1945）的中国电影改编

对于上海来说，全面抗战时期，又是“孤岛”时期和“沦陷”时期。

从1937年11月中国军队撤离上海到1941年12月8日太平洋战争爆发的这段时间，一般史学家称之为“孤岛”时期。在这4年左右的时间里，留守在上海的电影人却创造出了一个奇迹，不仅影片年产量持续居高不下（在战时环境里，平均每年60部），且掀起了中国电影史上第二次改编的创作高潮。据统计，这个时期有80余部根据中国古典小说和民间传说或取材戏剧改编的电影问世，代表作有《貂蝉》《木兰从军》《武则天》《明末遗恨》《费贞娥刺虎》《红线盗盒》《尽忠报国》《林冲雪夜

歼仇记》《洪宣娇》《李香君》《王宝钏》《西施》《苏武牧羊》《碧玉簪》《秦良玉》《楚霸王》《铁扇公主》(动画片)等。在这些作品中,《木兰从军》《明末遗恨》《铁扇公主》等,又是其中的佼佼者。《木兰从军》(1939,欧阳予倩编剧,卜万苍导演)改编自南北朝时的乐府诗《木兰辞》和相关的明清笔记小说,讲述花木兰女扮男装替父从军的故事。该片于1939年2月16日在上海公映,由于其影射抗战、借古喻今,十分轰动,连映85天,场场爆满,创下了空前的上座纪录,造成了当时首轮影片放映史上国产片一度压倒外国片的局面。该片在重庆、延安等地上映也引起了巨大反响,受到港澳南洋侨胞和大后方民众的欢迎,并且还被日本方面的舆论称为"战事发生后中国影片商在日本势力下首次大胆的反抗工作"[1]。《明末遗恨》(1939)则是由魏如晦(阿英)根据同名历史剧改编,讲述深明大义的明末秦淮名妓葛嫩娘为国捐躯的故事。这部电影和《木兰从军》一样,通过葛嫩娘和孙克咸无畏强敌,奋勇抵抗入侵者的壮烈义举,表达了抗敌爱国的情怀。在某种意义上,《铁扇公主》亦是如此,用打倒牛魔王作为借喻,折射出万众一心、奋起赶走日本侵略者的抗战主题。除此之外,这时期改编自现代文学作品的时装片也不在少数,比如巴金的名著《家》,还有曹禺的同名话剧《雷雨》《日出》等。

而通常意义上,我们把1941年12月8日至1945年8月15日抗战胜利之间的这段时间,称为"沦陷"时期。在这期间,日本军方全面接管了上海所有的电影制片厂,并于1942年4月,成立了"中华联合制片有限公司"(简称"中联"),由日本人川喜多长政掌控。从总体上来说,此时期的上海电影,由于思想禁锢等的因素,大多乏善可陈,但其中一些电影,不仅艺术性较强,还巧妙地隐藏了抗日的思想。这些作品有几部来自文学改编,比如电影《红楼梦》(1944,卜万苍导

【1】李清:《中国电影文学改编史》,中国电影出版社,2014,第153页。

演），根据巴金激流三部曲改编的《春》《秋》（1942，杨小仲编导），根据"鸳蝴派"著名文人秦瘦鸥小说改编的《秋海棠》（1943，马徐维邦导演）等。[1] 这些电影或来自中国古典名著，或来自现实小说，它们"都在一定程度上折射出中国电影一以贯之的道德图景、民族影像和家国梦想，不仅不同于好莱坞电影，而且与日本电影及其价值观念存在着较大的对比和反差"[2]。

"孤岛"时期和"沦陷"时期的电影改编，虽有差别，但总体而言，却又具有一些相似的共同点：1. 与第一次"鸳蝴派"电影改编高潮不同的是，这是一次"被迫的"娱乐化创作，同样是"娱乐至死"，但前者更多是出于商业的目的，而后者则更多是一种无奈的选择与策略化的运作；2. 借喻、隐喻、转喻、暗喻等文学修辞手法，被通用为这一时期的创作手法，借古喻今、含沙射影等，本身成为"主题"，成为被表述的对象本身；3. 被压抑的民族想象、家国想象，被"曲折性"地传达出来，然而在外部环境的刺激下，这些"隐晦的欲望目的"，反而因为"可解码的畅通性"，而被特意放大；4. 除了题材、故事与主题的同构性表述之外，在改编过程中，还善于运用一些民谣、歌谣等，进行点题式晕染；5. 在故事内部结构的改造上，多突出上层的昏庸与无能，强调个人英雄与民众的作用，集中反映了"国家兴亡、匹夫有责"的一种心理投射。

三、抗战胜利后（1945—1949）的中国电影改编

从总体上看，这一时期的中国电影改编呈现出一个鲜明的特点：那

【1】 李清：《中国电影文学改编史》，中国电影出版社，2014，第156页。
【2】 李道新：《沦陷时期的上海电影与中国电影的历史叙述》，《北京电影学院学报》2005年第2期。

就是以改编外国文学名著为多。从先前的描述中我们可以看到，改编外国文学名著其实早从中国电影的初创期就已经开始了，在1949年之前的这段时间里，改编外国文学名著可说是一个传统。据统计，从中国电影开篇到1930年，有将近30部外国文学作品被搬上银幕，而1930年到1949年，改编外国文学作品的数量则超过早期阶段，其中历经的“孤岛”和“沦陷”时期，更是呈现出密集旺盛之态。……总体来说，抗战前后的1932—1949年，中国电影在改编外国文学作品方面，题材更丰富、形式也更多元，既有夏衍、孙瑜、黄佐临等进步影人的作品，也有卜万苍、朱石麟、李萍倩等从传统伦理、婚姻家庭和商业化角度进行改编的探索。[1]

至1945年，改编自外国文学作品或脱胎于外国文学作品的，除了先前提到的以外，比较有代表性的还有：1924年，侯曜导演的《弃妇》，脱胎于易卜生的《玩偶之家》；1927年，裘芑香导演、邵鄠人编剧的《女律师》，改编自莎士比亚的名作《威尼斯商人》；1930年，孙瑜自编自导的《野草闲花》，可以说来自小仲马的《茶花女》；1933年，张石川导演、夏衍编剧的《前程》，脱胎自詹宁的小说《父子罪》；1934年，李萍倩自编自导的《三姊妹》，改编自日本作家菊池宽的小说《新珠》；1936年，孙瑜导演的《到自然去》，改编自英国詹姆斯·巴雷的话剧《可敬的克莱顿》；1939年，李萍倩执导的《少奶奶的扇子》，改编自洪深的同名话剧，但此话剧又改编自王尔德的经典作品《温德米尔夫人的扇子》；1939年，李萍倩的另一部作品《金银世界》，是根据舞台剧《人之初》改编的，而该剧又改编自法国作家巴若来的戏剧《托帕兹》；1940年，吴永刚编导的《中国白雪公主》，改编自格林童话《白雪公主和七个小矮人》等。

【1】 李清：《中国电影文学改编史》，中国电影出版社，2014，第161—162页。

1945年抗战胜利后，改编自外国文学作品的主要代表作有：1947年，由文华影片公司出品、李萍倩编导的电影《母与子》，改编自俄国戏剧家奥斯特洛夫斯基的戏剧《无罪的人》；1947年，马徐维邦、孙敬导演，唐邵华编剧的电影《春残梦断》，改编自俄国作家屠格涅夫的名著《贵族之家》；1948年，黄佐临导演、柯灵编剧的电影《夜店》，改编自俄国作家高尔基的话剧《在底层》；1949年，黄佐临编导的电影《表》，改编自苏联班台莱耶夫的同名小说……由此可见，这一时期重要的改编作品，基本上都来自于苏俄，这构成了这一时期改编上的另一显著特征。

除此之外，这一时期在改编上还具有如下特征：1.改编的作品，在题材选择上，更加倾向于现实主义的作品，譬如根据高尔基的《在底层》改编的《夜店》，以及根据同名小说改编的电影《表》等，都侧重于对于现实的关注，侧重于对于现实社会问题，以及对社会中的人进行解剖和分析，即便是现实色彩稍弱的《母与子》等，也对“私生子”等社会问题，进行了分析和批判。2.对于外国文学作品的改编，在这一时期，越来越呈现出“本土化”的色彩，也就是说，这些改编电影，都很好地实现了一种“落地化”或“在地化”，使人在观看的过程中，与当时的社会现实有着一种无缝对接，从而“淡忘”了原著的存在。譬如在《母与子》中，“剧中剧”对于《雷雨》的使用；在《夜店》中，对于人物设定的调整（特别是对杨七的调整），对于结局的修改等，都适合国人的道德思考和伦理判断。在整体基调上，它摆脱或者说摒弃了原著中无所不在的“绝望感”，而是通过叙事中的策略性改变，表达了一种“绝望中的希望和温暖”。3.在改编上，新旧观念通过朴素的意识形态表述，获得了一种叙事上的新表达，即一种混合“家庭伦理”的“时代与革命”叙事。这种叙事形态，与左翼传统中的“阶级对立”和“去家庭伦理化”不同，而是竭力在“类家庭关系”中找到一种新的“时代表述”。

小结（1905—1949）

从1905年到1949年一共40多年的时间里，中国电影实现了从无到有、从蹒跚学步到茁壮成长的一个过程，在这个过程中，各种题材、各类文本的改编，着实为中国电影的发展起到了至关重要的作用。正如在对“鸳蝴派”文学改编中所分析的那样，恰是文学等的改编的进入，中国电影才由此获得了丰富的滋养，并在这种滋养中，渐渐发展壮大了起来。一句话：无改编，则无中国电影之如此繁盛。而对这40多年来的改编做一个回顾，则可发现，1949年前的中国电影改编，有两个非常显著的特征或者面向：

1. 1949年前的中国电影改编，借力最多的是通俗文学、中国古典作品，以及民间故事、民间传说、戏曲话本等。这与电影的“通俗性”“大众性”“商业性”等不谋而合，或者说，正是电影的这些特性，才有了这种选择；也可以说，正是这种“亲缘性”，才使二者产生了一种强烈的化学反应。

2. 1949年前的中国电影改编，借力次之的是外国文学作品。如果说通俗性的文学作品改编，满足了电影商业性的需求，那么，外国文学作品的改编，则满足了电影“高雅性”与“世界性”的需求，这也说明了，在早期中国电影人的观念里，中国电影从一开始就是世界的，或者说，它显示出早期中国电影人的一种胸怀与情怀。

从上述这两个极其鲜明的特征来看，1949年前的中国电影，在某种意义上，其实是靠两条腿走路的：一条是借助于通俗文学的商业性之路，另一条是借助于外国文学的艺术性与世界性之路。在某种程度上，恰是这两条腿的基本平衡，才造就了1949年前中国电影的辉煌。所以，在“先锋实验电影”缺失的中国电影创作中，对外国文学作品的改编，实际上“替补性”地承担了这一任务。所以，对早期中国电影的创作而言，这是极其幸运的一点。当然，这两条道路并非是完全分离的，独立的，实际上，它们是相互交叉的，也是相互叠加的。

恰是中国电影在这两方面的借力，才使得中国电影的产业格局，从一开始建立就显现出其完整性的一面，平衡性的一面，平稳性的一面。在某种意义上，这代表了中国电影最为健康的一种结构。但可惜的是，自1949年以后，这一结构却因为政治体制的变化，而发生了一种功能性的根本性的变化。

第四节
※
中国电影改编的第四阶段：1949—1966

新中国成立后，因为体制等的变化，中国电影改编也进入了一个新时代。此处的“新”，不仅指的是新题材、新样式，也指的是新人物、新叙事，更指的是新观念、新思想。在此指导下，1949—1966年的“十七年”时间里，中国电影，特别是在改编方面，呈现出如下三个主要面向：1.“模糊”中探索，改编的重点开始转向代表新文学成就的“五四”文化精神启蒙的经典名著；2. 主流叙事话语的建立：革命战争与革命历史题材的文学改编；3. 主流叙事话语的落地：反映社会主义建设伟大进程的作品改编。

一、“模糊”中探索：一条遥远的改编“渐近线”

中国电影以1949年为界，清晰地画出了一条“分界线”，中国电影改编亦是如此。不过，这条“分界线”，更准确地说，是跨越这条“线”之后要拍什么，怎么拍，在新中国成立初期还不是那么明晰，而是有一个过程，或者说，有一个长长的“聚焦”过程，本书称之为遥远的“渐近线”。

在新中国成立初期，“文华”“昆仑”作为两大私营电影公司，也积极投身到讴歌新时代的创作之中。在此时期，出现了几部艺术性较高的改编电影，它们是：1950年的《我这一辈子》（导演、主演：石挥，编剧：杨柳青），根据老舍同名小说改编；1950年的《腐蚀》（导演：黄佐临，编剧：柯灵，主演：石挥、丹尼），根据茅盾同名小说改编；1951年的《关连长》（导演、主演：石挥，编剧：杨柳青、朱定），根据朱定的短篇小说改编；1951年的《我们夫妇之间》（导演：郑君里，编剧：萧也牧、郑君里，主演：赵丹），根据萧也牧同名小说改编……

上述几部影片，都改编自著名作家或声名鹊起的作家（如萧也牧）的作品，在选材上，可以说是都非常符合主流的政治标准。如《关连长》，讲述的是关连长在发现敌指挥所是一所孤儿院后，改炮轰为刺刀战，并最终壮烈牺牲，突出了我军将领人性光辉的一面。再譬如《我们夫妇之间》，及时抓住了抗战胜利后，存在于军队之中“文明差异”的问题，突出了农村改造城市的意识形态旨归。而在改编之中，为了适应新时代的要求，这些影片也都做了许多调整。如在《我这一辈子》中，石挥增加了在狱中受共产党员启发教育的情节，以及海福扛着“八一旗”冲锋陷阵的镜头；而在《腐蚀》中，最后的结局也做了调整，暗示女主人公赵惠明最后幡然醒悟投奔共产党。如此等等，都显示出这些创作者们在尽力向时代潮流和主导意识形态靠拢。然而，令他们意想不到的是，这些影片无一例外地都受到了主流媒体的批判，它们或“歪曲人民解放军英雄形象”，或“宣传阶级调和”，或“美化特务”……然后皆被打入了冷宫。

1951年《武训传》批判运动的开展，对于当时的中国电影界而言，实际上是一次“聚焦”的开始，在“不能拍什么”的禁令中，“能拍什么”开始渐渐“裸露”出来，虽然仍是时隐时现，但毕竟“清晰”了一些。1956年，时任文化部副部长的夏衍根据鲁迅同名小说改编的电影《祝福》，揭开了新中国的文学名著改编电影的序幕，这由此成了一个“传统”，即名著改编主要以“五四”以来新文学的名家名作为主。除了《祝福》（导演：桑弧，编剧：夏衍）之外，这时期还有《家》（1956，根据巴金同名小说改编，编导：陈西禾、叶明），《林家铺子》（1959，根据茅盾同名小说改编，导演：水华，编剧：夏衍），《早春二月》（1963，根据柔石小说《二月》改编，编导：谢铁骊），《小二黑结婚》（1964，根据赵树理同名小说改编，编导：干学伟、石一夫）等。

上述改编创作，毫无疑问都取得了较高的艺术成就，就算今天看来，其艺术价值也毫不逊色，但在当时“政治标准第一，艺术标准第二”的要求下，这些影片虽然能被拍摄出来，也受到了一些表扬和肯定，但招致的批评有时却也是强烈的。譬如《早春二月》，尽管在改编中已经将萧涧秋由原著中的从芙蓉镇逃跑改为积极投身到时代的洪流中去，但上映后，仍被批评为有悖时代精神，宣扬了资产阶级情调等。再譬如《家》上映后，赞赏肯定的少，而批评的声音却很多，甚至巴金本人也认为这是一次失败的改编，认为“影片只叙述了故事，却没有多少打动人的戏”[1]。但20世纪80年代，影片重新放映后，却博得了国内外不少影评家的赞赏，认为是1949年后难得的现实主义佳作，英国的一位评论者说：“我认为《家》是50年代导演的最有风格的影片……是我看过的最杰出的中国电影之一。”[2]李清认为，中国观众之所以对《家》

【1】 巴金：《谈影片〈家〉——给观众们的一封信》，《大众电影》1957年第20期。

【2】 张骏祥：《深切的悼念》，《中国电影年鉴》1984年卷。

会有前后截然不同的评价，这主要是由于时代的不同而导致的审美情趣的差异。[1]

由此可以想见，尽管这些影片在当时被允许拍摄出来，但其遇到的压力和可能遭遇的困难则是难以想象的，况且我们还应同时考虑到，1956年前后正是“双百方针”实施的时候，整个创作环境还相对比较宽松，而从1957年下半年开始，伴随着“反右斗争”的开始，整个创作也就变得越加艰难了。但不管怎么说，在由“不能拍什么”到“能拍什么”的转换中，一些“可言说”的东西被渐渐呈现了出来，它们是：封建主义的东西不能说，反封建的东西可以说；资本主义的东西不能说，反资本主义的东西可以说；颂扬旧时代的东西不能说，批判旧时代的东西可以说；表现民族矛盾的不能说，突出阶级斗争的可以说。如此等等，构成了当时整个的改编原则。

二、主流叙事话语的建立：革命战争与革命历史题材的改编

新中国成立后中国电影真正的“聚焦”，或者说，使那条“分界线”变得异常清晰的，便是新中国“新主流”电影的诞生，这是相对于新中国成立前的“主流电影”而言的。它最为显著的特征体现在叙事上，也就是说，它改变了整个影片讲述、表述的叙事话语，在本质上，它使得先前以“家庭伦理叙事”为主的叙事话语，一下子变为以“革命叙事”为主的叙事话语，而承担这个叙事功能的，便是革命战争和革命历史题材影片。

“十七年”期间，革命战争与革命历史题材影片数量繁多且取得很大成就，这和小说创作出版繁盛有关。从新中国成立初期到1966年，有

【1】 李清：《中国电影文学改编史》，中国电影出版社，2014，第190页。

大批文学作品问世，这些作品大多以土地革命战争、抗日战争、解放战争等不同历史时期的生活为题材，反映了各个历史时期人民的革命斗争生活和精神风貌，代表了那一时期我国长篇小说创作的最高成就，具有特殊的魅力，比如《吕梁英雄》《新儿女英雄传》《红旗谱》《暴风骤雨》《林海雪原》《铁道游击队》《野火春风斗古城》《战火中的青春》《青春之歌》《柳堡的故事》《智取华山》《白毛女》《苦菜花》《钢铁战士》《烈火中永生》《红日》《小兵张嘎》《鸡毛信》等等。[1]这些作品，都成为电影改编的蓝本，为"新主流"电影的建立，做出了卓越贡献。

具体来说，这时期小说改编的革命战争与革命历史题材影片，大致可以分为如下几类：1. 惊险类电影改编，主要作品有：《智取华山》（1953，根据西北军区创作组集体创作的纪实小说《奇取华山》改编，导演：郭维，编剧：郭维、纪叶、东方），《鸡毛信》（1954，根据华山同名小说改编，导演：石挥，编剧：张骏祥），《铁道游击队》（1956，根据刘知侠同名小说改编，导演：赵明，编剧：刘知侠），《林海雪原》（1960，根据曲波同名小说中的"智取威虎山"一节改编，导演：刘沛然，编剧：刘沛然、马吉星），《野火春风斗古城》（1963，根据李英儒同名小说改编，导演：严寄洲，编剧：严寄洲、李英儒、李天）等；2. 革命英雄成长类电影改编，主要作品有：《白毛女》（1950，根据延安鲁迅艺术学院集体创作的同名歌剧改编，导演：水华、王滨，编剧：水华、王滨、杨润身），《吕梁英雄》（1950，根据马烽、西戎小说《吕梁英雄传》改编，导演：吕班、伊琳，编剧：林杉），《钢铁战士》（1950，根据武兆堤、苏里、吴茵创作的歌剧《钢筋铁骨》改编，编导：成荫），《柳堡的故事》（1957，根据胡石言同名小说改编，导演：王苹，编剧：胡石言、黄宗江），《战火中的青春》（1959，根据陆柱国小说《踏平东海万

【1】 李清：《中国电影文学改编史》，中国电影出版社，2014，第197页。

顷浪》改编，导演：王炎，编剧：陆柱国、王炎），《青春之歌》（1959，根据杨沫同名小说改编，导演：陈怀皑、崔嵬，编剧：杨沫），《红旗谱》（1960，根据梁斌同名小说改编，导演：凌子风，编剧：胡苏、凌子风、海默），《暴风骤雨》（1961，根据周立波同名小说改编，导演：谢铁骊，编剧：林兰），《小兵张嘎》（1963，根据徐光耀同名小说改编，导演：崔嵬、欧阳红樱，编剧：徐光耀），《苦菜花》（1965，根据冯德英同名小说改编，导演：李昂，编剧：冯德英）等；3. 革命英雄群像类电影改编，主要作品有：《红日》（1963，根据吴强同名小说改编，导演：汤晓丹，编剧：瞿白音），《烈火中永生》（1965，根据罗广斌、杨益言小说《红岩》改编，导演：水华，编剧：夏衍[1]、罗广斌、杨益言），《英雄儿女》（1964，根据巴金小说《团圆》改编，导演：武兆堤，编剧：毛烽、武兆堤）等。

通过对上述改编进行分析，我们可以看到，不管是惊险类电影改编，还是革命英雄成长类电影改编、革命英雄群像类电影改编，都表现出如下共同的特征：1. 所有的改编都特别注重对于“英雄人物”的塑造，或者说，新中国“十七年”，对于新中国成立前中国电影主流叙事的改写最为突出的，就是塑造了一系列“崭新的”人物形象，而在改编的过程中，对于“英雄人物”形象的塑造，主要采用了如下手法：（1）身份改写：原先是属于地富分子或资产阶级的，都有意模糊化或改写为工农兵身份，以及孤儿身份；（2）挪移嫁接：将另一人物的行为或事迹，挪移到主人公身上；（3）集中拔高：将主人公在原小说中的行为或事迹，进行改写，使之更加纯粹化、集中化、形象化。总之，在这一时期，“英雄人物”的塑造，越来越向“工农兵”三者靠拢、集中，在新中国成立初期还能写的知识分子或小资产阶级人物，愈往后愈不能

【1】夏衍，署名周皓。

写，譬如在《烈火中永生》中，由王心刚饰演的刘思扬，在小说中有一个从出身资产阶级的知识分子成长为合格的革命战士的过程，但在改编中，特别是上映时，却几乎完全消失了，在电影中只出现了一个镜头，还是无名的难友。此外，英雄人物，不管是单个英雄人物，还是群体英雄人物，都越来越被“拔高化”，随之带来的是“英雄人物”越来越“纯粹化”，不能带一点“污点”，也不能有一点“污点”，甚至都不能有一点点“思想的犹豫”。同时，“英雄人物”渐渐成为“超人”，成为特殊材料制成的人。2. 在叙事上，敌我矛盾逐渐成为一切矛盾的核心或唯一的冲突模式，也就是说，在矛盾冲突设置上，只能也只有敌我矛盾，才是可以书写的，而有关内部矛盾，特别是我方的内部矛盾，被直接省略或者被有意遮蔽。3. 苦难、成长、牺牲，成为这一时期改编的三个核心关键词，在无形中，这三个关键词，构成了新中国电影叙事的最关键记忆和历史铭刻。4. 英雄人物的“主动性”与意识形态的“询唤性”，成为改编所依循的一种机制性操作。5. 各种叙事修辞、各种镜语修辞，最终都成为一种“政治修辞”。6. 最重要的，是在叙事上，用“革命叙事”替换了新中国成立前的“家庭伦理叙事”，使得“新主流”完全覆盖“前主流”，并成为唯一的“主流”。

三、主流叙事话语的落地：反映社会主义建设伟大进程的电影改编

所谓的“落地”，在这儿特指一种意识形态的“由上而下”“由高向低”逐层渗透、逐步落实、逐渐“扩大化”的一个过程。在“十七年”期间，这个过程也便是由革命战争和革命历史题材电影所形成的主流叙事话语，向反映社会主义伟大进程的现实主义作品逐步落实、逐渐“扩大化”的一种体现。不过，在此必须特别说明的一点是，这个“过

程”，既有历时性的一面，也有共时性的一面，它并非是一种完全意义上的“时间顺延”，而是在很大程度上代表了一种影响和转换。这方面的主要代表作有：《方珍珠》（1952，根据老舍著名话剧改编，导演：徐昌霖，编剧：陶金、徐昌霖），《龙须沟》（1952，根据老舍著名话剧改编，编导：冼群），《护士日记》（1957，根据艾明之小说《浮沉》改编，导演：陶金，编剧：艾明之），《枯木逢春》（1961，根据王炼同名话剧改编，导演：郑君里，编剧：郑君里、王炼），《李双双》（1962，根据李準同名小说改编，导演：鲁韧，编剧：李準）等。

上述改编电影，数量上虽不算多，影响也没有革命战争和革命历史题材影片那么大，但却是新中国电影创作中不可缺少的一环，且在改编上，有着如下共同的特征：1. 这些作品大多表现了“新旧时代”的不同，特别是通过主要人物在“新旧时代”的不同遭遇、不同境况——旧时代非人遭遇、新时代焕然一新——来表现新时代、新社会的伟大，讴歌党，讴歌新中国。2. 人物形象塑造上，有一个渐变的动态发展过程，具体而言，大致可以分为三个阶段：第一阶段就是“时代造人”阶段，譬如《方珍珠》《龙须沟》《枯木逢春》等，都是如此，都是旨在表现“时代”的力量，不是“人”改变了“时代”，而是“新时代”造就了“新的人”，人物处于被动位置；第二阶段是“锻炼成人”阶段，譬如《护士日记》，讲述的是主人公简素华志愿到边疆接受锻炼，经过生活磨炼和爱情波折成为新时代医护人才的故事，在人物塑造上，已经开始突出人物的主动性；第三阶段是“斗争立人”阶段，譬如《李双双》，其主人公“李双双”，不仅是一个积极上进的人物，还是一个“敢于斗争”的人物，不仅和“落后分子”——自己的丈夫——斗争，还和不良现象——评工分——等斗争，不仅展示了新中国成立后的农村新气象，更展示了新中国的“新女性”。积极的主动性成为人物塑造的最大特色。3. 这些作品反映了新中国建设的多个方面，但偏向“农村”多一些，工业类等比较少。4. 这些作品尽可能地表现了一些“特殊方面”，譬如《护士日记》中的“情感问题”，《李双双》中的“内部矛盾问题”等，在当时已属难能可贵。

总之，在“十七年”时期，中国电影在改编上，配合整个新中国的成立、建设与发展，逐渐形成了一套特色鲜明、叙事完善、主题突出的主流叙事话语体系，这个体系的诞生，不仅改写了新中国成立前的“主流”传统，也改写了包括观念在内的所有能指与所指。一方面，我们应该珍视这一“新主流”，因为它毕竟带给了我们激情而饱满的人物，从苦难中走过来的切身感受，充沛而真诚的情感书写和斗志昂扬的战斗精神；但另一方面，我们也必须看到，这一新的主流的建立，是在极其强烈的“统一”的思想指导下全面展开的，它随之带来的就是某种“单一化”和“极致化”，削弱了创作的丰富性与多面性。但不管怎么说，“十七年”的改编创作，是有其独特的历史性与鲜明性的，也有着无与伦比的广大的群众基础，是创作的珍贵财产。当然，这一时期的改编，并不仅仅局限于上述三个面向，还包括诸如戏曲、神话、古装历史剧等的改编，但相比而言，数量较少，在此不再赘述。同时，1966—1976年间，中国电影在创作上也有一些改编，同样因为数量等的原因，在此不再评述。

第五节
※
中国电影改编的第五阶段：1978—1988

1976年“文革”结束后，伴随着1978年12月中国共产党第十一届三中全会的召开，中国的政治、经济、文化等各方面开始复苏。

在文艺界，最先的复苏体现在文学上，伴随着拨乱反正和改革开放的历史进程，当代文学先行崛起，众多作家在不同向度上的艺术突围成就了新时期的文学辉煌。在这一时期，既有揭示“十年浩劫”给人们心灵带来伤害的“伤痕文学”与审视历史的“反思文学”，也有反映新时期社会经济大变革的“改革文学”；既有探究民族文化之根以寻求现代化实现之途径的“寻根文学”，也有着力于爱国主义和人道主义主题之深化的创作努力。而凭借着“思想解放运动”所带来的这一文学的繁盛，中国电影也随着文学思潮的变更，出现了“伤痕”“反思”“改革”“寻根”“新写实”等电影思潮。[1]可以说，新时期文学创作的繁盛，直接催生了新时期中国电影的繁盛。亦可以说，这一局面的形成，主要在于改编。

不过，这一时期的电影改编，不管是在类型还是在题材方面，不管是在内容还是在表现形式方面，都是多姿多彩、种类繁多的。为了叙述上的方便，本书以代际作为主要的划分依据，将这一时期的改编创作，分为“第三代”电影导演的改编创作、“第四代”电影导演的改编创作和“第五代”电影导演的改编创作来加以描述。

一、“第三代”电影导演的改编创作

这一时期，“第三代”电影导演改编创作的作品主要有：《伤逝》（1981，根据鲁迅同名小说改编，导演：水华，编剧：张磊、张瑶均），《阿Q正传》（1981，根据鲁迅同名小说改编，导演：岑范，编剧：陈白尘），《茶馆》（1982，根据老舍同名话剧改编，导演：谢添，编剧：老舍），《雷雨》（1984，根据曹禺同名话剧改编，编导：孙道临），《子夜》

【1】 李清：《中国电影文学改编史》，中国电影出版社，2014，第217—218页。

（1981，根据茅盾同名小说改编，导演：桑弧、傅敬恭，编剧：桑弧），《寒夜》（1984，根据巴金同名小说改编，导演：阙文，编剧：阙文、林洪桐），《骆驼祥子》（1982，根据老舍同名小说改编，编导：凌子风），《边城》（1984，根据沈从文同名小说改编，导演：凌子风，编剧：李隽培、凌子风、沈从文、姚云），《春桃》（1988，根据许地山同名小说改编，导演：凌子风，编剧：韩兰芳），《包氏父子》（1983，根据张天翼同名小说改编，编导：谢铁骊）等。

谢晋作为"第三代"电影导演中比较突出的一位，在这一时期连续推出了他的一系列代表作，主要有：《天云山传奇》（1980，根据鲁彦周同名小说改编，导演：谢晋，编剧：鲁彦周），《牧马人》（1982，根据张贤亮小说《灵与肉》改编，导演：谢晋，编剧：李凖），《高山下的花环》（1984，根据李存葆同名小说改编，导演：谢晋，编剧：李凖、李存葆），《芙蓉镇》（1986，根据古华同名小说改编，导演：谢晋，编剧：阿城、谢晋）等。

从上述改编可以看到，这一时期"第三代"电影导演的改编创作具有如下几个特点：1. 他们的改编多倾向于名家名作，如鲁迅、老舍、茅盾、巴金、曹禺等，同时也会根据自己的美学倾向，选择一些当时颇有些争议的作家的作品，如沈从文等，以及后起的颇具有思想和艺术深度的作家的作品，如许地山、张天翼、张贤亮、鲁彦周、古华等。2. 在这一时期，"第三代"导演整体的改编原则，是建立在夏衍等人所倡导的"忠实观"基础之上的。这里所谓的"忠实"，并非完全照搬原著，只是进行情节上的删减或合并，而是更多基于一种"美学上"的"忠实"，如《伤逝》《阿Q正传》《边城》等，除了基本情节或故事结构等遵循原著之外，更多是"意境""情境""影调风格"等美学上的强调或调整，以使之更符合原著的美学风格。3."第三代"导演的改编创作，在这一时期呈现出两种完全不同的美学倾向：一种是以水华、凌子风等人为代表的“散文美学”，一种是以谢晋为代表的“戏剧美学”。前者在作品中并非不设置“戏剧冲突”，而是将“戏剧冲突”淡化，或将其放置于“叙事后景”，更多强调一种情绪、意绪，以及情感或思想上的困惑与宣泄；后者所强调的“戏剧美学”，也并非是一种完全舞台化的戏剧冲突设置，而是更强调事件的集中，以及冲突的尖锐与对立。4.“第三代”电影导演的改编创作，从总体上来说，都很注重“思想性”与“文学性”的统一，但又有所偏重，以水华、凌子风为代表的“散文美学”倾向，更偏重于“文学性”，而以谢晋为代表的“戏剧美学”倾向，则更注重“思想性”的传达与思考。如谢晋在这一时期的四部主要作品，其中三部（《天云山传奇》《牧马人》《芙蓉镇》）都是和“文革”有关，并且皆是通过对“人在特殊时期的遭遇”，来反思这个特殊时期，尽管谢晋对此进行了“情感伦理上”的“弥补”和“缝合”，但其思想性仍然明显大于文学性。5. 就其市场和影响范围来看，“戏剧美学”的影响更为巨大。

二、“第四代”电影导演的改编创作

这一时期，“第四代”导演群体在改编创作方面的主要作品有：《泪痕》（1980，根据孙谦、马烽小说《新来的县委书记》改编，导演：李文化，编剧：孙谦、马烽），《枫》（1980，根据郑义同名小说改编，导演：张一，编剧：郑义），《许茂和他的女儿们》（1981，根据周克芹同名小说改编，编导：王炎；另一版本，导演：李俊，编剧：周克芹、肖穆），《被爱情遗忘的角落》（1981，根据张弦同名小说改编，导演：张其、李亚林，编剧：张弦），《人到中年》（1982，根据谌容同名小说改编，导演：王启民、孙羽，编剧：谌容），《如意》（1982，根据刘心武同名小说改编，导演：黄健中，编剧：戴宗安、刘心武），《没有航标的河流》（1983，根据叶蔚林同名小说改编，导演：吴天明，编剧：叶蔚林），《陈奂生上城》（1982，根据高晓声小说《陈奂生上城》《陈奂生转业》改编，导演：王心语，编剧：王心语、高晓声），《祸起萧墙》（1982，根据水运宪同名小说改编，导演：傅敬恭，编剧：叶丹、祝鸿生），《赤橙黄绿青蓝紫》（1982，根据蒋子龙同名小说改编，导演：姜树森，编剧：李玲修），《花园街五号》（1984，根据李国文同名小说改编，导演：姜树森、赵实，编剧：李玲修），《相思女子客店》（1985，根据古华同名小说改编，导演：董克娜，编剧：叶丹），《野山》（1985，根据贾平凹小说《鸡窝洼人家》改编，导演：颜学恕，编剧：颜学恕、竹子），《湘女萧萧》（1986，根据沈从文小说《萧萧》改编，导演：谢飞、乌兰，编剧：张弦），《老井》（1987，根据郑义同名小说改编，导演：吴天明，编剧：郑义），《青春万岁》（1983，根据王蒙同名小说改编，导演：黄蜀芹，编剧：张弦），《青春祭》（1985，根据张曼菱小说《有一个美丽的地方》改编，编导：张暖忻），《小花》（1979，根据前涉小说《桐柏英雄》改编，导演：张铮，编剧：前涉），《红衣少女》（1984，根据铁凝小说《没有钮扣的红衬衫》改编，编导：陆小雅），《城南旧事》（1983，根据林海音同名小说改编，导演：吴贻弓，编剧：伊明）等。

纵观上述改编，我们就会发现，“第四代”电影导演的改编创作具有如下特征：1. 他们不可避免地同时在两个面向上“出击”，这既可以理解成是一种相互补充，又可以理解成是一种“互搏”，即“左右手互搏”。它显示出某种自我的撕扯，以及一种自我的分裂。一方面，他们因为“文革”十年而耽误了最好最宝贵的青春，所以等“文革”一结束，他们就都毫不迟疑地将“自我的青春”通过“拍摄创作”投放到银幕上，借此来缅怀、凭吊他们逝去的青春。《青春万岁》《青春祭》《红衣少女》《城南旧事》等，都可做如是观。《城南旧事》虽不是直接写青春，但通过小英子的眼睛、视角，却对他们那一代的“青春”，给予了一次深情的回眸。而必须提及的是，他们在这一类影片中所赋予的影片基调：惆怅、哀伤等忧伤的情绪，不仅通用于这一类影片，也适用于“第四代”其他影片，成为辨识整个“第四代”的一个基本“符码”。另一方面，这些“第四代”影人曾是遭遇被时代“抛弃”的人，所以他们又有一种“恐惧感”，即由于生怕再被时代抛弃，而自动地紧跟时代。因此，他们这一时期的改编，显示出与文学思潮惊人的同步性和一致性。伤痕文学、反思文学、改革文学等，都无一例外。在某种程度上，这种既缅怀青春又紧跟时代的特性，是“第四代”电影人集体焦虑、迷茫的一种“征候”，它显示出“时代和个人”的某种紧张关系。2. 就改编本身而论，这一时期的电影改编基本上遵循的是“既忠实又非忠实”，或“半是忠实半是非忠实”的改编原则或改编倾向。一方面，在对原著所建构起来的“故事情节”“故事内容”，以及由此所建立起来的“反思”与“感伤”的意味与调性上面，电影改编基本上是忠实的，或给予了更进一步的“深化”与“强调”；而对电影中的“人物”“人物关系”，以及“情节编排”等，则往往给予很大的调整与丰富，如《小花》《城南旧事》等，都对原著进行了较大的调整。3. 这一时期的整体改编由“第三代”电影人所强调的“人物塑造”，更多转向“情感描写”，由“第三代”所强调的“时代情感”，渐渐转向“个人情感”。或者说，“时代创伤”不再过分被“戏剧化”呈现，而是将“时代与个人”放置在一起，在“时代与个人”的并述中，去“细节性”地展示个人的心理与情感，“个人情感”成为一种偏向性选择。4. 由于过度强调“情感”，整体“第四代”电影人的改编创作，已在尝试“去戏剧化”，过度集中的戏剧冲突被省略或被改写，而是通过更多的镜头语言，去反复强调或渲染这一冲突所带来的情感、情绪变化，由此，“第四代”电影人的改编创作，在整体上呈现出一种“散文化”与“诗化”的风格。

三、"第五代"电影导演的改编创作

这一时期中国电影最伟大的成就，就是"第五代"电影导演的横空出世，他们的电影创作也是从改编开始，这一阶段他们的主要代表作有：《一个和八个》（1983，根据郭小川同名长诗改编，导演：张军钊，编剧：张子良、王吉呈），《黄土地》（1984，根据柯蓝散文《深谷回声》改编，导演：陈凯歌，编剧：张子良、柯蓝），《猎场札撒》（1985，根据江浩同名小说改编，导演：田壮壮，编剧：江浩），《盗马贼》（1986，根据张锐小说《盗马贼的故事》改编，导演：田壮壮，编剧：张锐），《黑炮事件》（1986，根据张贤亮小说《浪漫的黑炮》改编，导演：黄建新，编剧：李唯），《孩子王》（1987，根据阿城同名小说改编，导演：陈凯歌，编剧：陈凯歌、万之），《红高粱》（1988，根据莫言同名小说改编，导演：张艺谋，编剧：莫言、陈剑雨、朱伟）等。

通过这些改编，我们可以看到，"第五代"电影导演在这一阶段的改编创作，具有如下特点：1."第五代"电影导演的成名作，几乎都是来自于改编，不管是张军钊的《一个和八个》，还是陈凯歌的《黄土地》，不管是田壮壮的《猎场札撒》《盗马贼》、黄建新的《黑炮事件》，还是张艺谋的《红高粱》，无一例外都是来自改编。2."第五代"电影导演，一方面表现出对于文学的倚重，另一方面又表现出对于文学的"非倚重"，也就是说，在改编的态度上，这一阶段的"第五代"电影导演，都走了一个"非忠实"的道路。在这方面，他们既不同于"第三代"电影导演所遵循的"忠实观"，也不同于"第四代"电影导演的"中间观"（既忠实又非忠实），而是大多采取了"非忠实"或"反忠实"的改编路线，基本上都对原小说或原文学作品，做了大幅度的调整或改写。这既表现在主题内容上，也表现在故事情节及人物关系上，更多表现在故事的结局及走向上。譬如《黄土地》，原作叙述“我”去宜川县采录民歌时，与一个叫翠巧的姑娘结下了真挚的情谊，不幸翠巧为抗婚而喝洋烟自杀。翠巧的死给“我”以极大的震动与永久的遗憾。原作的立意停留在翠巧的悲剧命运和“我”对翠巧以自杀来抗婚的沉痛诘问中。而影片的构思则完全摆脱了单个人物的命运悲剧和一己之私的狭隘立意，扩展到对整个黄土地上农民的生存状态的展示和他们对命运的抗争。而由此立意出发，改编对人物性格、人物关系、故事情节和情景意境等，都做了大幅度调整和改动。3. 相较而言，由于“第五代”电影导演普遍对于镜头语言等电影形式非常重视，而在改编上，则普遍存有“去人物化”和“去戏剧化”的倾向，这既是对“文革”以来所形成的“高大全”人物塑造法的一种挑战，也是对新时期以来有关“丢掉戏剧拐杖”等大讨论的一种呼应。由于这种观念的影响，在这一阶段的“第五代”电影导演的改编创作中，人物往往缺乏一个相对的变化过程，而矛盾冲突也大多不是正面展开，而是更多展现为一种状态。4. 由于“第五代”电影导演又是站在“反第四代”的立场上进行创作的，所以“第五代”尽量避免一种“个人性的”“惆怅或哀伤”，而是更多对五千年来的历史传统、中华文明、民族文化等进行反思与思考。因此，在改编创作上，“第五代”电影导演，不管是在选材上，还是在故事的改写上，都偏向一种“寓言体”的创作模式，也就是说，不管什么故事，他们发掘或突出的，都是有关“民族寓言”或“文化寓言”的方面，而其他方面，则被大量遮蔽。

综上而论，如果我们就这一阶段对“第三代”“第四代”“第五代”电影导演在观众中的受欢迎程度、作品观看次数和影响的广泛性等来做一番比较的话，我们就会发现，从“第三代”到“第五代”，其指数是由高到低逐渐呈下降趋势的，这说明，尽管当时有关“丢掉戏剧拐杖”的讨论，以及由此所倡导的“电影本体论”的思想是顺应了时代的要求和呼唤的，但就叙事的可接受度、普及度和认可度来说，“戏剧美学”毫无疑问是有着强大的生命力的。从某种程度上来说，“第三代”电影导演在改编上所倡导的这种“戏剧美学”原则，是接续了新中国成立前中国主流电影所积极实践的“戏剧性”，而与“文革”期间被推到极致的“舞台化”是有着根本差异的。只可惜，这一接续的“戏剧美学”原则，皆被“第四代”“第五代”，特别是“第五代”电影导演所摒弃或弱化。尽管“第五代”电影导演在国际上获奖无数，并造就了一种艺术创作上的“奇观”，但就本土市场而言，他们的这一“中断”，直接造成了中国电影市场在20世纪90年代的持续低迷。

第六节

※

中国电影改编的第六阶段：1988—2000

进入20世纪80年代末，特别是90年代之后，整个中国电影形成了以“第五代”为创作主体的局面。尽管“第三代”“第四代”，甚至渐渐崛起的“第六代”，都有电影作品诞生，但无论其数量，还是其在本土市场的占有率方面，都无法与“第五代”电影导演相提并论。

这一阶段的主要改编作品有：《边走边唱》（1991，根据史铁生小说《命若琴弦》改编，编导：陈凯歌），《菊豆》（1990，根据刘恒小说《伏羲伏羲》改编，导演：张艺谋、杨凤良，编剧：刘恒），《大红灯笼高高挂》（1991，根据苏童小说《妻妾成群》改编，导演：张艺谋，编剧：倪震），《霸王别姬》（1993，根据李碧华同名小说改编，导演：陈凯歌，编剧：李碧华、芦苇），《炮打双灯》（1994，根据冯骥才同名小说改编，导演：何平，编剧：大鹰），《五魁》（1994，根据贾平凹同名小说改编，导演：黄建新，编剧：杨争光)，《红粉》(1994，根据苏童同名小说改编，导演：李少红，编剧：倪震、李少红)，《摇啊摇，摇到外婆桥》(1995，根据李晓小说《门规》改编，导演：张艺谋，编剧：毕飞宇、李晓)，《站直啰，别趴下》(1993，根据邓刚小说《左邻右舍》改编，导演：黄建新，编剧：黄欣)，《背靠背，脸对脸》(1994，根据刘醒龙小说《秋风醉了》改编，导演：黄建新、杨亚洲，编剧：黄建新、刘醒龙、孙毅安)，《红灯停，绿灯行》(1995，根据叶广芩小说《学车轶事》改编，导演：黄建新，编剧：叶广芩、黄欣)，《埋伏》(1996，根据方方同名小说改编，导演：黄建新、杨亚洲，编剧：孙毅安)，《睡不着》(2000，根据范东峰小说《小街派出所轶事》改编，导演：黄建新、刘惠宁，编剧：孙毅安、凡一)，《有话好好说》(1997，根据述平小说《晚间新闻》改编，导演：张艺谋，编剧：述平)，《幸福时光》(2000，根据莫言小说《师傅愈来愈幽默》改编，导演：张艺谋，编剧：莫言)，《秋菊打官司》(1992，根据陈源斌小说《万家诉讼》改编，导演：张艺谋，编剧：刘恒)，《二嫫》(1994，根据徐宝琦同名小说改编，导演：周晓文，编剧：徐宝琦、郎云)，《血色清晨》(1992，取材自加西亚·马尔科斯小说《一件事先张扬的谋杀案》，导演：李少红，编剧：李少红、肖矛)，《轮回》(1988，根据王朔小说《浮出海面》改编，导演：黄建新，编剧：王朔)，《大喘气》(1988，根据王朔小说《橡皮人》改编，导演：叶大鹰，编剧：王朔、叶大鹰、张前)，《顽主》(1988，根据王朔同名小说改编，导演：米家山，编剧：米家山、王朔)，《一半是火焰，一半是海水》(1989，根据王朔同名小说改编，导演：夏钢，编剧：王朔、叶大鹰)，《阳光灿烂的日子》(1995，根据王朔小说《动物凶猛》改编，编导：姜文)，《永失我爱》(1994，根据王朔小说《永失我爱》《空中小姐》改编，导演：冯小刚，编剧：冯小刚、王朔)，《甲方乙方》(1997，根据王朔小说《你不是一个俗人》改编，导演：冯小刚，编剧：冯小刚、王刚），《冤家父子》（2000，根据王朔小说《我是你爸爸》改编，编导：王朔、冯小刚），《没事偷着乐》（1998，根据刘恒小说《贫嘴张大民的幸福生活》改编，导演：杨亚洲，编剧：崔砚君、孙毅安），《与往事干杯》（1994，根据陈染同名小说改编，导演：夏钢，编剧：孟朱），《大鸿米店》（1995，根据苏童小说《米》改编，导演：黄健中，编剧：苏童），《本命年》（1990，根据刘恒小说《黑的雪》改编，导演：谢飞，编剧：刘恒），《香魂女》（1993，根据周大新同名小说改编，编导：谢飞），《黑骏马》（1995，根据张承志同名小说改编，导演：谢飞，编剧：张承志），《凤凰琴》（1994，根据刘醒龙同名小说改编，导演：何群，编剧：刘醒龙、卜炎贵），《一个都不能少》（1999，根据施祥生《天上有个太阳》改编，导演：张艺谋，编剧：施祥生），《那山 那人 那狗》（1999，根据彭见明同名小说改编，导演：霍建起，编剧：思芜），《我的父亲母亲》（1999，根据鲍十小说《纪念》改编，导演：张艺谋，编剧：鲍十），《草房子》（1998，根据曹文轩同名小说改编，导演：徐耿，编剧：曹文轩），《烈火金钢》（1991，根据刘流小说改编，导演：何群、江浩，编剧：江浩）等。

通过对上述改编创作进行考察辨析，可清晰地看到这一阶段的改编具有如下鲜明的特点：1.“第五代”电影导演的改编创作，呈现出一种多面向的创作趋势。这里既有先前的“寓言体”改编，如《边走边唱》《菊豆》《大红灯笼高高挂》等，又有迫于市场压力或合拍压力，而进行的“偏市场化”创作，如《霸王别姬》《有话好好说》《烈火金钢》《摇啊摇，摇到外婆桥》等；既有侧重现实纪录性质的改编创作，如《秋菊打官司》《一个都不能少》等，又有贴近现实的讽刺喜剧类创作，如《站直啰，别趴下》《背靠背，脸对脸》《红灯停，绿灯行》等；既有偏重现实温情的改编，如《幸福时光》《那山 那人 那狗》等，又有偏重历史抒情的改编，如《我的父亲母亲》等。但在这一阶段，最值得关注和探讨的，也唯一称得上是“现象”的，便是王朔小说的大量改编。从《轮回》《大喘气》等，到《阳光灿烂的日子》，再到《永失我爱》《甲方乙方》《冤家父子》等，几乎贯穿了这整整一个时期。除此之外，在“第四代”导演群中，谢飞的改编创作在这一时期比较活跃，而他的创作，则始终保持在对少数民族和关于现实的探索之中。2. 从改编创作的面向来看，迫于市场压力，改编创作的趋势逐渐由“第五代”精英群体（陈凯歌、田壮壮、张艺谋等）所倡导的“寓言体”，开始向“第五代”“外围群体”（黄建新、冯小刚等）所倡导的“喜剧体”转变。具体而言，这种“喜剧体”可分为两种：一种是由黄建新所建构起来的“讽刺喜剧”，它继承了20世纪三四十年代和“十七年”讽刺喜剧的传统，但相较而言，黄建新的“讽刺喜剧”带有某种“荒诞”的性质和意味，属于“现代型讽刺喜剧”。另一种便是基于“王朔美学”所建立起来的“解构调侃喜剧”，它大致可以分为两个阶段：第一阶段是前期的带有某种悲剧意味的“解构型喜剧”，如《轮回》《顽主》《大喘气》等，在这一类影片中，虽然也有很多调侃的性质，但更多偏重于“解构”，也就是对正统型的传统价值观、道德观等给予“消解”和“解构”，由于是和正统型的传统产生正面冲突，所以主人公的命运，大多带有一种悲剧意味；第二阶段是“调侃型喜剧”，如《甲方乙方》《冤家父子》(包括《不见不散》《没完没了》) 等，在这一阶段，“消解”与“解构”已不是主要任务，“调侃”“讽刺”“幽默”等，构成了这一时期的主要方面，由于不涉及深刻的矛盾冲突，这一阶段的改编，大多采取“平面式”“小品式”剧作构作法。这两个阶段的“喜剧”，已带有某种“后现代”的特征。3. 这一时期的电影改编，不论是哪个面向，从整体来说，在剧作上，特别是在矛盾冲突的设置上，都有一个“假想敌”：那就是“中国传统”——中国传统的历史文化、道德观、价值观等等。或者说，不管是批判也好，反思也好，解构也好，调侃也好，主要的针对对象就是“传统”。从某种程度上来说，20世纪80年代末至90年代，整个中国电影，特别是在改编方面，都基本是建立在一种“反传统”或“非传统”的基础之上，这与80年代的“时代反思”等不同，表现出一种对于“传统文化”更为深刻的思考与挑战。4.从市场方面来考虑，在这时期，有两类电影成绩骄人：一类是思想性和艺术性均较高的电影，如《霸王别姬》《阳光灿烂的日子》等，这类电影都将“个人命运和历史命运”“个人记忆和历史记忆”有效并置起来，构建了一种“宏大型”的历史叙事，但相较而言，这类电影的胜出，还在于它们又回到了“塑造人物”的既定规范之中，在某种意义上，正是因为程蝶衣、段小楼、马小军等人物的成功，才保证了影片的成功；另一类是偏向于“王朔美学”第二阶段的“调侃型喜剧”，如《甲方乙方》等。这类影片的成功，不在于其有多深刻的思想，也不在于其有多高明的艺术性，在某种程度上，恰是由于它们的“弱化”，以及通过一种“无关痛痒”的讽刺调侃，让观众跨越了深藏于其中的“社会鸿沟”而获得了一种有效“抚慰”，从而深得观众的喜欢、市场的认可。

总结（1905—2000）

本书之所以从中国电影改编的历史直接入手，是想解答如下问题：1.中国电影的改编从哪儿来？在21世纪之前，它都走过了怎样的一条路？21世纪之后的中国电影改编，与21世纪之前相比，有哪些相同点，又有哪些新变化？2.中国电影改编的整体特点是什么？它的原初性是什么？它有什么发展规律？3.就商业、产业而言，中国电影改编在整个电影生产格局中，到底占据什么样的位置？中国电影改编中，什么类型，什么题材，或哪一方面的改编，是真正受市场欢迎的呢？

通过对21世纪前中国电影改编六个阶段的分析，我们看到，在整个中国电影的生产创作格局中，中国电影改编，不仅是中国电影发展的“永动机”，而且在关键时刻，都起到了至关重要的作用。譬如，在初创期，若没有鸳鸯蝴蝶派的加入，中国电影的发展速度将大大减缓，甚至会出现营养不良；再譬如，新中国成立后若没有大量的革命战争、革命历史题材小说的繁盛，也不可能推动新中国“新主流”电影的真正诞生；而新时期，若没有大量的伤痕文学、反思文学、寻根文学、改革文学等的此起彼伏，也不可能有新时期中国电影的波澜壮阔。而若从另一方面来说，中国电影史上的名家名作，或者说高票房之作，大部分也都是由改编而来。这样的例子，举不胜举。而所有这些，都无疑说明了中国电影改编的重要性。但同时，我们也必须注意到，中国电影改编从一开始，就具有一种原初性，即传统性与现代性的撕裂。这从最初的“准改编”作品《定军山》，以及后来的《黑籍冤魂》《空谷兰》等作品中就已非常清晰地显现出来。因此，从某种意义上说，中国电影百多年的改编史，实际上就是如何处理“传统与现代”的历史。它们之间的关系，偶尔会相对“融洽”，但更多是处于一种撕裂和摇摆，这构成了中国电影改编的一条基本规律。譬如，20世纪20年代，中国电影改编明显偏向于传统，既表现为向传统资源寻求创作源泉，也表现为其创作的观念大多是传统性的，即便是郑正秋和鸳鸯蝴蝶派，在处理“传统与现代”的关系时，也基本上都是基于传统立场上的一种“现代性”改良。到了30年代，中国电影的改编开始偏向于“左翼现代性”，表现出与“传统”的某种另类姿态，但很快却又是“传统”在40年代的强烈反弹，又开始回归向传统资源的大力开掘。到了五六十年代，中国电影改编呈现出一种“革命现代性”的全新局面，“传统”被置换为“阶级”，成为矛盾冲突的关键性设置。而新时期之后，截至21世纪之前，“传统”再被置于“反思、批判”的对立面，成为“传统与现代”关系讨论的重点。而这一事实充分说明，传统与现代的关系，是百年来中国电影创作的一种基本关系，这一原初性，是我们思考中国电影改编的一个起点。

由此出发，我们还可以看到，中国电影改编在整体上，特别就市场活力而言，呈现出一种“传统强化模式”，也就是说，越贴近“传统”的电影——历史民间故事题材、家庭伦理结构、悲欢离合情节、才子佳人组合等，越具有市场活力，反之，其市场表现就越弱。但就艺术表现而言，却又呈现出一种“传统弱化模式”，即越是弱化传统或者反传统的，其艺术表现往往越强。或者说，其主题内涵、主题深度，以及艺术探索性，就会越强。而由此我们发现，有三类改编，成为中国电影改编创作的三大支柱：第一类即为通俗类传统文学、历史民间故事传说等；第二类即为革命历史与革命战争类改编，也即后来的“主旋律”电影；第三类即为经典文学（特别是近现代文学经典）改编。在这三类改编中，前两类构成了中国电影改编的两大主脉，而经典文学名著改编，尽管也可以称之为一脉，但由于与前两类有交叉，本书更愿意将其称之为一种“基本面”，它往来交叉，又自成风景。

第二章

21世纪以来的中国电影改编

21世纪以来，中国电影取得了突飞猛进的迅速发展，特别是2009年以后，中国电影产业更是一路高歌。年产量、票房、银幕、观影数量及观影人次持续增长，国产片的质量也有了很大提高，基本占据了国内市场的主阵地，中国电影市场影响力不断扩大。

2009年，中国电影克服了全球金融危机的影响，主体市场票房达到62亿元，同比增长43%，故事片的年产量达456部，国产片票房占全年总额的56.6%，连续7年超过进口片。2010年国产片总量为526部，2012年达到一个小高峰，为653部，随后有所下降，但到了2016年，又增至772部。而2010年至2016年票房收入分别为：101.7亿元、131.1亿元、170.7亿元、217.7亿元、296.4亿元、440.7亿元、455亿元。

2018年，全国电影总票房为609.76亿元，同比增长9.06%，城市院线观影人次为17.16亿，同比增长5.93%；国产电影总票房为378.97亿元，同比增长25.89%，市场占比为62.15%，比2017年提高了8.31个百分点。2018年全年生产电影故事片902部，动画电影51部，科教电影61部，纪录电影57部，特种电影11部，总计1082部；全年票房过亿元影片82部，其中国产电影44部；全国银幕总数达到60079块，其中2018年新增9303块。从总量上来看，以电影票房收入来衡量，我国电影市场已经成为仅次于美国的全球第二大电影市场。[1]

中国电影自2000年以来的迅猛发展，得益于多方面的共同合力，但其一，也是其中最关键的一点，是由于一系列电影产业政策的连续出台。中国电影产业政策作为政府宏观调控的重要手段，一直在影响着中国电影产业的发展，因为不管是制片生产，还是发行放映，不管是投

【1】《2018年中国电影市场数据盘点及2019年发展趋势预测》，https：//baijiahao.baidu.com/s？id=1623985579372692283&wfr=spider&for=pc。

融资制度，还是产业链开发，凡此等等，都需要政府产业政策的规范和引导。自21世纪以来，主要的政策法规有：《电影管理条例》（2002年2月1日），《电影制片、发行、放映经营资格准入暂行规定》（2003年12月1日），《外商投资电影院暂行规定》（2004年1月1日），《电影剧本（梗概）立项、电影片审查暂行规定》（2004年8月10日），《中外合作摄制电影片管理规定》（2004年8月10日），《互联网等信息网络传播视听节目管理办法》（2004年10月11日），《数字电影发行放映管理办法（试行）》（2005年7月19日），《关于促进电影产业繁荣发展的指导意见》（2010年1月21日），《关于促进制片发行放映协调发展的指导意见》（2011年12月1日），《关于进一步加强和改进境外影视剧引进和播出管理的通知》（2012年2月9日），《关于进一步加强网络剧、微电影等网络视听节目管理的通知》（2012年7月6日），《关于对国产高新技术格式影片创作生产进行补贴的通知》（2012年11月22日），《关于加强海峡两岸电影合作管理的现行办法》（2013年1月17日），《关于推动国产动画电影发展的9条措施》（2013年7月17日），《关于试行国产电影属地审查的通知》（2014年4月1日），《关于支持电影发展若干经济政策的通知》（2014年6月19日），《关于继续实施支持文化企业发展若干税收政策的通知》（2014年11月27日），《中华人民共和国电影产业促进法》（2016年11月7日）……[1]这些政策法规，涉及中国电影产业发展的方方面面，从投融资、院线制、影院经营、电影技术、电影类别、中外合作到税收、审查等，都变得更为灵活与开放，这大大解放了电影的生产力，使得电影各相关行业更趋协调发展，合作共赢，从而推动形成了中国电影产业的繁荣局面。

其二，中国电影21世纪以来的发展，还得益于社会经济的转型，以及全球化的发展背景。改革开放以来，特别是20世纪90年代，中国社会

【1】张园：《改革开放以来的中国电影产业政策研究》，硕士学位论文，中国艺术研究院，2017。

随着政治、经济和文化政策等方面的调整，特别是社会主义市场经济的提出，使得各个方面都发生了变化，改革开放取得了重要进展，而中国进入了消费社会。所谓消费社会，与生产社会相对，是指社会形态从生产为中心的模式，向以消费为中心的模式转变。在消费社会，商品被提到了前所未有的重要地位。电影作为一种商品，作为一种对市场有着很大依赖性的文化产业，不可避免地也被纳入到了市场化轨道。[1]而与此同时，中国在2001年加入WTO，也就是世界贸易组织之后，所面对和需要解决的，已不再是区域性的问题，而是世界性的问题，而互联网的发展，更是将世界置于一个全球化的浪潮中。在这样的背景下，各种信息交流，包括技术交流、数据交流等，都变得异常快捷，可以说，资源共享已成为一种基本常态。这为中国电影的发展，提供了各种渠道、各种保障和途径，以及参照系。在某种程度上，21世纪以来的中国电影，已不再是单纯的中国电影，而是全球性的中国电影。

其三，中国电影21世纪以来的发展，还要得益于数字技术的发展。21世纪之后，数字技术取得了飞速发展，到目前为止，已经完全取代电影胶片，且覆盖数字合成、数字特技等一切技术手段。数字技术的发展，带来了两个革命性的变化：一是使得电影拍摄变得更加简单容易，拍电影已不再是某个特权阶层的事，普通大众也可参与其中，它不仅带来了一种“平权”的可能，也刺激了整个电影拍摄及制作的活跃性；二是数字技术所带来的虚拟性的数字美学，使得整个电影美学发生了重大变化，在某种程度上，它带来一种“超奇观美学”的可能性。总而言之，数字技术的发展，为电影产业的发展，提供了所有的技术保障，以及各种可能性。

其四，伴随着全球化时代的到来，整个社会进入了一个“读图时

【1】 李清：《中国电影文学改编史》，中国电影出版社，2014，第321页。

代”，也就是说，传统的阅读方式——读书，已经被新的阅读方式——“读图”所取代。由于工作压力等原因，读书已经被认为是费心费力的事，相对而言，看视频、看影像等，却被认为是方便可行的。而这种阅读方式的变化，也就代表了相应的观众群的大量存在，这就为中国电影的发展，提供了强大的观众基础。

其五，我们必须清楚，21世纪以来中国电影的迅猛发展，是多方面合力的结果，是一种综合效应，但还有一点至关重要，就是大量的文学名著、网络小说、游戏、漫画、话剧等，为中国电影提供了坚实而又丰厚的基础，一旦离开了这一点，21世纪以来中国电影的繁荣局面就不可能形成。

尹鸿教授在《通变之途——新世纪以来的中国电影产业》一书中，详细描述、阐释了21世纪以来中国电影产业的发展之路，本书将对其主要观点及其所描述的主要事件与特点进行摘要式引用，这一方面是对上述描述的补充，另一方面，其中所涉及的一些内容，将对下面有关改编与产业的讨论，起到非常重要的作用。

尹鸿教授认为，21世纪以来中国电影产业的发展，首先是中国电影工业濒临绝境（年票房不足5亿元）而恰又处于“狼来了”（扩大进口好莱坞电影数量）的困境中，置之死地而后生、“被迫而又不得不主动”所引发的一场全面产业化改革的结果。2001年12月25日，国家广播电影电视总局颁布了修改后的《电影管理条例》并于2002年2月1日开始施行。这一条例明显降低了行业准入的门槛，允许国营电影制片单位以外的人员和机构从事电影摄影业务。2003年9月28日，国家广播电影电视总局同时通过了《电影制片、发行、放映经营资格准入暂行规定》《中外合作摄制电影片管理规定》《电影剧本（梗概）立项、电影片审查暂行规定》三个文件，在新的《电影管理条例》的基础上再次为电影产业的开放和发展提供了更大的四个政策支持：其一，在保护国有电影企业前提下，基本开放电影制作环节，将制片环节向社会特别是向国内做出了开放；其二，放宽中外合拍影片的条件，放弃了过去对国内主创人员比例等方面的要求，为中外合作拍摄影片减少了障碍；其三，调整电影审批方式，降低了拍摄立项审批的条件，有限下放了放映审查的权限，从而降低了制片方剧本投入的风险，有效救治了中国电影剧本的软肋；其四，在电影审查方面调整了过去那种中央一级审查的格局，审查权限有限下放，一定程度上为影片的市场准入提供了相对更大的出口空间。2010年2月，国家广电总局下发《关于改进和完善电影剧本（梗概）备案、电影片审查工作的通知》，进一步明确“一备双审”制度，并将部分影片的备案、初审工作下放到省级广电部门，部分影片的终审权也下放至实行属地审查的省级电影审查机构。在政策上不断给电影制作业松绑的同时，国家在宏观的经济和文化策略层面也不断提升电影产业的地位。2006年9月13日，中国公布了《国家“十一五”时期文化发展规划纲要》，为“十一五”期间的文化发展做出了总体规划，电影作为文化产业的核心产业和动力产业占有举足轻重的地位；在《纲要》明确提出的未来五年将着力发展的九类重点文化产业中，影视制作业被排在首位。2010年1月国务院办公厅发布《关于促进电影产业繁荣发展的指导意见》，将电影产业上升至国家战略的高度，要求大力推动我国电影产业跨越式发展，实现由电影大国向电影强国的历史性转变，强化财政支持，积极推动符合条件的国有和国有控股电影企业重组上市。2011年12月15日，国务院还正式发布《中华人民共和国电影产业促进法（征求意见稿）》，成为国内首次通过创制法律的形式对促进电影产业的发展进行的立法实践。在国家相关部门几轮政策松绑的助力下，中国电影产量出现了爆发式增加，社会民营企业、外来资本显示了强大的注入热情，高投入、大制作影片明显增加，中国电影制作领域空前活跃，迎来了一个生机勃勃的发展机遇。[1]

中国电影的这次绝境逢生，核心在于基本上确立了以市场为核心的主导地位。具体而言，中国电影产业在2002—2003年，表现出如下特点：电影政策上，降低准入门槛，重塑市场主体；电影制作上，提倡投资多样化，生产市场化；电影市场上，则是营销院线化，影院现代化。中国电影开始走向开放—竞争—整合的产业之路。2004年，中国电影投资和产量创历史新高，市场化机制粗具规模，影院消费需求苏醒，破冰之后的电影改革初见成效。2005年，中国电影政策最大限度地开放，电影制作高速粗放增长，电影发行之腰开始变硬，电影市场走向消费繁荣，整体上来说，2005年中国电影生产力大解放，从增加产品向增加有效供给转变。2006年，中国电影作为中国文化产业发展中的先遣队，生产能力继续扩展，产业链条开始走向垂直整合，电影市场向“五大”集中，即“大城市、大院线、大影院、大制作和大档期”，中国电影产业在上升中调整。2007年，中国电影产量持续粗放增长，电影投融资呈现多样化来源与结构，电影发行前后两端首尾呼应，市场需求不断扩大，产业发展期待新的突破。2008年，电影产业方面，专业化、集中化、规模化渐成趋势，电影制作从数量增长转向质量提升，国产片竞争力增强，中国电影在全球金融危机下逆势上扬。2009年，中国电影市场主体分化重组整合，电影品种类型逐渐丰富，电影市场需求旺盛，中国电影开始从提高生产力向提升竞争力转变，中国电影迈进电影大国的门槛。2010年，中国电影核心企业逐渐成形，电影品种更加丰富，质量整体提升，影院建设扩展半径，电影市场空前繁荣，中国电影在规范市场与建构大电影产业格局中，跨越百亿元台阶。2011年，中国电影产业格局呈全产业链发展趋势，大片不大，小片不小，影院建设出现新高潮，中国

【1】尹鸿：《通变之途——新世纪以来的中国电影产业》，中国社会科学出版社，2019，第2—3页。

电影建构可持续发展的电影格局。2012年，中国电影工业体系和市场体系已基本成形，消费需求释放，产品供给不足，中国电影在改善电影产业的供求落差中，迎来了重装待发。2013年，中国电影的产业格局表现为新媒介环境下的动态调整，产品线布局渐趋完整，电影市场高潮迭起。2014年，“电影+互联网”成为中国电影产业新常态，电影制片，大片不强，小片不弱，整个电影市场内向型经济特征持续强化，中国电影从市场大国走向创作大国。2015年，互联网的重要性日益凸显，互联网重构中国电影，日益丰富的电影产品群，使得看电影成为大众消费的首选方式，中国电影新力量崛起。2016年，中国电影在链条完善的前提下，积极进行海外扩展，生产上，构建多元产品体系，市场上，开始减速换挡，中国电影从非常态走向新常态。2017年，中国电影的产业格局，呈现资本、互联网的两轮驱动，电影生产上，则是头部内容与分众内容的互补，创新和质量引领产业，最大限度创造消费需求，中国电影走向黄金时代。[1]

最后，尹鸿教授总结道，建构既能满足国内观众需求，又能适应全球观众共享的“通用文化体系”，建构适应中国电影发展和创新的“互联网化的工业体系”，建构与世界文化融合的中国电影的“国际传播体系”，是中国电影从大国成为强国的重要路径，也是中国电影体现国家文化软实力的迫切需要。实际上，我们可以看到，美国虽然是世界头号电影强国，北美目前也是全球第一大电影市场，但这一市场十多年来都徘徊在110亿美元上下，电影发行数量也基本维持在700部左右，美国电影的国内增量已经处在低增长甚至不增长状态，而全球电影市场近十年来的平均增长率也只有5%左右，只有中国电影市场在过去十多年中都保持了全球绝无仅有的平均30%左右的高增长，即使近两年进入新常态

【1】尹鸿：《通变之途——新世纪以来的中国电影产业》，中国社会科学出版社，2019。

之后也可能维持10%以上的平均增长速度，这种发展态势为中国成为电影强国奠定了坚实基础。在全球市场上，中国、印度、韩国、日本等都保持了本土电影超过好莱坞电影的市场份额优势，这也表明好莱坞电影并非一枝独秀，难以一统天下。中国电影从大国走向强国，具有历史性的重要机遇。而我们有理由相信，经过10年左右的时间，互联网化的中国电影工业体系能够基本形成，中国电影在巩固好本土根据地之后有可能通过不同区域的发展策略获得更重要的全球地位。当然，这个过程必然是复杂而艰难的，我们要与中华民族“伟大复兴”的整体历史进程相匹配，既要突破许多习惯性的文化、艺术和美学观念，也要变革和创新限制中国电影的视野、活力和动力的机制体制，从而在人类命运共同体的认识基础上，形成中国电影的全球文化观，建立起具有中国特色的全球共享的文化价值体系，完成从电影大国向电影强国的转变，创作出更多既具有文化感召力也具有市场占有力的优秀电影。只有这样，中国电影才不仅是“中国电影”，也是真正意义上的能够影响全球更多观众的“世界电影”。[1]

通过尹鸿教授对中国电影21世纪以来的发展描述及未来展望，我们看到了中国电影的发展潜力和无限可能，也完全有理由相信中国必将从电影大国走向电影强国。但我们也必须清醒认识到，如何建构“通用文化体系”“互联网化的工业体系”“国际传播体系”，特别是“通用文化体系”，将是关键之中的关键，重点之中的重点。因为如果我们的文化思想、价值观念等不被世界认可或接纳的话，不管我们的工业体系如何健全，如何发达，都将注定是残缺的、畸形的，也注定是不能畅通世界的。而现在这一问题，随着中国融入世界的不断深入而日益凸显。可以说，如何建构通行于世界的“通用文化体系”，已成为当下最迫在眉睫

【1】尹鸿：《通变之途——新世纪以来的中国电影产业》，中国社会科学出版社，2019，第544—555页。

的事，当然，这是一个大课题，必须举全国之力方可解决。不过，本书认为，从“文学改编”入手，打通并提升二者的相融共生，以及“世界通约性”，或许是最便捷的，也或许是最根本的。

第一节
※
21世纪以来中国电影改编概况

进入21世纪之后，中国电影一方面迎来了全新的变局，也就是从生产技术、生产环境、产业观念、制作模式到消费环境、营销模式、后产品开发等，都发生了翻天覆地的大变化，在某种程度上，中国电影顺应并很好地利用了这一变局，所以中国电影才在很短的时间里，就实现了全球第二大电影市场的目标；但另一方面，中国电影在飞速发展的同时，却又表现出了对于“各类改编”的严重依赖性，当然，这一“依赖”已不同于先前的依赖，而是一种“共生性依赖”，也就是说，伴随着中国电影市场规模的扩大，中国电影必须不断从文学经典、各类小说、民间故事、话剧、游戏等中汲取养分，才能满足自身及市场的需求，但同时，中国电影的大量改编，又反过来催动了文学等的创作，既使得原小说获得了更大的知名度和销售额，也扩大了原小说或原作者的粉丝群，从而实现了一种共赢。这种现象，在2019年的春节档表现得特别明显。在春节期间，分别改编自刘慈欣同名小说的《流浪地球》和改编自他另一部小说《乡村教师》的《疯狂的外星人》，分别取得了46.54亿元和22.01亿元的骄人成绩，而这两部影片的高票房，又反过来推动了刘慈欣科幻小说的一波销售热潮，二者相互共生共赢。而这种现象，则再次说明了“改编”之于中国电影的重要性。

除了《流浪地球》和《疯狂的外星人》之外，自2000年以来，中国电影涌现出了大量的改编作品，主要代表作有：《鬼子来了》（2000，根据尤凤伟小说《生存》改编，导演：姜文，编剧：姜文、史建全、述平、尤凤伟），《谁说我不在乎》（2001，根据叶广芩小说《你找他苍茫大地无踪影》改编，导演：黄建新，编剧：黄欣、李唯、凡一、叶广芩），《我爱你》（2002，根据王朔小说《过把瘾就死》改编，导演：张元，编剧：王朔、夏蔚、张元），《生活秀》（2002，根据池莉同名小说改编，导演：霍建起，编剧：思芜），《周渔的火车》（2003，根据北村小说《周渔的喊叫》改编，导演：孙周，编剧：北村、孙周），《暖》（2003，根据莫言小说《白狗秋千架》改编，导演：霍建起，编剧：秋实），《盲井》（2003，根据刘庆邦小说《神木》改编，编导：李杨），《绿茶》（2003，根据金仁顺小说《水边的阿狄丽亚》改编，导演：张元，编剧：金仁顺、张元、唐大年），《天下无贼》（2004，根据赵本夫同名小说改编，导演：冯小刚，编剧：王刚、林黎胜、张家鲁、冯小刚），《茉莉花开》（2004，根据苏童小说《妇女生活》改编，导演：侯咏，编剧：张献、侯咏），《一个陌生女人的来信》（2004，根据奥地利作家茨威格同名小说改编，编导：徐静蕾），《求求你，表扬我》（2005，根据北北小说《请你表扬》改编，导演：黄建新，编剧：黄建新、一凡），《孔雀》（2005，根据李樯同名小说改编，导演：顾长卫，编剧：李樯），《十三棵泡桐》（2006，根据何大草网络小说《刀子和刀子》改编，导演：吕乐，编剧：刘颖、吕乐），《喜马拉雅王子》（2006，根据莎士比亚悲剧《哈姆雷特》改编，导演：胡雪桦，编剧：胡雪桦、扎西达娃、多吉才郎），《满城尽带黄金甲》（2006，根据曹禺话剧《雷雨》改编，导演：张艺谋，编剧：张艺谋、吴楠、卞智洪），《夜宴》（2006，根据莎士比亚悲剧《哈姆雷特》改编，导演：冯小刚，编剧：盛和煜、邱刚健），《云水谣》（2006，根据张克辉小说《台湾往事》改编，导演：尹力，编剧：刘恒、张克辉)，《集结号》(2007，根据杨金远小说《官司》改编，导演：冯小刚，编剧：刘恒)，《太阳照常升起》(2007，根据叶弥小说《天鹅绒》改编，导演：姜文，编剧：述平、姜文、过士行)，《我叫刘跃进》(2007，根据刘震云同名小说改编，导演：马俪文，编剧：刘震云)，《色·戒》(2007，根据张爱玲同名小说改编，导演：李安，编剧：王蕙玲、詹姆士·沙姆斯)，《非诚勿扰》(2008，灵感来自于陈国富电影《征婚启事》，编导：冯小刚)，《画皮》(2008，根据蒲松龄小说《聊斋志异·画皮》改编，导演：陈嘉上，编剧：刘浩良、邝文伟、陈嘉上)，《风声》(2009，根据麦家同名小说改编，导演：陈国富、高群书，编剧：麦家、张家鲁)，《高兴》(2009，根据贾平凹同名小说改编，编导：阿甘)，《花木兰》(2009，根据北魏民歌《木兰辞》改编，导演：马楚成，编剧：张挺)，《斗牛》(2009，根据赵冬苓小说《八路牛的故事》改编，编导：管虎)，《山楂树之恋》(2010，根据艾米同名小说改编，导演：张艺谋，编剧：尹丽川、顾小白、阿美、艾米)，《赵氏孤儿》(2010，根据同名中国古典戏剧改编，导演：陈凯歌，编剧：陈凯歌、赵宁宇)，《唐山大地震》(2010，根据张翎小说《余震》改编，导演：冯小刚，编剧：苏小卫)，《杜拉拉升职记》(2010，根据李可同名小说改编，导演：徐静蕾，编剧：王芸、赵梦、徐静蕾)，《三笑之才子佳人》(2010，根据民间爱情故事《三笑姻缘》改编，导演：郭德纲、刘观伟，编剧：李燕波、李云菲)，《让子弹飞》(2010，根据马识途小说《盗官记》改编，导演：姜文，编剧：朱苏进、述平、姜文、郭俊立、危笑、李不空、马识途)，《最爱》(2011，根据阎连科小说《丁庄梦》改编，导演：顾长卫，编剧：言老施、杨薇薇、顾长卫)，《失恋33天》(2011，根据鲍鲸鲸同名网络小说改编，导演：滕华涛，编剧：鲍鲸鲸)，《金陵十三钗》(2011，根据严歌苓同名小说改编，导演：张艺谋，编剧：刘恒、严歌苓)，《搜索》(2012，根据文雨小说《请你原谅我》改编，导演：陈凯歌，编剧：陈凯歌、唐大年），《画皮2》（2012，根据蒲松龄小说《聊斋志异·画皮》改编，导演：乌尔善，编剧：冉平、冉甲男），《白鹿原》（2012，根据陈忠实同名小说改编，导演：王全安，编剧：陈忠实、芦苇），[1]《西游·降魔篇》（2013，根据吴承恩《西游记》改编，导演：周星驰、郭子健，编剧：周星驰、郭子健、霍昕、王芸、冯志强、卢正雨、李尚正、江玉仪），《致我们终将逝去的青春》（2013，根据辛夷坞同名小说改编，导演：赵薇，编剧：李樯），《小时代》（2013，根据郭敬明同名小说改编，编导：郭敬明），《小时代2：青木时代》（2013，根据郭敬明同名小说改编，编导：郭敬明），《101次求婚》（2013，根据同名经典日剧改编，导演：陈正道，编剧：张巍），《西游记之大闹天宫》（2014，根据中国古典神魔小说《西游记》前八回改编，导演：郑保瑞，编剧：黄子桓），《爸爸去哪儿》（2014，根据同名真人秀节目改编，导演：谢涤葵、林妍，编剧：彭锴、王伟红、潘希晨、罗祎、潇雅、王海峰、黄丹、颜莉、仕卫、胡弘毅、石冬），《分手大师》（2014，根据同名人气话剧改编，导演：邓超、俞白眉，编剧：俞白眉），《匆匆那年》（2014，根据九夜茴同名小说改编，导演：张一白，编剧：李晗、刘晗、九夜茴），《小时代3：刺金时代》（2014，根据郭敬明同名小说改编，编导：郭敬明），《一步之遥》（2014，根据“阎瑞生案”改编，导演：姜文，编剧：姜文、郭俊立、王朔、廖一梅），《智取威虎山》（2014，根据曲波小说《林海雪原》改编，导演：徐克，编剧：黄欣、李杨、徐克、吴兵、董哲、林启安），《同桌的你》（2014，灵感来自1994年高晓松创作的同名校园民谣，导演：郭帆，编剧：傲立、高晓松、宋晋川），《亲爱的》（2014，根据央视一则“打拐”新闻改编，导演：陈可辛，编剧：张冀），《归来》（2014，根据严歌苓小说《陆

【1】郑敬婉：《新世纪以来中国文学改编电影现象研究》，硕士学位论文，南京师范大学，2013。

犯焉识》改编，导演：张艺谋，编剧：邹静之），《捉妖记》（2015，根据《聊斋志异·宅妖》改编，导演：许诚毅，编剧：袁锦麟），《夏洛特烦恼》（2015，根据开心麻花同名舞台剧改编，编导：闫非、彭大魔），《鬼吹灯之寻龙诀》（2015，根据天下霸唱小说《鬼吹灯》后四部改编，导演：乌尔善，编剧：张家鲁），《西游记之大圣归来》（2015，根据神话故事小说《西游记》改编，导演：田晓鹏，编剧：田晓鹏、刘虎、米粒、金冉、金成），《天将雄师》（2015，根据真实的历史故事改编，编导：李仁港），《滚蛋吧！肿瘤君》（2015，根据同名漫画改编，导演：韩延，编剧：袁媛、张维重），《九层妖塔》（2015，根据天下霸唱小说《鬼吹灯之精绝古城》改编，编导：陆川），《恶棍天使》（2015，根据同名话剧改编，导演：邓超、俞白眉，编剧：俞白眉），《左耳》（2015，根据饶雪漫同名小说改编，导演：苏有朋，编剧：饶雪漫），《小时代4：灵魂尽头》（2015，根据郭敬明同名小说改编，编导：郭敬明），《栀子花开》（2015，根据同名歌曲生发改编，导演：何炅，编剧：傲立），《万万没想到》（2015，根据同名网络剧改编，编导：叫兽易小星），《解救吾先生》（2015，根据2004年吴若甫真实绑架案改编，编导：丁晟），《烈日灼心》（2015，根据须一瓜小说《太阳黑子》改编，编导：曹保平），《十二公民》（2015，根据1957年美国影片《十二怒汉》改编，导演：徐昂，编剧：李玉娇、徐昂、韩景龙），《一个勺子》（2015，根据胡学文小说《奔跑的月光》改编，编导：陈建斌），《狼图腾》（2015，根据姜戎同名小说改编，导演：让-雅克·阿诺，编剧：让-雅克·阿诺、约翰·科里、芦苇），《美人鱼》（2016，根据安徒生同名童话改编，编导：周星驰），《西游记之孙悟空三打白骨精》（2016，根据神话故事《西游记》改编，导演：郑保瑞，编剧：冉平、冉甲男、文宁），《湄公河行动》（2016，根据10·5中国船员金三角遇害事件改编，编导：林超贤），《盗墓笔记》（2016，根据南派三叔同名小说改编，导演：李仁港，编剧：

南派三叔),《从你的全世界路过》(2016，根据张嘉佳同名小说改编，导演：张一白，编剧：张嘉佳),《我不是潘金莲》(2016，根据刘震云同名小说改编，导演：冯小刚，编剧：刘震云),《摆渡人》(2016，根据张嘉佳小说《从你的全世界路过》中的一篇改编，编导：张嘉佳),《封神传奇》(2016，根据神话小说《封神演义》改编，导演：许安、杨龙澄，编剧：张炭、张志光、孙子荣、蔡衍泽、许仲琳),《七月与安生》(2016，根据庆山[1]同名小说改编，导演：曾国祥，编剧：林咏琛、李媛、许伊萌、吴楠),《铁道飞虎》(2016，根据历史真实故事改编，导演：丁晟，编剧：何可可、丁晟),《爵迹》(2016，根据郭敬明小说改编，编导：郭敬明),《追凶者也》(2016，根据一则2009年六盘水农民五兄弟千里追凶的新闻改编，导演：曹保平，编剧：张天辉、阳建军、曹保平),《驴得水》(2016，根据同名话剧改编，编导：周申、刘露),《羞羞的铁拳》(2017，根据同名话剧改编，编导：宋阳、张迟昱),《西游·伏妖篇》(2017，根据神话小说《西游记》改编，导演：徐克，编剧：周星驰、李思臻),《芳华》(2017，根据严歌苓同名小说改编，导演：冯小刚，编剧：严歌苓),《悟空传》(2017，根据今何在同名小说改编，导演：郭子健，编剧：郭子健、今何在、黄海、范文文、黄智亨),《英伦对决》(2017，根据史蒂芬·莱瑟小说《中国人》改编，导演：马丁·坎贝尔，编剧：大卫·马可尼),《巨额来电》(2017，根据公安部备案案件改编，导演：彭顺，编剧：柳桦、彭顺),《心理罪之城市之光》(2017，根据雷米系列犯罪小说《心理罪》最后一部《城市之光》改编，编导：徐纪周),《不成问题的问题》(2017，根据老舍同名小说改编，导演：梅峰，编剧：梅峰、黄石),《嫌疑人X的献身》(2017，根据东野圭吾同名小说改编，导演：苏有朋，编剧：许佳鹏、李佳颖、

【1】 庆山，即安妮宝贝。

黄海、苌江、王潮、迟海、冯元良），《妖猫传》（2017，根据日本魔幻系列小说《沙门空海之大唐鬼宴》改编，导演：陈凯歌，编剧：王蕙玲），《三生三世十里桃花》（2017，根据同名网络小说改编，导演：赵小丁、安东尼·拉默里纳拉，编剧：李晗、刘晗、麦灵、张亚亮），《十八洞村》（2017，根据真实故事改编，编导：苗月），《红海行动》（2018，根据2015年3月29日发生的“也门撤侨事件”改编，导演：林超贤，编剧：冯骥、陈珠珠、林明杰），《西虹市首富》（2018，根据1985年的电影《布鲁斯特的百万横财》改编，导演：闫非、彭大魔，编剧：彭安宇、闫非、林炳宝），《巨齿鲨》（2018，根据史蒂夫·艾尔顿同名小说改编，导演：乔·德特杜巴，编剧：迪恩·乔格瑞斯等），《无名之辈》（2018，部分根据话剧《蠢蛋》改编，导演：饶晓志，编剧：饶晓志、雷志龙），《西游记女儿国》（2018，根据神话小说《西游记》改编，导演：郑保瑞，编剧：文宁），《影》（2018，根据朱苏进《三国·荆州》和黑泽明《影子武士》改编，导演：张艺谋，编剧：李威、张艺谋），《狄仁杰之四大天王》（2018，根据唐朝故事题材改编，导演：徐克，编剧：徐克、张家鲁），《熊出没·变形记》（2018，根据《熊出没》动画故事改编，导演：丁亮、林汇达，编剧：徐芸、万秦、蒋琳），《李茶的姑妈》（2018，根据开心麻花同名话剧改编，导演：吴昱翰，编剧：钱晨光），《邪不压正》（2018，根据张北海小说《侠隐》改编，导演：姜文，编剧：姜文、何冀平、李非、孙悦），《动物世界》（2018，根据福本伸行的漫画《赌博默示录》改编，编导：韩延），《悲伤逆流成河》（2018，根据郭敬明同名小说改编，导演：落落，编剧：郭敬明、落落）……[1]

在对21世纪以来电影改编和市场份额等的研究方面，山东大学研究生薄玉迎以2000—2015年中国内地票房前20名影片为样本，统计出中国电

【1】这一时期改编的影片片目还可以罗列很多，但由于篇幅限制，在此只列举一些代表作。

影有147部，外国电影有173部，从320个样本中共筛选出108部改编电影，其中中国电影48部，外国电影60部。根据她的比较分析，国内小说改编影片29部，由传统小说、网络小说改编而来的影片分别为23部、6部，国外小说改编影片均以传统小说为蓝本，共29部。国内小说改编电影占内地影片数量的19.7%，国外小说改编电影占进口影片数量的16.7%，与外国电影相比，中国自2008年以来改编电影更为依赖传统小说。不过，从总体上来看，以小说改编为蓝本的电影剧本是中外电影最主要的文本来源，尤其是传统小说改编，均占到了近一半的比例。而其中的差别是：国内电影剧本来源主要聚焦于文学作品（传统小说、网络小说、戏剧话剧、各类剧本与传说），来源较为单一，除传统小说外，国内电影改编其余各来源所占比例均衡；而国外电影改编来源跨门类众多，来源占比相差大，如传统小说、漫画、游戏、玩具产品等等。而就改编的电影类型而言，中外传统小说改编电影类型存在分布差异，国内传统小说改编电影类型多，国外传统小说改编电影类型集中。中国改编电影除剧情片占较大比例外，其余类型（如青春、武侠、爱情、喜剧、动作、历史、战争、魔幻、灾难等）分布较为平均，呈若干足鼎立之势，换句话说，中国改编电影没有一个类型可以挑起票房的大梁。反观国外改编电影，冒险片（大多包含科幻成分）、动作片遥遥领先。且相较而言，国内电影呈现于众的多为单作，虽然也不乏一些系列片出现，但15年来中国内地电影票房前20名中出现的国内改编影片基本为单作，而国外改编电影尤爱"多胞胎"，比如《哈利波特》系列，自2002年起，2003年、2004年、2005年、2007年、2009年、2010年和2011年共有8部影片上映。还有不少系列影片，其中的某一部或某几部在票房排行榜上占据一席之地，如《地心历险记2：神秘岛》《霍比特人：意外之旅》《霍比特人：史矛革之战》。漫画改编的电影更是如此，如《变形金刚》《蜘蛛侠》，还有《钢铁侠》和《美国队长》等。具体而言，中国传统小说改编的电影，战争题材位于第一阶梯，剧情、灾难、动作题材位于第二阶梯，青春、爱情、喜剧、历史题材并列于第三阶梯。外国传统小说改编电影，冒险是第一热门题材，其次是剧情、奇幻、动作，最后是爱情、惊悚。而就电影票房而论，在票房排行前5名中，中外15年间的传统小说改编电影数量分别为12部和7部，在各自小说总改编量中分别占41.3%、24.1%；在票房排行前10名中，中外15年间的传统小说改编电影数量分别为16部和18部，在各自小说总改编量中分别占55.1%、62.1%。在最前端的高票房贡献上，国内改编影片高于国外。网络小说改编电影票房虽低于传统小说改编，但发展势头迅猛。譬如2011年上映的《失恋33天》，以及2013年上映的《致我们终将逝去的青春》等，票房排位在当年度中都很靠前。[1]

薄玉迎的分析，有一定的代表性和可采用性，但也有一定的局限性和片面性，主要原因是采样的数量较少。虽说票房前20名的采样具有很强的可操作性，但考虑到对于每年逐渐上升，目前已接近1000部电影产量的中国电影而言，前20名（且还包括外国电影）的影片比，确实是有些少了。另外，对于文学类型和电影类型的划分，有一些模糊。譬如，剧情片是对情节比较集中的电影的总称，而不能被看作是一种类型，但在薄玉迎的分析中，剧情片却被放入类型的范畴里，这使得这一方面的分析，就存有某种不准确性。

南京师范大学郑敬婉的硕士论文《新世纪以来中国文学改编电影现象研究》，则偏重于学理性。作者认为，21世纪以来，文学改编电影主要有如下几种方式：1. 翻译式改编，也就是忠实于原著的改编，如2004年徐静蕾自导自演的影片《一个陌生女人的来信》改编自奥地利作家茨威格的同名小说，影片很好地做到了忠实于原著，几乎是原著的翻译再现；2. 框架式改编，强调整体框架与原著的吻合，风格不

【1】 薄玉迎：《新世纪我国小说改编电影市场分析——以内地电影票房前20名为例》，硕士学位论文，山东大学，2016。

变，细节上稍微改动，如霍建起的多部改编影片做到了遵循框架式的改编策略，例如《那山 那人 那狗》《生活秀》《暖》等；3. 自由式改编，主张电影创作者根据文学作品可以自由发挥，大胆创作，比如张艺谋的《满城尽带黄金甲》，只是借用了《雷雨》的原型，而在故事上，却进行了某种自由式的发挥。相较而言，自由式改编，是21世纪以来电影改编的趋势。天马行空、任意发挥，对小说进行彻头彻尾的改动，仅保留其大概的故事框架，对内容、人物、主题则在导演和市场的双重规约下随意变换，在某种程度上，这是精英文化和大众文化走向进一步的融合，是文化进步的重要表现。而当原创无法满足市场需求时，文学的许多分支已经做到了对电影的支援，如外国小说、中国当代小说、古代小说、网络小说。外国小说改编方面，做到了异域风姿的中国化，如《喜马拉雅王子》《夜宴》等；中国当代小说改编方面，则呈现一种色彩斑斓的社会图景，如《集结号》《我叫刘跃进》《山楂树之恋》《唐山大地震》《最爱》等，都及时反映体现了时代的生活特征和时代情绪；古代文学作品改编方面，则注重现实化的内蕴重现，如《画皮》《画皮2》等；而代表新媒介异军突起的，则是网络小说改编，如《搜索》《失恋33天》等。作者进而认为，随着21世纪以来互联网的发展，网络小说的水平也在不断提高，网络逐渐成为通俗读物的平台。电影也逐渐将更多关注的目光投向这个青春时尚气息浓厚的领域，寻求适宜改编的网络小说。网络和电影逐渐形成一条产业链，在举办的网络文学节中筛选优秀剧本，以促进整个文化市场繁荣为宗旨，推动网络小说健康发展并积极与电影联姻，为优秀网络小说改编影片提供机缘，电影与网络的互动必将给人们带来一道道亮丽的文化风景线。[1]

【1】郑敬婉：《新世纪以来中国文学改编电影现象研究》，硕士学位论文，南京师范大学，2013。

龚金平结合20世纪90年代以来中国电影改编的发展趋势，将21世纪以来的中国电影改编，放置于国际化的背景下进行考察，并进而总结出如下面向或特点：1. 民俗展览中的东方情调。在国际化背景下，为了“与国际接轨”，许多导演在艺术构思和主题把握上消解或摒弃了传统创作模式，将新时期“第三代”（包括部分“第四代”）电影“控诉”型、“批判”型电影话语转向了主流意识形态和知识分子立场之外的民俗、民间生活描写，致力于民俗奇观的美学。这一创作倾向虽集中于20世纪90年代，但对“东方情调”等的迷恋，至今仍大量存在，已成为一种潜意识诉求和影像策略。2. 在乡村的温情中想象性还乡。在现代化水平比中国要高的海外国家或地区，在乡村的温情中想象性还乡越来越成为一种真切的渴望。所以，在此时期有些中国影片虽然是农村（乡村）题材，其主旨却不是再现真实的农村现实，展现农民的精神面貌或生存状态，而是仅以乡村作为独特的场景，以其古朴的生活方式和传统的人伦关系作为现代都市的一个参照。如《那山那人 那狗》《暖》等。3. 在人性书写和个体成长史中寻求国际共通性。如《十七岁的单车》《盲井》《孔雀》等，致力于对人性的深入展现，对个体心灵史的探微，追求一种共通性以获得与世界对话的可能。此外，与国际化同时期的，还有一种后现代语境下的改编。后现代语境带来了更为自由灵活的改编观念。后现代主义要求消解权威，所以，此时期一些电影改编首先就不选取“权威”性的作品；改编者也真正将原作视为一堆素材，甚至一个灵感的来源。一些非著名作家的非代表性作品被大量搬上银幕。很少有读者读过这些作品，改编者可以在极为广阔的艺术天地里进行创造性的改编，更加自由地表达自己的艺术主张和哲学思考。而后现代语境下的改编特点有：1. 猥亵神圣，消解权威；2. 拒斥崇高。这些特征在冯小刚、姜文等人的作品中大量存在，已成为一种美学倾向，但是，在后现代主义语境下，中国电影改编往往在平面化的处理中又掩饰不住寻求深度的冲动，往往在消解权威的废墟上一个新的道德秩序又矗立起来，乃至在后现代主义的光怪陆离中又回到正统的道德规范，显示出某种“后现代主义的迟疑”，如2005年的影片《窒息》(改编自谷小妮小说）等。[1]

而周仲谋则认为，自20世纪90年代之后，中国电影进入了一个消费时代，就改编而言，消费时代最显著的一个特征就是娱乐化的改编泛滥。而在众多被娱乐化改编的文学作品中，文学名著的改编最为引人注目。从20世纪90年代的《大话西游》，到21世纪以来的《夜宴》《满城尽带黄金甲》《赤壁》《画皮》《花木兰》《赵氏孤儿》等，均是文学名著娱乐化改编的典型案例。在这样一个潮流中，不可避免地带来了文学名著经典地位的失落。在消费文化语境下，及时享乐的消费心态借着大众传播媒介迅速蔓延，形成了一股强大的世俗文化力量，其大众化的立场对文学名著的精英立场构成严重挑战，并不断消解名著的权威性和神圣性。突出的特征之一是，以往备受瞩目的文学名著受到前所未有的冷落，当人们把阅读当作一种消费行为或休闲娱乐的时候，名著对他们欲望的满足程度显然不如通俗作品，因此遭遇冷落也就在所难免。另外，被赋予了神圣色彩的文学名著在消费文化语境下普遍遭受到被解构的命运，其解构方式之一便是“戏说”。所谓“戏说”，是用游戏化的口吻和戏拟、拼贴、混杂等方式对文学名著进行颠覆。在这股“戏说”风潮中，中国古典四大名著无一幸免。戏说《红楼梦》的有漫画版《红楼梦》，戏说《西游记》的有《悟空传》《八戒日记》《沙僧日记》，戏说《三国演义》的有《水煮三国》《麻辣三国》《诸葛亮日记》，戏说《水浒传》的有《麻辣水浒》《闲看水浒》等。在“戏说”中，名著不再是高高在上的膜拜对象，反而成为可以被攫取或被戏弄的文化资源，其权威性和神圣性荡

【1】 龚金平：《开放视野下多维对话关系的构建——作为历史与实践的中国当代电影改编》，光明日报出版社，2007，第186—225页。

然无存。

不过，文学名著的娱乐化改编，并非是一种简单的游戏，而是有着更加复杂的动机和多样化的诉求。首先，最明显的改编动机是商业利益方面的诉求。与以往中国计划经济下推出艺术精品为目标的名著改编不同，21世纪中国电影改编只是为了借助文学名著的知名度和影响力，从而吸引观众市场。其次，消费时代的名著改编，还有振兴民族工业、对抗好莱坞电影的诉求。最后，还有文学名著自身传承的诉求。应该说，在消费时代和全球化语境下，中国电影以大投入、大制作的方式对文学名著进行改编有其合理性的一面，因为既可以规避风险，又可以整合多方力量，且有利于弘扬民族文化，但问题是，名著改编和商业大片模式的结合并非易事，仍然需要深厚的艺术功力和高超的表现技巧方能驾驭。但以娱乐化的方式挑动浅层感官欲望，抑制名著中的深刻体验，消解名著的崇高主题，是消费文化语境下文学名著改编的一个突出现象。另外，消费时代的名著改编影片特别注重视觉效果的营造，同时也由于价值观念的迷失和混乱，影片在打造视觉奇观时往往只选择民族文化中花哨离奇的皮毛，而全面避开了正面人物塑造和美德价值表现。因此，在对文学名著改编时，要尊重名著及其文化意蕴，彰显民族化审美品格，加强叙事性和思想性，真正做到借助“大片”模式向全世界传播本民族文学经典和优秀文化，建构国家的正面形象。[1]

上述几位研究者的研究，虽各有侧重，各有不同，但均不同程度地涉及了改编在整个电影创作、电影产业中的地位、市场份额、类型、方式、改编倾向与改编特点等，结合先前所列举的例子，我们可以看到，21世纪以来中国电影改编具有如下几个鲜明特征：1. 电影改编的地位越来越突出，在某种程度上，电影生产对于“改编”的依赖性越来越强，

【1】周仲谋：《消费文化语境下的中国电影改编》，中国社会科学出版社，2015，第108—132页。

甚至达到了“历史之最”。之所以会出现这种状况，一方面是来自于创作的需求。自21世纪以来，中国电影生产进入了蓬勃发展时期，电影政策、电影生产环境、电影技术、观众市场等，皆助力电影创作，令电影产量节节攀升，由于原创不足，或者说原创力低下等原因，使得“改编”成为一种“必须”，“电影改编”由此再度成为“热潮”。而从目前情况来看，“改编”而来的电影，不仅质量上总体水平较高，且大多能获得市场的高票房和观众的普遍认可。以2019年前8个月为例，在整个8个月时间里，有三部电影《流浪地球》《疯狂的外星人》《哪吒之魔童降世》成绩骄人，不仅叫好，且分别取得了46.54亿元、22.01亿元、49.72亿元票房成绩，三部电影票房超百亿元，约占总票房400亿元（截至2019年8月8日）的1/4，而这三部电影，皆是改编电影，前两部分别改编自刘慈欣的《流浪地球》和《乡村教师》，最后一部则改编自中国神话传说故事。2. 改编的范围、样式、类型、题材等，明显扩大了。从以往百年的电影改编史来看，中国电影的改编集中在通俗文学、革命历史及战争类文学，以及古现代中外文学经典三个方面，但21世纪以来，除了这三个面向，还增加了网络文学IP开发、真实故事、非虚构、前电影、话剧、游戏、动漫、跨文学（特指文学之间的融合与杂糅）等，即使先前的三个面向，也向纵深无限深入，横向无限拓展。譬如，《西游记》作为一部经典，其改编已逐渐由整部故事、局部故事向某个概念、某个形象、某个创意转移，由此，层出不穷的“西游改编”被大量创作出来，形成了“西游–太阳系”，“西游”成为一个“太阳”，而改编作品，则是众多“行星”及“卫星”，甚至是“星际尘埃”，毫无疑问，这不同于21世纪以前的改编，已在横向上和纵向上，都有了较大的发展和突破。3. 从总体上来看，中国电影在改编上形成了一个“回旋”，也就是说，21世纪以来的电影改编，与20世纪初的中国电影改编，有着某种“共通性”。再具体一点说，就是21世纪以来的中国电影改编，在某种程度上又回到了“通俗文学”上，表现出对于通俗文学的某种偏爱。在这里，“通俗文学”可以是泛指，一方面它代表着“经典”以外的各类通俗文学，另一方面，它也可包括21世纪以来新发展起来的“网络小说”，虽然发表的载体及媒介有所不同，但究其实质，二者却是“相通”的，它们均表现出了对于某种“即时的、流行的、曲折的、表层的”等的偏爱与执着。此外，这种“回旋”，显然并非是一种重叠或完全等同，而是一种“回归式跳跃”“掉头式发展”，它显示出对于某种“世界通约性”的再度认同和重新起步。4. 从改编的方式及倾向性上来看，这一时期的电影改编有着某种前所未有的“自由性”和“多面性”。它既不同于以往单纯追求“深刻性”及“思想性”的改编方式，也对21世纪以来普遍的“娱乐化”改编倾向有所抑制；既跳出了“忠实论”的窠臼，又开始表现出对于“文学性”的某种回归。因此，对于21世纪以来的电影改编，用某种“唯一论”来覆盖一个时期进行表述已是不可能的了。就目前来看，21世纪以来的电影改编，在改编方式及倾向性上，越来越走向一种“多元式”的并存与融合，即在“思想性、娱乐性、商业性、艺术性、文学性、后现代性”等特性之间，追求一种跨越、融合、混搭与变通……

为了对21世纪以来的中国电影改编有一个更为全面、更为具体的了解，本书将着重从两个方面进行深入思考和分析。一是21世纪才出现的新事物——以“生产方式”为偏向性的“IP”现象研究；二是从20世纪延续下来的旧事物——以“内容生产”为偏向性的传统改编研究。本书希望通过一新一旧两个方面的梳理和分析，不仅为21世纪以来的中国电影改编找到清晰的坐标系，并为之找到问题之所在，以及未来之方向。

第二节
※
“互联网+”时代下IP电影改编研究

21世纪之后，伴随着“互联网”的快速发展，有一个词也迅速成为热门词，那就是“IP”。IP是英文Intellectual Property的缩写，本义是著作权、版权，以往仅限于文学作品，但随着“互联网+”政策的推行，以及新媒体、大数据技术的普及，IP已不再仅仅是知识产权的意思，在某种程度上，它的内涵被互联网扩大了，现如今IP不止与文学作品产生关联，还触及多个领域并呈现多元化的发展态势，新的IP关键词也相继出现，例如IP音乐、IP动漫、IP电影等等。

齐子平在他的硕士论文里认为，目前我国对IP电影有两个层次的理解。第一层次，IP电影主要指的是通过大数据分析，筛选出高知名度、粉丝量大、商业价值雄厚的IP作品进行改编而来的影视作品。第二层次，IP电影指的是一套全产业链运营的生态系统，以电影内容为核心，以版权交易为形式，与其他产业交融，构建跨行业、跨媒体、跨表现形式的宽领域、全方位、立体化的电影生态圈。优质IP资源大多采用立体开发模式，上游主要职能是发掘各种类型的IP；中游是将IP资源开发成影视作品、游戏、动漫等，并且将这些呈现方式相互融合；下游是中游的延伸，主要以衍生品和实景娱乐等形式开发，充分地开发IP资源下游市场有助于延长整个IP影视产业链。[1]

李坤颖艺在其硕士论文中也认为，互联网快速普及的同时，也带

【1】 齐子平：《“互联网+”时代下的IP电影发展研究》，硕士学位论文，哈尔滨师范大学，2017。

来了网络文学文本创作的不断升温，诞生时间不长的热门网文IP资源已经成为中国电影市场不可小觑的一批生力军，它以不可抵挡的发展势头与传统印刷文学、原创电影文本分庭抗礼，进而改变了传统中国电影发展的总体格局。文化创意产业的发展、国家对版权的保护治理、移动互联网时代的到来、手游及电影市场高速增长的推动等多种原因交织，兴起的“泛娱乐”风潮促使IP成了影视圈趋之若鹜的词汇，这些都深刻影响到了当下中国电影制作的模式、电影产业格局，以及电影整体生态。[1]

吴筱筱的论文则对什么是IP及IP电影给予了详细辨析，她认为，IP电影是随着互联网媒介的发展、粉丝文化的兴起、传统电影产业的颠覆而产生的。在独特的背景和土壤上产生，因此具有鲜明的地域特色和时代特征。百度百科上对IP电影的定义为：IP就是intellectual property，即知识财产，准确地说是知识产权（intellectual property rights），包括专利权、商标、著作权、版权，对于版权来说，可以是一首歌，一部网络小说，甚至只是一个名字、短语，把它们改编成电影的影视版权，就可以成为IP电影了。对此，她又引用了尹鸿教授的观点：“IP是中国特有的概念，来指那些具有高专注度、大影响力并且可以被再生产、再创造的创意性知识产权，带有互联网的某种特性。”李亦中教授则认为IP是指：“媒介组织用资本购买或创造小说、形象、概念等知识产权，合法从事各个媒介平台的文本开发，使之贯穿于电影、电视剧、网络剧、游戏、动漫、图书出版等产业，以全新的内容体验促成受众的多重消费。”结合众人的观点，她又从三个维度对IP进行了分析。从时代背景上看，IP概念其本身最早就源于互联网，它是在互联网背景下产生的。IP通过互联网平台上的社会化媒体（社会化媒

【1】 李坤颖艺：《“互联网+” 环境下网文IP与电影改编的重构与融合》，硕士学位论文，上海师范大学，2017。

体是指人们用来分享日常生活、立场观点、见解经验等平台和工具传播）吸引群体关注，扩大影响力。用户在广泛参与中对IP产生高认同感，它包含了用户的情感。IP的实质是在市场验证中的用户的价值认同、情感载体，并在后续消费场景和行为场景中产生转化率。IP的这种自带流量、关注度、粉丝群体及情感载体等特点，正是IP电影改编的首要原因。从自身属性上看，IP一词本意即为知识产权，值得注意的是，知识产权具有时间性，即知识产权只在法律规定的有效期限内受到法律的保护，如果超过这一有效期限，就无法追究其知识产权，但在本质上，这些超出期限进入公共领域的作品，仍具有知识产权属性。从IP的开发流程上看，首先是要通过实际商业运作的考察估量，对IP自身热度、受众群体、可开发程度进行商榷筛选。其次，针对其特质改编成不同形态的文化作品——电影、电视剧、电视节目、舞台剧、音乐、游戏、出版物、衍生产品等，在进入市场后，借助网络媒介、大数据等展开营销策略，甚至在最后能够形成完整的产业链发展模式，实现高度利益转换。最后，作者总结道，IP电影是在互联网时代背景下产生，由社会化媒体传播过程中所挖掘出的具有商业潜质的文学作品、动漫游戏、概念元素等知识产权改编而成的电影。它们遵循着特定的生产和制作模式，在前期筹备中，选取有高关注度、受众群体广泛的IP，吸引投资方入驻；在电影制作上，往往不同于传统电影的“作品思维”，而是运用“用户思维”，即以探寻观众的需求或喜好为主，唤起受众群体的参与热情，并追求流行元素的拼接、明星阵容及注重特效、追求视觉效果的奇观化；在后续营销发行上，通过大数据精准定位受众群体，并借助互联网媒介下的传播扩大影响力。[1]

而陈龙在其论文中，则将目前学者对IP的定义进行了分类：第一

【1】 吴筱筱:《大众文化视域下的中国IP电影研究》，硕士学位论文，华中师范大学，2017。

类是依照知识产权对IP进行定义，如“文化产业热议的IP主要针对著作权，特指那些具有核心创意和广泛受众、能够为全媒体时代文化内容产业吸纳的著作权载体，主要包括文学作品、影视作品与游戏作品等的版权”；第二类是将IP定义为内容。如“IP直译为知识产权，目前IP已经大体衍生为‘内容’的意思，IP电影便是根据这些‘内容’所改编而成的电影”；第三类是将IP定义为具体的产品，认为IP是“可供多维度开发的文化产业产品，其在形式上包括文学作品、影视剧、节目、游戏、漫画等等，或者是一个人物、一个故事甚至一个概念。凡是具备内在的核心价值，拥有广泛的受众群和社会影响力的媒介内容，都可以成为在文化市场上流通的IP资源”；第四类是将IP定义为受众情感承载，如“IP实质就是经过市场验证的用户的情感承载，或者是说在创意产业里面，经过市场验证的用户需求”。在此基础上，作者借助布尔迪厄的“文化资本”理论，认为IP首先是文化资本，而不仅仅是文化资源。文化资源是人们从事文化生活和生产所必需的前提准备，是人类文化中能够传承下来，可资利用的那部分内容和形式。文化资源经过一次开发，被注入新的价值和新的文化意义之后才会形成具有文化价值和经济价值的商品——文化资本。其次，IP具备布尔迪厄文化资本论中的三种形态：（1）小说的情节、电视节目的形式、动画的剧情这些都是IP意义内容，具有人类精神消费的价值共享性诉求；（2）书籍、CD、图像、视频等是IP的客观物理状态，它们是文化资产经过工业化程序之后形成的文化商品，可以在文化市场中进行交换形成价值，亦可为个人收藏保存价值；（3）IP的体制状态，这是IP产生、发掘、运作过程中的保护机制，例如IP交易过程中的定价要遵循市场机制，IP开发的过程要沿着某些产业规律，另外，IP在受众情感承载基础上形成的社会认同也是一种广义上的“体制状态”，这种“体制状态”为IP的增值提供一种隐蔽的赋权。最后，IP增值的过程可以表现为两个方面：形式上是文化资本形态的转移，本质上是文化资本向经济资本的转移。[1]

类似的关于IP和IP电影概念的梳理与分析还有很多，鉴于篇幅限制，在此不再一一罗列。而通过上述的研究分析，我们可以总结如下：1. IP是一个被炒作起来的概念，虽然有针对性，但却被泛化了，或者说，它的外延被无限扩大了，甚至还可以说是内涵外延化或外延内涵化了；2. IP是分层的，基本层是知识产权层，中间层是情感认同层，最外层则是资本转移层；3. IP电影是一个整体概念，它不单指根据大数据筛选出来的IP作品或概念，并由此改编而来的电影，而是既有整体的开发观念支撑，又有一整套产业运作模式作为支持的一种文化经济，"IP电影"只是IP电影的一个部分。

由此，IP电影与传统电影异常明显地区别开来：1. 在作品的选择上，传统的电影往往根据时代，以及导演个人的喜好，去选择其心目中的作品，而现在，则是基于互联网大数据的筛选，经过筛选的"有影响力"的知识产权作品，才是最终所需要的。2. 在改编的创作模式上，以往的作品改编，往往是基于编剧或导演的个人能力或经验，侧重于对内容及思想的追求，而现在的IP电影改编，仍然是基于大数据的分析，侧重于对观众喜好的追求，也就是观众喜欢什么，就给予什么，观众不喜欢什么，就删除或改变什么，可以说，一切以数据及观众为主。前者较注重创作规律，后者较注重商业规律；前者是作品思维，后者是观众思维或数据思维。3. 在经营及营销模式上，传统的电影往往比较单一，难以跨媒介、跨机构协同作战，而IP电影则是一种立体作战营销模式，从IP储备选择，到IP开发，再到IP市场落地及衍生品推广等，是一种全产业链的商业运作模式。

不过，就其实质而言，IP的核心仍是"内容及概念"，从这一方面

【1】 陈龙：《中国电影IP开发研究》，硕士学位论文，湖南大学，2016。

来说，IP又不是什么新鲜事物，而是早已有之，只不过那时不以“IP”来定义而已。在对21世纪之前的中国电影改编历史进行梳理时，笔者就曾给予传统的戏曲、鸳鸯蝴蝶派等文人的通俗小说等以“IP”的分析，当然，这一称呼同样适用于后来的革命战争及历史类小说，也适用于古代和现代文学经典名著，因此，有人也将21世纪以来出现的“IP电影”称之为“新IP电影”。在好莱坞，虽没有IP电影一词的说法，但IP电影早已不是什么新鲜事，且IP电影早已成为美国电影市场的主流。例如美国漫威、迪士尼都属于IP，由漫威创造的包括蜘蛛侠、钢铁侠、美国队长、雷神、绿巨人等几十个超级IP，被改编成的电影、游戏及衍生品不计其数。同样，日本的动漫，也可作如是观。

目前所称的IP电影，其元年一般公认为是在2001年。这一年，第一部改编自网络小说的电影《第一次的亲密接触》上映，这部电影虽不是特别成功，但却极大地刺激了网络小说的发展，以及改编网络小说的前进步伐。尔后网络小说逐渐兴起，少量精品被改编成游戏或影视剧，如《诛仙》《恶魔法则》等被改编成网游，《泡沫之夏》《来不及说我爱你》等同名小说被改编成电视剧。2011年，网络小说掀起了一股影视改编的热潮，中国最大的社区驱动型网络文学平台盛大文学有超过50部小说被改编成影视剧，其中，以《步步惊心》《甄嬛传》等为代表的电视剧掀起了电视收视率和网络平台播放的高潮，电影方面则以《失恋33天》为代表，这部改编自鲍鲸鲸连载在豆瓣平台的小说，斩获3亿余元票房，成为2011年最卖座中小成本国产电影。IP电影走进电影制作人眼中，众多电影企业和互联网公司逐渐开始关注网络文化，越来越多的IP电影上映。2011年到2015年，电影制作人在不断发现IP、囤积IP、转化IP，愈来愈多的IP电影作品与观众见面。2012年，IP电影代表作品《搜索》上映，它虽利用互联网进行宣传，但内容及方式等仍比较传统。郭敬明执导的影片《小时代》2013年上映，为国产IP电影发展带来了某种新转向。同名小说《小时代》第一部2008年出版，三天创下了2008年全国第一的销量纪录，此后几年间，郭敬明又接连出版了《小时代》第二部、第三部。与此同时，郭敬明身兼三职，不仅是小说作者，还是影片导演和游戏的监制。小说本身及郭敬明本人吸引了大量粉丝，庞大的粉丝群使《小时代》成了一个超级IP，在此基础上将小说改编为漫画、电影、游戏等多种形式，促进了跨界融合。《小时代》系列电影在艺术质量上虽然并不突出，但它在商业方面却与此前的电影大不相同，它的成功不仅仅是作为IP素材进行电影创作，而是开创了IP跨界融合的新模式。2014年，以《爸爸去哪儿》为代表的综艺节目被改编为电影走入大众视野，一时间大量的综艺IP+电影模式涌现，从《爸爸去哪儿》到2015年的《奔跑吧，兄弟》，2016年的《极限挑战》，每年都至少会有一部综艺大电影的票房轻松过亿。IP改编从此有了新的模式，即以综艺节目和明星效应为中心，利用综艺IP的影响力和雄厚的粉丝基础，进行跨界融合，寻求IP价值最大化。此外，歌曲IP也开始出现，《同桌的你》和2018年大热的《后来的我们》，都可归入此列。2015年IP电影全面爆发，拥有强大粉丝基础的IP作品引爆了电影产业，根据数据显示，2015年IP改编的电影票房高达85.87亿元，占国产影片总票房的36.1%。2016年，文学IP改编的影片达45部，票房平均在2.2亿元左右，真人真事改编的影片达18部，票房平均在0.8亿元左右。[1]然而，尽管如此，2016年IP电影的发展却并没有呈现出预想中的迅猛之态，恰恰相反，IP电影票房灵药的神话被打破了。除了《盗墓笔记》票房突破10亿元之外，热门小说改编的IP电影《微微一笑很倾城》《夏有乔木 雅望天堂》《致青春·原来你还在这里》等影片在口碑和票房上，都不尽如人意。部分IP电影的急功近利和同质化缺陷，使观众在经历IP电影浪潮般的冲洗后，开始对其

【1】 齐子平：《“互联网+”时代下的IP电影发展研究》，硕士学位论文，哈尔滨师范大学，2017。

进行反思与审视，IP电影进入调整期。[1]

IP及IP电影作为21世纪以来最突出的一个热门现象，其背后的成因虽在前文中有所提及，但很有必要在此加以详细阐述。第一，IP现象热的一个最根本的原因，在于中国电影在20世纪末21世纪初“触底反弹”，以及对于重归商业化道路之热望的结果。正如前文所描述的，在20世纪末，中国电影已几乎到了濒临崩溃的边缘，再加上加入WTO之后，好莱坞大片的长驱直入，无形之中都给中国电影造成了一种极大的压力，可以说，当时的中国电影面临着一个“是生是死”的哈姆雷特式的抉择。当然，中国电影选择了挑战，选择了“生”，而选择的结果，就是倒逼而出现的全方位“开放”，而开放的结果，便是解放生产力，中国电影由此才走向全面复兴与繁荣。而中国电影的这一选择，构成了IP现象的一个宏大背景，无此也便无IP。第二，便是生产方式的工业化。这里面含有正反两个辩证关系。一是整个电影的工业化进程，推动电影产业向优势资源——IP靠拢；二是优势资源IP的开发，又反过来推动了整个电影工业化的进程。电影作为一种文化产业，其资本运作有两大原则，一是逐利原则，二是安全原则，在这两个原则指导下，选择有影响力而又有广泛观众基础的IP资源，也便是一种必然。根据清华大学《2016年中国IP产业报告》显示，2016年中国影视市场已有近200个国内IP项目列入开发计划，其中一些影视公司所公布的片单，甚至100%都是IP项目。在这个清单中，网络小说为61部，占比61%，传统小说为29部，占比29%。[2] 而IP的开发，必然又会刺激工业化的发展，譬如以BAT为首的互联网企业，凭借其雄厚资本，成立相关影业公司、附属公司，切入整个IP电影产业链。2014年，拥有腾讯基因的微影时代成立，随后开始发力票务端，腾讯影业、企鹅影业也相继成立。与此同时，阿

【1】 吴筱筱：《大众文化视域下的中国IP电影研究》，硕士学位论文，华中师范大学，2017。
【2】《2016年中国IP产业报告》，搜狐网：http: //www.sohu.com/a/114462564_473338。

里收购文化中国更为名阿里影业，紧接着淘宝电影上线，整合了淘宝阅读、UC书城、书旗小说等网络文学平台，如此等等，不一而足。而所有整合与重组，无疑又大大推进了中国电影工业化的步伐。第三，是互联网技术的发展和全球化背景下的媒介融合。互联网技术的飞速发展，不仅使中国发生了所谓的“信息革命”，也促使中国快速融入全球化的浪潮之中。据《中国互联网络发展状况统计报告》显示，截至2016年6月，中国网民规模达7.10亿，互联网普及率达到51.7%，超过全球平均水平3.1个百分点。毫无疑问，中国的“互联网时代”已经到来。而互联网给中国带来了两大根本性变化：一是大众文化取代精英文化，成为文化的主导，文化不再是少数精英的文化引领，而是成了普罗大众的文化狂欢，流行文化、消费文化成为主流。二是互联网的发展，将中国从地区主义带向全球主义，也就是说，中国已不再是地理方位意义上的中国，而是全球系统中的中国。受此影响，电影创作走向大众化和全球化，聚焦IP、实现跨媒介融合等，也就是自然而然的事了。第四，可归结为新生的受众群体——网生代。在《2014—2015中国电影观众观影行为调研报告》中，我们可以看到如下信息：因为女性观众观影品味的多元化，男女观影人数比例差距正在缩小化。随着互联网、移动互联网的迅猛发展，除了改变用户的习惯，也在影响并促使用户的兴趣点发生变化。如科幻片、游戏、二次元、网络小说最早由男性为主题的内容现在已经被女性爱好者渗透。“85后”人群总和占比达到70.46%，其中，18—25岁观众占比为35.77%，成为中国电影观众的绝对主力。年轻的受众主体与网络相伴，被冠之为“网生代”，他们在自发成为IP电影观众的同时，又聚集成部落，形成粉丝文化，助力于IP电影的宣传和营销，为IP电影热提供源源不断的驱动力。第五，还包括后现代文化、娱乐文化等思潮的影响。总而言之，经济规律进入文化领域，文化产品遵循商业化的发展模式，是中国IP电影发展的内在机制；大众传播媒介的发展，数字时代的媒介融合，为中国IP电影的发展提供了广阔的发展空间；受众群体的年轻化，观影人群的蓬勃发展，是IP电影被不断搬上大银幕的驱动力。[1]

IP电影的主要IP来源，目前看来，大致分为如下几类：1. 文学作品类。由于该类包含内容繁多，且多有交叉，在此笔者将按其“热冷”程度来排列。首先是当年度或近几年热门畅销小说，譬如《小时代》《鬼吹灯》《盗墓笔记》《狼图腾》等，都是当年度甚至连续几年持续的热门小说，这里面既包括网络小说，也包括纸质出版的小说。其次是大量的虽非特别热门但却流量基数大、粉丝众多的网络小说。再次是经典文学名著，特别是神话传奇类小说，如《西游记》，堪称中国超级IP，据不完全统计，它已被改编40多次，在IP这个概念还未兴起之时，就已经被改编成了各种影视作品，如今在IP热的时代氛围下，《西游记》的潜在价值更是被极力挖掘、开发，由《西游记》改编而成的电影令人应接不暇，其中《西游记之大圣归来》《西游·降魔篇》《西游·伏妖篇》《西游记之孙悟空三打白骨精》等都取得了不俗的票房成绩。再譬如《封神演义》等，由此改编而来的《哪吒之魔童降世》（哪吒也是《西游记》中人物），已成为2019年暑假最卖座影片。最后是通俗类非经典小说，譬如《邪不压正》，就是根据张北海通俗类武侠小说《侠隐》改编而来。2. 二次元动漫游戏类。二次元方面，在国际最为知名的当属风靡全球的漫威、DC超级英雄系列电影，其漫画来源已成为好莱坞电影产业取之不尽、用之不竭的超级IP。在国内，近几年较为成功的动漫类IP改编，莫过于由熊顿催人泪下的抗癌漫画改编而成的电影《滚蛋吧！肿瘤君》，脱胎于动画短片的《大鱼海棠》，还有根据动画剧《喜羊羊与灰太狼》《熊出没》等改编的同名大电影等。游戏类改编而成的IP电影，美

【1】 吴筱筱：《大众文化视域下的中国IP电影研究》，硕士学位论文，华中师范大学，2017。

国作为该方面的先驱者，已经进行了大量尝试，例如惊悚佳作《寂静岭》《生化危机》系列、朱莉代表作《古墓丽影》系列、拥有众多玩家的《魔兽》系列等。目前国内在这方面的发展还不是太理想，只有《洛克王国》《龙之谷》等，反响平平。而改编成电视剧的，大多源自单机游戏。分别是《仙剑奇侠传》系列、《古剑奇谭》系列和《轩辕剑》系列等。3. 概念类。这类改编多依据某个概念元素。如由流行类金曲改编而成的同名电影《同桌的你》《栀子花开》等，主打青春怀旧；再譬如张艺谋执导的《长城》，充分利用了“长城”这一文化符号。4. 翻拍、重拍及续集类。这一类指在前作基础上，进行翻拍、重拍或延续拍摄。如翻拍自好莱坞经典爱情影片的电影《新娘大作战》《我最好朋友的婚礼》等，根据韩国热门电影《奇怪的她》《超速绯闻》等翻拍而成的《重返20岁》《外公芳龄38》等，根据日本电影《深夜食堂》等翻拍而成的同名影视剧等。续集类IP在好莱坞俯拾皆是，而在国内，最近几年取得了较大发展，如《绣春刀》(1、2)，《捉妖记》(1、2)，《唐人街探案》(1、2)，《人再囧途》系列等。5. 综艺、电视剧、网剧类。其中，由综艺改编成电影的，有湖南卫视、浙江卫视的《爸爸去哪儿》《奔跑吧，兄弟》等；由电视剧改编成电影的，如《北京爱情故事》《痞子英雄》等；由网络剧改编成电影的，如《屌丝男士》《万万没想到》《十万个冷笑话》等。6. 话剧舞台剧类。如《驴得水》《夏洛特烦恼》《李茶的姑妈》《西虹市首富》等，皆是由同名话剧改编而来。7. 真实人物、事件类。如根据真实人物叶问发展而来的《叶问》系列，根据真实事件改编而来的《湄公河行动》《红海行动》等。

毫无疑问，IP现象是21世纪以来，特别是2010年以来在中国电影界出现的最为“火热”的一种现象，然而，正如“现象”这个词本身所显示和揭示的一样，IP现象很有可能倏忽而来而又转瞬而去，在2014—2017年达到它的巅峰之后，“IP现象热”在最近两年开始渐渐变冷，特别是2019年7、8月，当拥有IP且又兼具各种流量的《上海堡垒》在票房和口碑双双遭遇滑铁卢之后，有人就宣称“IP”时代已经终结。缘何在短短的几年里，IP就由热变冷，甚至是被认为已经终结了呢？

原因是多方面的，主要有如下几点：1. 炒高IP、囤积IP、浪费IP现象严重。2015年是IP电影大爆发的一年，全年30部IP电影作品贡献票房大约80亿元。2015年我国市场共产生42起IP并购案，并购金额高达209.59亿元。在这42起IP类并购中，大致可以将其分为三类：第一类是IP企业，即原本这些企业就属于影视、动漫或者游戏领域；第二类是与影视相关的上下游企业，例如玩具生产、音像出品等企业；第三类是转型企业，即从其他行业向影视传媒进行跨界转型的企业。伴随着IP企业的并购，收购IP的价格也是水涨船高，大量的影视剧公司寻求优质网络小说，争相囤积版权，为日后改编做准备。为了使自己手中的IP更具价值，IP企业开始恶意炒作，甚至有坐地起价之势。由于恶意炒作，IP价格不断攀升，甚至到了令人咋舌的地步。而炒作的同时，便是大量囤积。据统计，一般影视制作公司手里都会有几十个小说的版权。2016年，全国有将近300个IP改编作品项目启动，但真实的情况是，实现真正转化的只有1/5。影视公司疯狂抢购囤积IP的原因，一方面是为了增加自身竞争力，另一方面，则如同早期的房地产圈地一样，是想借助IP资源本身从中渔利。而其结果，IP资源浪费也就成为一种必然。典型的例子是《喜乐长安》，此剧改编自韩寒的《长安乱》，本是一个很好的IP，但由于操作不当，不仅几易版权，而且最终以惨淡收场，造成一种极大的资源浪费。2. 外行涌入电影市场。随着影视市场的火爆，大量外行纷纷涌入电影市场。在老一辈电影艺术家眼中，电影是一件艺术品，而今在互联网公司眼中，电影更像是一件产品。在其运作中，关键性人物发生了变化，不再是导演或者编剧，而是“产品经理”。而其后果则是，电影的创作规律让位于生产规律，艺术性必然大打折扣。3. IP自身运营问题。IP电影运营主要包括两个重点：第一是放大IP，即利用互联网的优势扩大IP内容的影响力，强化IP影片中的内容精髓，最终形成独具特色的IP品牌；第二是IP变现能力，即通过电影、手游、实景体验的方式，将IP电影的内容再一次推向市场，实现IP电影的再一次商业变现。因此这里面就牵涉到上中下游的贯穿及附加问题，一个好的IP，往往是上中下游环环相扣，层层加分。但目前的情况是，大部分IP电影存在上中下游脱节或错位问题。此外，就产业链而言，其中也存有很多问题，如IP价值的评估问题，IP版权问题，由于评估不准，且版权交易中存在争抢、争议，以及盗版、侵权等问题，这也造成了IP在改编变现过程中存在许多硬伤，并由此对IP整体运作产生不良影响。[1]

通过上述梳理，我们可以看到，尽管IP借助互联网，将中国电影生产带上了另一条路径，且存在炒作、囤积、浪费等恶劣现象，以及存在不注重艺术规律等问题，但从根本上说，发现优质资源，然后将其扩大化的做法，实际上是有道理的，且是符合商业规律的，因此不应简单地否定，当然也不应盲目地推崇。笔者认为，若想保持IP的长久性，必须做到如下几点：1. 摆正心态，避免极端化。中国长久以来一直存在一种非此即彼的极端化的倾向，以及一种盲目跟从的心态，这导致了一种混合现象，即往往很容易形成一种“风潮”，以及某种单一化的状态。IP其实也是这种混合形态的体现。也就是说，当IP出现时，大多数公司往往只认IP，然后将传统的，或其他的一切都视为不可相融乃至敌对的统统加以抛弃，在激进中盲目跟从，由此很容易形成“跟风”现象。因此，首要的，就是需要调整心态，避免极端化，避免一哄而上，应保持自我的独立性和兼容性。2. 应对IP资源进行综合评估，并建立相应的评估团队。IP电影的根本在于其优质资源的独特性、可传播性，以及商

【1】 齐子平：《“互联网+”时代下的IP电影发展研究》，硕士学位论文，哈尔滨师范大学，2017。

业、艺术价值的可开发性，因此应建立评估团队，对IP资源进行综合性评估，如此方可保证一系列后续的落地及推广。但目前的情况是，影视公司为了占先，往往不分青红皂白地将可搜集购买的所有IP资源一律购进。但实际上，很多IP资源虽有流量，但并一定具有可开发性，由此很容易造成囤积和转化上的阻碍，从而造成最终的浪费。3. 还是应兼具艺术性与商业性。由于盲目相信大数据，过于突出其商业性，造成目前大量的IP电影，往往叫座不叫好，甚至不叫座也不叫好，形成商业上的“倒挂现象”。所以正确的做法是，在具体开发其商业性的同时，应充分尊重作品的艺术性，并尽量做到二者的平衡，而不是一味追求市场票房。4. 应充分利用互联网，但不应过分推崇互联网；应充分相信大数据，但不可盲目听从大数据；应充分利用流量粉丝，但不可过分相信流量粉丝。目前造成IP电影备受诟病和指责的一点，就是过分相信大数据及流量，其结果就是，在整个生产创作中，人的主动性被降到最低，或者说，都将主动权交给了数据。尽管电影是一种“产品”，但这种“产品”又不完全等同于罐头之类的产品，而是必须保有其某种艺术独特性的。5. 应充分发展工业化水平，努力打通上中下游三者的联结，并使其核心价值时刻处于不断增值过程中，如此方能保证IP电影的“绝对”成功。

由此可见,IP电影与其康庄大道之间，还是有很长的一段路要走的。

第三节

※

基于“内容生产”为主的传统类改编研究

在本书上一节，集中探讨了“IP电影”的来龙去脉及其生产的方方面面，从中我们可以看到，尽管“IP电影”也涉及“内容资源”，但相对而言，IP电影终究是一场基于“生产”的“产业革命”，它关注更多的，是如何将之放大和扩大化的问题，而不是内容本身。为了对21世纪以来的中国电影改编有一个更为全面的认识，本节将回归到传统的改编的研究上，以期从中探寻一些内容方面的变化趋势和创作特点。

但必须重申的是，基于“内容生产”为主的传统类改编研究，并不单指历史上一直延续下来的小说、散文、诗歌、话剧等文学类作品，也包括新出现的网络小说、游戏、动漫等，只不过研究的视角，切换到了传统意义上的“内容方面”，更多是从创作的角度，对改编的诸多问题进行分析。由于篇幅限制，本书不可能对上述所提到的每一个文学样式、题材样式进行逐个阐述，而是紧抓住21世纪以来相比而言较为突出的几个现象，对其进行内容创作上的比较分析和深入研究。结合上述章节，笔者认为，21世纪以来，有四个方面的动向值得研究，这四个方面的动向是：1. 神话传奇类经典文学被反复大量改编，譬如《西游记》等； 2. 游戏类的改编创作；3. 话剧类作品的改编，特别是喜剧类话剧，如开心麻花的诸多话剧改编等；4. 通俗文学类作品的改编。

之所以选择这四个方面而非体量更加庞大的经典文学和网络文学，其理由有必要再重申一下：名著类经典文学毫无疑问仍是改编的热门选择，且在21世纪以来也出现了“娱乐化”改编的倾向，按道理确实值得深入分析，但考虑到“总量大但佳作少”这一总体特点，本书选择采用以点带面的方法，即以《西游记》这一部神话小说经典作为主要的分析对象，从其改编的观念、人物形象的变迁、故事结构的变化等，详细考察经典文学的改编现状及改编趋势，从而对整个文学改编起到“窥一斑而知全豹”的目的；而网络文学的改编，更是21世纪以来中国电影的改编重点，诚如上一节各种数据所显示的那样，网络文学的改编不仅数量庞大，且已形成一种持续现象，对其研究，不仅必要，而且必须。在上一节中，虽没有集中讨论网络文学改编的内容生产，但已略有涉及，但最重要的一点是，本书是将网络文学归入通俗类文学之中一并加以考察的，而这一方面，将在第四个方面的动向里具体展开。

一、神话类经典文学的改编研究：以《西游记》为主

进入21世纪以来，在中国的四大文学名著中，《西游记》异军突起，成为改编次数最多、最为炙手可热的一部作品。若再上推，其改编状况则更是蔚为壮观。中国传媒大学张宗伟教授认为，《西游记》的电影改编历史悠久，在20世纪90年代以前曾有过两次改编高潮。第一次是20世纪20年代，以西游题材“神怪武侠片”的兴盛为标志。据程季华主编的《中国电影发展史》著录，仅1926—1930年间出品的《西游记》改编影片就有20多部（如但杜宇的《盘丝洞》等）。第二次是20世纪60年代，以中国内地出品的戏曲电影《孙悟空三打白骨精》（1960，上海天马电影制片厂）和动画电影《大闹天宫》（1964，上海美术电影制片厂），以及香港邵氏公司何梦华导演的系列电影《西游记》（1966）、《铁扇公主》（1966）、《盘丝洞》（1967）和《女儿国》（1968）为代表。与20年代的黑白默片相比，60年代的《西游记》改编电影声色俱佳，电影特效达到了相当高的水准，中国传统美术、戏曲、歌舞元素在改编时扮演重要角色，形成了富有民族审美特色的动画电影、戏曲电影和中式歌舞片。70年代至90年代，《西游记》的电影改编趋于沉寂。80年代之后，电视进入黄金时代，《西游记》改编的媒介重心转向电视，出现了中国内地央视版《西游记》（1982—1986，杨洁导演、六小龄童等主演）和香港TVB版《齐天大圣》（1996，刘仕裕导演）等电视剧精品。1995年，香港彩星电影公司和西安电影制片厂合拍的《大话西游》（分为《月光宝盒》和《大圣娶亲》两部，刘镇伟编导、周星驰等主演）横空出世，

这部影片上映之初并没有取得预期的票房成功，但是接下来的VCD热卖和电视重播，特别是借助新兴的互联网传播平台，影片台词在青少年群体中持续发酵，《大话西游》很快成为流行文化热点，周星驰“无厘头喜剧”更是被内地高校学生奉为中国后现代电影的经典，与《低俗小说》《罗拉快跑》等一起，共同成为90年代世界影坛后现代电影文化的先驱。《大话西游》对经典的颠覆与解构，它的穿越式叙事策略，游戏化和戏谑的美学风格，特别是它无厘头喜剧外衣包裹下的悲剧意蕴，在当时的中国影坛独树一帜，并引领《西游记》的改编走入了新阶段：《大话西游》之前对《西游记》的种种改编，其基本倾向是“忠实于原著”，这样的改编原则束缚了改编者的“二度创作”，而《大话西游》的改编采用的是颠覆性的解构策略。《西游记》原著一百回，整部小说完全无关爱情，《大话西游》将《西游记》翻转成一个穿越时空的爱情故事，从根本上改变了原著的故事架构和作品的主旨。从20世纪90年代末至21世纪初，《西游记》的改编整体上乏善可陈，直到2013年周星驰执导的《西游·降魔篇》问世，才再次引爆电影市场，并引发了新一轮的改编热潮。《西游记之大闹天宫》（2014）、《西游记之大圣归来》（2015）、《西游记之孙悟空三打白骨精》（2016）、《西游·伏妖篇》（2017）、《悟空传》（2017）、《西游记女儿国》（2018）等接连问世，使得《西游记》正在成为可以和《哈利·波特》《指环王》等相媲美的属于中国人自己的超级IP。[1]

文晴在其硕士论文中认为，与《西游记》小说文本相对照，截至2016年底，21世纪出现的13部《西游记》电影改编作品，除《悟空大战二郎神》《齐天大圣前传》两部是“再现式”改编（保留文学作品的基本内容，风格和思想也大体相同或相似，仅稍作改动），基本照搬

【1】 张宗伟：《20世纪90年代以来〈西游记〉的电影改编》，《当代电影》2016年第10期。

了《西游记》原著第一回至第七回的内容，其他作品均为“自由式”改编，人物或多或少还是原来的人物，但人物形象、主题、叙事方式和语言风格已大变了样。有拼凑原著不同章节进行重构的，如电影《西游记之孙悟空三打白骨精》，就混杂了原著第二十七回、第七十八回的部分情节；有中西合璧跨越时空的故事大杂烩，如《情癫大圣》，把外星人也掺和了进来；也有仅打着《西游记》名号，借西游记中部分人物和取经这个背景而书写全新故事的，譬如《西游·降魔篇》等。[1]

张宗伟教授对《西游·降魔篇》的解读与上述定位稍有不同，他认为，《西游·降魔篇》的故事看似不离原著框架，除了玄奘和段小姐的爱情线是新起炉灶，玄奘降服鱼妖、猪妖和猴妖三个徒弟的情节，大体可以在原著中找到出处，但影片中的鱼妖（沙僧）、猪妖（猪八戒）和猴妖（孙悟空）都是全新的角色，特别是孙悟空，在外形上彻底颠覆了传统的“美猴王”形象，黄渤版孙悟空恐怕是孙悟空银幕形象序列中的最“丑”造型，丑则丑矣，“丑猴王”却有极高的辨识度，起到了很好的审美效果。孙悟空的形象集魔性、人性、佛性于一体，人性摇摆于魔性和佛性两端，影片主旨强调的是只有驱除心魔，才能最终归于佛性，不同于《西游记》原著“三教合一”的旨趣，《西游·降魔篇》象征性地表达了对佛教的皈依。影片结尾，遥遥天际，佛光中浮现出的巨型如来之手，成为真正降服魔性的终极力量，与其说这是佛的力量，毋宁说它就是影片作者所宣扬的信仰的力量。《西游·降魔篇》延续了《大话西游》“爱”的主题，只是爱情的主角由至尊宝变成了陈玄奘。与至尊宝的爱情相比，陈玄奘与段小姐的爱情具备更加坚实的基础，即建立在“驱魔”这一共同的事业和理想之上。在“爱”的主题之外，《西游·降魔篇》还有一个好莱坞电影常见的“成长”主题。陈玄奘的成长既得益

【1】 文晴：《从电影改编看当代大众审美趣味——以2000年以来的〈西游记〉电影改编作品为例》，硕士学位论文，济南大学，2017。

于爱情的滋养，更是他在降魔经历中信仰“真善美”的结果。当他超越了个人的“小我”之爱，坚持“舍小我、成大我”，去追求更具共通性的“大爱”，也就实现了个体的“成长”。他的降魔秘籍《儿歌三百首》，一定意义上乃是心无所依的现代/后现代人渴求返璞归真的心灵写照。如果说《大话西游》证明了周星驰“性善谐剧”，显示出他解构经典的能力，那么《西游·降魔篇》则体现了他吸吮原著精髓，试图建构某种新的电影类型和价值体系的努力。[1]

不过，尽管二者的定位稍有差别，但“自由式改编”的认定应该并无二致。从某种意义上来说，这种自由式改编，对中国电影的发展是很有裨益的。因为一方面它解放了“生产力和想象力”，使得改编文本不再局限于原小说的内容，而是更加天马行空，更加自由，在某种程度上，它符合了创作的基本规律；另一方面，它又顺应了时代及工业发展的要求，因为时移世异，观众的观念及思想都会发生变化，而固守原先的故事内容，只会是死路一条。但21世纪以来的《西游记》改编，基本又都沿用了《大话西游》的创作模式，陷入了某种“千篇一律”的窠臼，这又是值得警惕的。此外，21世纪以来的《西游记》电影改编作品，也基本沿用了《大话西游》混合喜剧的套路，为制造“笑果”，可谓无所不用其极，如《情癫大圣》将唐僧和女妖美艳浪漫虐心的爱情与港式“无厘头”相结合，《西游·降魔篇》通过调侃伦理禁忌的方式制造笑料，如唐僧亲吻猪八戒，唐僧跳艳舞等，大多走了一条泛喜剧及娱乐化的道路。

在人物形象上，虚拟类（动画类）电影中，21世纪之前，大多是针对儿童观众所采取的一种性灵化设计，而进入21世纪以来，《西游记》动画作品的制作明显转变了思路，无论是形象塑造、题材、艺术手法、表

【1】 张宗伟：《20世纪90年代以来〈西游记〉的电影改编》，《当代电影》2016年第10期。

现形式上都凸显成人化的审美趣味，不再以抒写童真童趣为主，而且在动画中出现了少儿不宜的色情和暴力内容。具体而言，有两类：第一类是仍以儿童形象为主的动画电影中，儿童形象出现与自身不符的成年人的审美趣味，如《金箍棒传奇》《西游新传》等；第二类是主角直接采用成年人的形象，如《西游记之大圣归来》，这部作品中孙悟空和猪八戒是成年人的形象，体魄魁梧，孙悟空身体呈倒三角状态，身材修长，多着亮色衣服，显得健壮不失灵活，虽然被如来封印着法力，自由受限制，但仍然逞强，不服气，走路时弓着腰，一副郁郁寡欢、吊儿郎当的成年初期大男孩模样。回顾上述动画电影，从电影的市场影响力来看，第二类形象获得的声誉和回报更高，最大原因就是它完全以成人的趣味制造画面，观众更容易直接把握作品的内涵。在真实类电影中，21世纪以来由真人演员出演的《西游记》作品，特别是在唐僧这一角色上，对男性塑造的一个重要的方面就是突出男性的美。譬如《情癫大圣》中，唐僧由谢霆锋饰演；《西游·降魔篇》中，唐僧由文章饰演；《西游记之孙悟空三打白骨精》中，唐僧由冯绍峰饰演……这个角色在选角的时候惯常选择当时影响力广泛，形象出众、面容阳光、线条优美的青年男性演员，他们所塑造的唐僧形象，衣着并不华丽，多着淡雅素衣，青春质朴，朝气蓬勃，性格上都有柔弱的一面，经常被人欺负，对女性非常友好，亲切和蔼，甚至偶尔需要被女性保护。这种“柔美”的男子形象特别容易受到女性观众的喜爱。而其中的女性形象，则大致分为三类：第一类是主角的恋人，如《西游·降魔篇》中的段小姐，《西游记之大闹天宫》中的铁扇公主等，这类女性外形上几乎都是美的，具有娇艳的面容和婀娜的姿态，但性格上具有多重人格，既保留了中国传统女性的价值取向：心地善良，操持家务，无条件追随、服侍男性，同时又颇有现代性的一面，她们往往不爱胭脂水粉，大胆追求爱情，言语粗鲁，放浪形骸，可以与男子并肩作战，也可以公然施暴于男性；第二类是影片中的反派，如《西游记之孙悟空三打白骨精》中的白骨夫人，她的形象与传统中反派坏女人形象并不尽相同，而是更加突出复杂性；第三类是以“景观”身份出现的女性，她们在剧中造型华美但与剧情推动无多大关系。[1]

文晴对《西游记》中主要人物形象的分析，大致可以看出21世纪以来观众审美趣味的一些变化，不过，她漏掉了真实类影片中关于孙悟空、猪八戒等形象的梳理和分析。总体而言，猪八戒的形象变化不大，仍以“好色”为主要设计点，但孙悟空的变化却很大。在21世纪以前的电影中，特别是央视版电视剧《西游记》中，孙悟空的形象基本被定位为“美猴王”：不仅外表美，而且心地也美，聪明、睿智、性子有些急，有反叛精神，但更多是忠诚，如此等等，构成了美猴王的基本形象气质。但到了21世纪之后，孙悟空这一形象，越来越多地向两个方向发展：一是野，二是丑。譬如郭富城、彭于晏等饰演的孙悟空突出野性的一面，而黄渤饰演的孙悟空，则突出“丑”的一面。不过，人物的性格逻辑走向基本一致，都是由“魔”走向“人”，由野性走向正规。这种设计，显然吸收了好莱坞的人物形象设计特征，也遵循了观众的审美心理变化。

在主题上，“成长恋爱”的主题成为无论是动画还是真实电影的首选，只不过动画电影类更侧重于“成长”，而真实电影类则是“成长”与“恋爱”双线并进。前者的例子如《西游记》《西游记之大圣归来》《红孩儿决战火焰山》等，而后者除了《情癫大圣》《西游·降魔篇》等之外，还有《西游记之孙悟空三打白骨精》等。在叙事上，则是一反先前对于英雄主义的书写，而是采用了反英雄主义的立场，多以平民化的叙事视角进行故事创作。首开先河者，当属1995年的《大话西游》。这部电影塑造了一个投胎转世为平民的孙悟空形象，名唤至尊宝。至尊宝

【1】 文晴：《从电影改编看当代大众审美趣味——以2000年以来的〈西游记〉电影改编作品为例》，硕士学位论文，济南大学，2017。

是一名生活在社会底层的乞丐，经常蓬头垢面，衣衫褴褛，游手好闲，不务正业，不经意间就会露出颓然之态，配合他低俗的语言，活脱脱一个当代底层青年形象，全片正是以他为主角，讲述了他与白晶晶和紫霞仙子的爱情故事，表达了平民生活的诸多彷徨、艰辛、无奈和身不由己。这一创作倾向延续到后来几乎所有《西游记》改编的电影中，譬如《情癫大圣》《西游·降魔篇》《万万没想到》等影片，大多如此。影片中的孙悟空不再是战无不胜的齐天大圣，而是有血有肉，有人的彷徨、痛苦和无奈。在神性、人性、魔性之间，创作者更多选择了人性，或者选择了由魔性到人性的过程。这一创作转向，无疑是深刻的，它标志着创作的平民化倾向和平民化色彩的加强，是大众化的直接显现。而与这种倾向一脉相承的，则是"大话式"影像风格的滥觞，即用戏仿、跨时空拼贴、并置等方法，完全打破经典作品原来所具有的完整性和自足性，它把经典打成碎片，选出对自己有用的部分，然后再将其与其他文化资源、与自己的当下生活经验组合拼装到一起。其特征表现为：语言的碎片化、任意化，人物设定和人物行为的随意化，故事情节的自由化等。"大话式"影像风格是大众媒介利用大众普遍的猎奇心理所制造的文化现象，或者说，是旨在通过塑造另一类奇观，以使得观众沉浸其中。这些奇观包括：动作奇观、身体奇观、速度奇观、缠绵奇观、动画奇观、暴力奇观和民俗奇观等。[1]

上述概括和梳理，较为清晰地勾勒出了21世纪以来有关《西游记》改编的方方面面，从中我们可以看到，21世纪以来《西游记》改编的持续兴盛，首先是与整个的社会变迁、文化变迁、大众心理变迁有关。改革开放以后，中国内地经济一路高歌猛进，伴随着经济的发展，文化交流的不断深入，各种思潮的轮番登场，社会变化了，开始由生产型社会

【1】 文晴：《从电影改编看当代大众审美趣味——以2000年以来的〈西游记〉电影改编作品为例》，硕士学位论文，济南大学，2017。

向消费型社会转变；文化变化了，开始由精英文化向大众文化转变；大众心理变化了，开始由崇尚主流价值向追求多元价值转变。而这种转变所潜藏的“反叛”，不仅与后现代思潮不谋而合，也与《西游记》中所蕴藏的“反叛精神”不谋而合。大众企图通过“颠覆与破坏”，从而发出自己的声音。而正是由于这样的诉求，才在某种程度上，推动了《西游记》的反复改编，因为《西游记》为大众提供了一个广阔的“创作场”，它所蕴含的丰富矿藏，从几百年前的大众而来，并再次还原到当下的大众场域，由此，它所掀起的，不仅仅是改编的重复性动作，而且是有关一场文化的回落与代言，它重复着“机械复制时代”的性质，并在自我复制中寻求着一种自我的满足和自我的成长。

这种潜藏的社会、文化、心理变迁，正是决定这一类改编的内在驱动力，除《西游记》外，有关《封神演义》等的改编，也在此列之中。最近大火的《哪吒之魔童降世》，也基本是遵循着这一基本思路，并得到了观众的再次认可。相比而言，《三国演义》改编相对很少的原因，是它里面所宣扬的“忠君”的思想，在当下的社会环境里并无市场，这也就是吴宇森的《赤壁》失败的主要原因之一。同样，《水浒传》中的“伪反抗”与“归顺”思想，也大多不见容于市场，这也是其21世纪以来改编较少的主要原因。

然而，虽然《西游记》里的思想与大众文化心理不谋而合并被不断改编，但就目前情况来看，除了《大话西游》《西游·降魔篇》《西游记之大圣归来》等几部影片取得较好口碑外，其他很多同类影片，或者叫座不叫好，或者既不叫座也不叫好。之所以出现良莠不齐的现象，同质化当然是一个问题，但最重要的，是对其背后所潜藏的思想的认识理解和转化还不到位，或者，仅停留在《大话西游》时代，是明显又落伍了。不过可以肯定的是，《西游记》在大众文化的浪潮中，还将不断有新作出来。

二、游戏类改编

首先必须说明的一点是，游戏类改编在中国并不成功，虽有改编尝试，但并不出色，很显然，它距离“形成气候”还有相当遥远的路程。然而，又毫无疑问的是，游戏类改编必将在未来的改编中占据重要的一席，其前途又是可期的。有鉴于此，本书结合国外的游戏类改编，对此进行一番梳理与分析。

电子游戏广义上包括受众通过各种电子设备及平台进行的娱乐活动。在此所要论述的电子游戏主要指通过PC端操作的大型在线网络游戏、单机小游戏，以及通过手机等移动客户端操作的手机游戏。国外电子游戏改编电影的发展始于20世纪末，对于第一部游戏改编电影出现的时间，学者之间存在不同的观点。电子游戏的流行可以追溯到20世纪80年代，因而有学者将1982年问世的改编自同名电子游戏的《匕首：刺杀游戏》视作电子游戏改编电影的开端，但由于技术、媒介等因素的制约，改编电影的质量不高，因此在电影产业领域也并未得到重视。也有一些观点认为1993年改编自同名电子游戏的电影《超级马里奥兄弟》，标志着电子游戏改编电影的开端。此后，随着技术的不断提升和互联网产业的日益发展，电子游戏数量增多且优质游戏不断出现，电子游戏改编电影作品也陆续问世，逐渐走进受众视野当中，并形成了一定的数量集群，其代表作有：《格斗之王》系列、《古墓丽影》系列、《生化危机》系列、《寂静岭》系列、《魔兽》系列、《愤怒的小鸟》等。

国外的电子游戏改编在时间上经历了三个发展阶段：第一阶段是1981—1996年，代表影片有《超级马里奥兄弟》等，其特点是产品数量不多，改编经验不足，单纯复制游戏。改编的方法多为移植。第二阶段是1997—2004年，代表影片有《古墓丽影》《龙与地下城》等，其特点是产品数量增加，改编逐渐成熟。改编的方法多为移植加取材。第三阶段是2005年至今，代表影片有《寂静岭》《马克思·佩恩》《波斯王子·时之沙》等，其特点是游戏普及流行，影片数量多，多媒体平台推广。改编的方法为多种改编方式相结合。除了网络游戏改编电影，值得关注的还有手机游戏改编的电影作品。由同名手游改编的《愤怒的小鸟》，作为手游改编电影的开山之作，取得了较为可观的票房成绩，成为仅次于《魔兽》的票房亚军。

一方面，相较于国外电子游戏改编电影作品数量较多、改编类型全面等特点，我国电子游戏改编电影的发展存在严重的滞后性。改编起步晚，作品数量少。目前仅有由儿童游戏改编的系列动画电影，以及一部由网络游戏改编的动画电影。从改编的游戏来源上看，《赛尔号》《摩尔庄园》《洛克王国》都为休闲类益智类PC小游戏，由网络游戏改编的仅有《龙之谷：破晓奇兵》一部作品。业内有学者将《龙之谷：破晓奇兵》视作我国游戏改编电影的破冰之作，作为第一部大型网络游戏改编电影，也是首次在海外上映，可以说《龙之谷：破晓奇兵》是现阶段我国电子游戏改编电影发展的新起点。在手机游戏改编电影方面，我国方面尚未出现该类型的改编作品。

但另一方面，我国电子游戏改编电影又具有一定的优势：相关数据显示，中国电子游戏玩家总数已超过5.17亿，占比超过我国人口的1/3。而根据EEDAR的调查结果显示的数字，中国游戏玩家数量已是美国人口总数的1.6倍。可以说游戏玩家作为电影的潜在受众，其规模是十分庞大的。而从艺恩给出的2016年票房1亿元以上IP改编电影类型占比来看，游戏改编电影类别占比6%。而这一比例仅由两部影片组成，分别是票房14.7亿元的《魔兽》和票房5.1亿元的《愤怒的小鸟》，从电子游戏改编电影作品在我国的市场表现来看，可以充分说明我国受众对于电子游戏改编电影的接受程度较高，对于优秀的游戏IP的认可程度也较高，具有潜在的市场开发价值。

因此，如何开发中国游戏类改编电影，是一件迫在眉睫的事情。目前来看，国外成功的经验值得借鉴：1. 充足的资金保障。充裕的成本投入能够为影片制作的质量提供一定的保障，目前电子游戏改编电影竞争的高峰地带不仅是丰富的剧情、个性的人物设计，还有高质量的画风比拼。精良的画面设计、场景及特效制作，以及丰富的视听感官与体验效果，可以在极大程度上增加受众对于影片的好感度，而精良的制作同时也需要一定的成本投入来支撑。现有的电子游戏改编电影较多以CG动画或是CG动画加真人演绎的模式成像，需要涉及较多后期特效制作等技术设备和制作团队的投入，因此成本因素在电子游戏改编电影中表现得较为重要，成为影响票房表现的关键因素之一。2. 类型因素。从改编选择的游戏类型上看，AVG即冒险类游戏改编成功的可能性较高。这主要是因为，在冒险类游戏中，玩家通过控制游戏人物进行虚拟冒险，其特色是故事情节往往是以完成一个任务或解开某些谜题的形式出现，而且在游戏过程中十分强调谜题和通关的重要性，增加玩家的代入感。而冒险类游戏，大多背景宏大、故事情节较完整、人物众多、情节相对比较复杂，这些特点都十分有利于电影在情节上的改编和呈现。而从改编电影的类型上来看，动作类是游戏改编电影出现频率最高的类型元素，其次是惊悚、科幻、冒险、恐怖等类型。3. 导演及明星因素。如《古墓丽影》由知名影星安吉丽娜·朱莉担任女主角，很明显拉升了影片的知名度。4. 受众因素。相较于其他类型的电影，电子游戏改编电影的受众市场戏份与定位显得更加重要。电影能否充分调动游戏积累的粉丝，能否将庞大的游戏用户玩家转化为电影的潜在粉丝观众，在一定程度上影响着电影的票房成绩。5. 系列电影因素。电子游戏改编系列电影，可以从强化IP的角度来分析。电影的上映周期较短，而一个优秀的游戏通常可以通过增加主题场景、人设道具等元素而不断更新，为游戏玩家带来新鲜感而延长游戏的寿命。这也是优秀游戏能够在市场中流行多年的原因。同时优秀的游戏IP也可以不断被挖掘和开发，电子游戏改编电影，拍摄系列电影，能够增加电影本身热度，提高受众接触程度，也是对游戏IP本身的一种强化。[1]

通过以上梳理和分析，可以看到，若想开发或发展中国游戏类改编电影，应从如下几个方面下功夫：1. 大量开发优质类游戏。优质类游戏往往是改编电影成功的关键，因此加大投入，开发中国自主品牌的优质网络游戏，是首要的，也是必需的。2. 在改编的游戏类型上，一是可考虑动作性强而独具中国特色的武侠武术动作类游戏的开发与改编；二是走国外的通约型类型，即冒险、动作、惊悚类等类型；三是走军事类营救类类型，在这方面，可参考先前成功的电影《战狼2》《红海行动》等。3. 在资金投入上，应加大投入，目前国内在游戏改编电影上投入相对较少，这严重影响了影片的质量及画风。4. 应大力开发系列电影。系列电影是游戏类电影改编的长项，正如前文所说，游戏本身是在不断开发拓展过程之中的，而这种不断延展的过程，为拍摄系列电影提供了绝佳的机会和充分发挥的平台，因此，大力开发拍摄系列电影，是一条绝好的途径。5. 充分细分观众并充分调动观众积极性。中国玩家数量庞大，且对优质资源的欢迎度颇高，所以，细分玩家市场并加以充分利用，将会给游戏类改编电影带来生机和广阔的粉丝市场。

笔者相信，若做好以上几点，中国的游戏类改编电影将会取得快速发展。

【1】 赵煦：《国外电子游戏改编电影成功因素借鉴研究》，硕士学位论文，东北师范大学，2017。

三、话剧类改编

中国戏剧改编电影有着悠久的历史，广义的戏剧包含了戏曲、歌剧、舞剧、话剧等多种舞台形式，狭义的戏剧仅指话剧。中国早期电影就有改编文明戏的传统，20世纪三四十年代曹禺的话剧《雷雨》《日出》等被改编为电影，五六十年代有《龙须沟》(1952)、《方珍珠》(1952)、《万水千山》(1959)、《霓虹灯下的哨兵》(1964)等话剧被搬上了银幕，到了80年代之后，曹禺、老舍的经典话剧再次被改编，此外还有《留守女士》(1991)、《我和春天有个约会》(1994)、《南海十三郎》(1997)、《离婚了，就别再来找我》(1997)等话剧改编电影。进入21世纪之后，话剧改编电影依然在当下纷繁多样的电影发展中占有自己的一席之地，并在近年呈现出了较为积极的发展态势。进入21世纪之后，近十多年来的中国话剧改编电影可以分为如下两类：1. 对中外戏剧经典名作的改编，主要作品有：《夜宴》(2006，改编自莎士比亚名剧《哈姆雷特》)，《满城尽带黄金甲》(2006，改编自曹禺名剧《雷雨》)，《神探驾到》[2015，改编自英国作家J.B.Priestley 1945年编剧的舞台剧《探长来访》(*An Inspector Calls*)]。2. 当代原创话剧的改编，主要作品有：《隐婚男女》(2011，改编自2010年同名话剧)，《分手大师》(2014，改编自俞白眉2010年编剧的同名话剧)，《恋爱排班表》(2015，改编自话剧《他没有两个老婆》，1997年台湾首演时名为《运将、黑道、狗和他的老婆们》，后来名为《他和他的两个老婆》《他没有两个老婆》)，《华丽上班族》(2015，改编自林奕华2008年导演的舞台剧《华丽上班族之生活与生存》)，《恶棍天使》(2015，改编自俞白眉2012年编剧的同名话剧)，《夏洛特烦恼》(2015，改编自开心麻花团队2012年推出的同名话剧)，《过年好》(2016，改编自台湾导演李宗熹2006年的话剧《守岁》)，《驴得水》

（2016，改编自周申、刘露2012年编剧的同名话剧），《你好，疯子！》（2016，改编自刘婧、饶晓志2012年编剧的同名话剧），《29+1》（2017，改编自彭秀慧执导的香港同名舞台剧），《羞羞的铁拳》（2017，改编自开心麻花团队2016年推出的同名话剧），《21克拉》（2018，改编自何念2010年编剧的同名话剧），《李茶的姑妈》（2018，改编自开心麻花团队2016年推出的同名话剧）。上述原创话剧改编电影中，《羞羞的铁拳》票房超过22亿元，《夏洛特烦恼》票房超过14亿元，《分手大师》和《恶棍天使》票房超过6亿元，《驴得水》票房1.7亿元，《21克拉》票房1.1亿元。目前还有多部话剧改编电影在筹备拍摄中。[1]

董晨曦在其论文中认为，21世纪以来话剧改编电影的“持续火爆”，是有多方面原因的：电影原创力不足，电影创作遭遇瓶颈；文学改编质量不高，且往往存在跟风及同质化现象等。这些为话剧改编电影提供了机会。首先，话剧和电影都是综合的表演艺术，话剧改编电影相较于小说、漫画等来说有着天然的优势，而且，话剧的演出时长和电影的时长基本能够保持一致，在改编过程中对故事的叙事时间也更容易把控。其次，纵观近年来由IP话剧改编成的电影，它们都有着共同的特点——都选材于人气颇高、口碑良好、表演成熟的小剧场商业戏剧，这也是IP话剧相较于传统话剧和其他媒介所具有的优势，即IP话剧中包含了商业电影里不可或缺的元素，如喜剧、恶搞、通俗化故事等，这也为电影改编收获了更多商业噱头。再次，话剧本身就具备故事逻辑性强，文本结构严谨，戏剧冲突强烈，人物形象突出的特点，这便为电影改编提供了有力文本。而IP话剧由于创作时间接近现在，故事情节中囊括了很多新鲜元素和热点事件，并在反复的排演过程中不断根据观众的反响调整剧本细节，更加保障了改编电影的观赏

【1】 李炜：《近十年来中国话剧改编电影论析》，《华中学术》2019年第1期。

性。最后，IP话剧在演出过程中已经受到了话剧观众的检阅，积累了一定的口碑，吸引了一部分粉丝群体。

具体到文本上，董晨曦认为，IP话剧电影改编中具有后现代意蕴，譬如：1. 后现代的语言风格，在IP话剧中经常通过言语调侃和粗俗的语言来解构崇高感和神圣感，刺激观众的听觉感官，无厘头式表达也冲击并解构了传统的表达方式与行为规范。而这些具有典型后现代特征的“狂欢”和“口腔快感”也在电影改编中延续并扩大。2. 后现代的情节设置。后现代主义的叙事情节或段落彼此之间缺少联系，场面与场面之间没有叙事的逻辑，只有相互的拼贴。传统意义上那种流畅的、连续的、符合思维逻辑的叙事方式被消解，此外，后现代的商业语境还催生出了游戏化的情节结构，以及对经典情节的戏仿，梦境与现实的游离，戏中戏的肆意穿插。3. 大众文化的体现。目前完成电影改编的IP话剧均为商业小剧场话剧，在话剧创作过程中就迎合了主流受众对娱乐性、时效性、奇观化的审美需求，话剧中大众文化的体现，也为IP转换过程中对商业性、再创造能力、影响力的要求提供了有利因素。[1]

李炜在其分析中，却并没有对后现代主义给予特别关注，她认为21世纪以来话剧改编电影的成功，在叙事主题上，被改编为电影的当代原创话剧多以切近大众的现实生活或对社会世象的隐喻式批判作为主题。《隐婚男女》《分手大师》《恋爱排班表》《华丽上班族》《恶棍天使》《过年好》《29+1》《21克拉》等剧均以当代都市男女恋爱或家庭婚姻为叙事主题。即便是部分剧作运用了适当的变形夸张手法，其内核仍然不脱离现实生活。在文化性质上，当下中国的话剧IP及其相关文化产品的生产和消费更多地体现出了美国学者亨利·詹金斯所提出的“融合文化”特质，即走的是文化产业链的道路。在二次创作上，则是电影成功突破

【1】 董晨曦：《近年来中国IP话剧电影改编的研究》，硕士学位论文，河北大学，2018。

了“跨媒介叙事”，即把原来想在话剧中写出来的东西，用另一种艺术形式——电影的形式重新写出来。最后，作者认为，纵观当下中国的跨媒介文化实践，话剧改编电影方兴未艾，观众对源文本的多元化呈现需求，必将更多地促进舞台到银幕的转变。而在内容、媒介属性及其呈现方式，以及资本层面的融合之中，归根到底，前两者才是作为文化传播的戏剧改编电影更应关注的问题。如何选择合乎基本逻辑、能引起观众共鸣的内容，灵活地运用电影的媒介属性及其多样化的视听语言，将具有高度舞台限定性的话剧进行合宜的改编，是话剧改编电影之根本。[1]

通过上述梳理与分析，可以清晰地看到，话剧改编电影自21世纪以来取得了长足发展，这不仅表现在数量上，也表现在票房和口碑上，这自然是极好的现象。本书也有理由相信，在未来的创作和生产中，话剧改编电影的数量还将不断增加，这不仅仅是因为二者之间的接近性和改编的方便性，也不仅仅是因为文化产业间的融合的需要所致，其中一个最直接的原因，反而是文化多样性的诉求，在一定程度上刺激了话剧市场的繁盛，而话剧在原创力上的“迅速回升”，以及在舞台上搬演、试验的相对易操作性，既解决了电影原创力不足，又解决了电影剧本直接转换困难等问题，因为话剧作为一种源文本，已经得到了思想内容、艺术形式等各方面的检阅，是一个“可信任的文本”和“可操作的文本”。此外，话剧的时效性及思想性，也是电影创作和生产所急需的，因为观众在娱乐性的同时，也常常是伴随着对思想性的渴望的。不过，话剧改编电影若想在未来取得更为快速的增长，则必须注意如下几个问题：1. 源文本题材样式等相对较为单一。从目前来看，经典话剧的再生产和再创作非常薄弱，除了早期的《满城尽带黄金甲》之外，几乎在市场上看不到来自经典话剧改编的电影；而当下的话剧改编电影，多集中

【1】 李炜：《近十年来中国话剧改编电影论析》,《华中学术》2019年第1期。

在现实生活类、隐喻类和喜剧类，而且就算是现实生活类和隐喻类，也多倾向于喜剧性和荒诞性，在某种程度上，可以看作是一个“喜剧类集群”。这一方面可以说是集中优势资源，但另一方面却是在无形之中划定了话剧改编电影的范围，是一种自我设限。因此，突破又是必需的，必须在题材及类型样式上，多多发展。2. 过分倚重后现代语境及后现代主义的创作方式，已经造成一种“同质化”的现象。正如前文所述，由于大多话剧改编电影都可以放在一个“喜剧类集群”里，又因为过多倚重了后现代的语境，造成大多数话剧在改编中，大量运用或加强了后现代主义的常用手法（其实在源文本上也已有大量运用），譬如拼接、颠覆、无厘头、戏仿等，久而久之，雷同化现象已很严重。譬如根据开心麻花话剧改编的电影，不用观看，仍可以大致想象其样貌。因此，突破对后现代主义的依赖性，是当前话剧创作及改编电影的重中之重，话剧应有其多样性并始终保持其前沿性、思想性、引领性，而不是完全沦为商业性的附庸。3. 跨媒介叙事的转换问题。从目前来看，虽然话剧改编类电影已很注意采用电影语言的方式来进行拍摄制作，但在媒介形式的转换上，还是能够看出好多“舞台”的影子，做得并不彻底。因此，这一方面仍需加强。

四、通俗文学类改编

在现当代中国文学史的书写中，“通俗文学”被作为一个独立的单元与正统纯文学并列。从唐传奇、宋话本到明清仙侠志怪、章回体小说再到近现代“鸳鸯蝴蝶派”小说、“铁幕小说”、当代五花八门的畅销小说，无一不被囊括于“通俗文学”的大本营。通常意义上，它有几个鲜明的标签：1. 以“消闲”为主要功能，即以“消闲娱乐”为目的。2. 讲究通俗性。通俗性包含两方面的含义：一是形式通俗易懂，不玩弄文字，不“掉书袋”，尽量接地气；二是内容能反映大众生活的酸甜苦辣，喜怒哀乐，贴近生活实际。3. 追求传奇性。传奇性是这类通俗文学最为奇妙的美学特征。传奇，意味着故事情节跌宕起伏，人物形象鲜明饱满。无论是古代的《聊斋志异》《西游记》等志怪小说，还是当代风靡一时的玄幻、盗墓、仙侠小说（如《鬼吹灯》《盗墓笔记》等），都是大众津津乐道的作品。即便是青春爱情小说，主人公也几经聚散离合（如《小时代》《致我们终将逝去的青春》等），更不用说以尔虞我诈的宫斗为噱头的《甄嬛传》等。这些文学作品的共同特点便是其故事的传奇性，读来让人手不释卷、欲罢不能。4. 娱乐性与流行性。“通俗文学”并不排斥思想性，但其主要目的还是让大众在繁忙的生活之余放松休闲，愉悦身心。同时，通俗文学一般多具大众性及流行性，好多作品都是当年度热门畅销小说，受到普通大众的喜欢。[1]

鉴于以上诸特征，本书将传统意义上的通俗小说、部分流行小说（有些流行小说为严肃文学或经典文学）及网络小说，全部归入“通俗文学类”。在此需要重申的是，网络小说虽然发表的载体、传播的方式等与纸质版通俗小说有所不同，但就其内容的实质性而言，网络小说与传统意义上的通俗文学几无二致，不仅具备上述特性，还具有与受众互动以随时调整故事方向及人物或细节的特长，在某种意义上，这是“通俗性”的进一步延伸。

毫无疑问，21世纪以来，通俗文学类电影改编在整个电影改编中占据着绝对主力地位，这既是电影被重新定位为“商品”的结果，也是中国电影工业化发展的结果，更是大众文化共同培育的结果。因此，其重要性自不待言。结合本章第一节中所列举的改编作品，本书在此对网络小说改编和传统意义上的通俗文学改编，进行一番简要的梳理和分析。

【1】 孙珊珊：《当代流行文学作品与改编电影之接受关系研究》，硕士学位论文，上海师范大学，2016。

王颖在其论文中，对网络小说电影改编的发展历程做了时间上的划分。他以网络小说改编成电影的数量为标准，将其分为三个阶段：2000年至2001年，为网络小说电影改编的起步期，作品甚少而且质量不高；2006年至2008年，为网络小说电影改编的发展期，这一时期逐渐发展壮大；2009年至今，为网络小说电影改编的爆发期。把2006年和2009年作为连接点的原因是2002年至2005年之间并未出现网络小说电影改编作品，从2006年根据徐毅小说改编的同名电影《谈谈心恋恋爱》上映，随之推出的改编作品量逐渐增加。2009年，出现了影响不小的三部改编作品，网络小说电影改编才被人们所熟悉，受到了广泛的关注，而且从2009年开始网络小说电影改编数量不断增多，其中不乏优秀的作品。而纵观2006年到2008年的作品，在这一段时间里由网络小说改编的电影题材方面也在发生着变化，伴随着网络小说的增多，电影的题材也在多样地发展着，单一的爱情故事已然扩大了范围。青春的懵懂、悬疑的惊悚、都市的迷失等，都进入到了电影中。这一时期，悬疑作家蔡骏的两部作品《荒村客栈》《地狱的第十九层》被改编成电影，满足年轻人的青春影片《PK.COM.CN》等，也陆续上映，丰富了电影市场。2009年之后，电影制作者们在吸取之前改编的经验教训的同时也有了新的思路和理念。电影作品的数量大幅增加，而且质量及艺术性也在增强。这一阶段，不仅有著名导演的参与，还有明星导演的加入。譬如张艺谋、陈凯歌、徐静蕾等，都纷纷加入。2011年《失恋33天》的热映，使得“网络小说改编”成为一种现象，随后赵薇的《致我们终将逝去的青春》，又将“青春怀旧”推向一个高度；而《鬼吹灯之九层妖塔》《鬼吹灯之寻龙诀》《盗墓笔记》等影片的陆续出现，更将网络小说改编电影推向一个新境地。

在改编类型上，王颖将其分为三种类型：一是“忠实粉丝”的忠于原著型，指对原著改变较小的一类；二是“与时俱进”的革故鼎新型，指对原著恰当地删改之后，使用特殊的电影技巧，对原著进行恰当的变化；三是“面目全非”的借市炒作型，指对原小说改动比较大的一类，即使没有脱离原著，但对原著的主题及风格都做了较大的改动。第一种以《失恋33天》为代表。由于有原作者的参与，治愈与成长的主题、基本的故事情节结构、人物的性格特征等，都得到了完美的保留。第二种以《鬼吹灯之寻龙诀》为代表。影片是由小说《鬼吹灯》中的几部分改编而成的，保留了探墓的基本叙事主题和人物关系，但更多的力量，放在了对于场景的还原和视效等制作上。可说是有保留，但也有较大幅度地改动。第三种则是以《致我们终将逝去的青春》为代表。编剧李樯很好地完成了导演赵薇的要求：整部影片“既要有小清新，也有大沧桑、重口味”，作品中的校园、寝室、下岗风波、绿皮火车、未婚先孕、摇滚音乐等都带有些许的怀旧风格，这与辛夷坞小说中的“治愈”主题是完全不同的风格，改编者把原来的青春述说成梦想、成长、冷酷、性萌动等方面融合的悲喜故事，这样的变化在迎合了观众的好奇心的同时也让人们感受到了青春的懵懂与苦涩。因此，电影比小说更能体现出情感的交织，人们在小说中体会到的内涵也在电影中得到了升华与延展。此外，这部影片由于将“60后”至“90后”人群各个阶段的经历全部包括进来，进而也扩大了观影群。

而就其贡献而言，网络小说的电影改编，对促进文学的通俗化传播，促进文学形式的多元漂流，激励传统文学的更新与重构，都起到了非常重要的作用。[1]

传统意义上通俗文学的改编，在此不再做整体性的梳理，但我们可通过两个案例的分析，从中得窥21世纪以来通俗文学改编的一些变化。

【1】 王颖：《2009年以来网络小说电影改编研究》，硕士学位论文，辽宁大学，2016。

这两个案例，一个是张艺谋导演的根据严歌苓同名小说改编的《金陵十三钗》，另一个是姜文导演的根据张北海小说《侠隐》改编的《邪不压正》。

从严格意义上来讲，严歌苓小说《金陵十三钗》并不完全是一部通俗小说，而是介于严肃与通俗之间，但由于这部小说改编电影具有一定的普遍性和代表性，所以特将其放在这里进行分析。电影《金陵十三钗》讲述了1937年的南京，一座教堂，一个假神父，一群生死未卜的女学生，14个躲避战火的风尘女子，以及殊死抵抗的中国军人一同面对日军屠杀的故事。在其改编上，有几个明显的特征：1. 在改编方式上，属于“自由式改编”，即在保留原小说“故事核”的基础上对原文本进行了大幅度删减、增加和调整。最大的变化有：（1）叙述视角的转移。原先小说中的叙事主人公“我”，是孟书娟的外甥女，而电影中的第一叙事人就是书娟自己。（2）叙事结构的变化。小说采用倒叙手法，从我的姨妈孟书娟在审判会上遇到赵玉墨为始，电影一开始则是书娟在回忆那天的事，但故事的发展采用了正常的线性时空，从故事的开始一直叙述到结束。（3）人物的增删与合并。譬如电影中增加了约翰神父，但他又是小说中英格曼神父和副神父法比的合体。再譬如将小说中的戴涛少校和李全有，压缩转换成李教官。2. 主题上的转移与通约化诉求。原小说的主题可说是女性主义的一曲悲歌，但在电影中，这一叙事主题被“拯救”和“英雄”主题所代替。拯救的主题来自于约翰神父所代表的人道主义的觉醒，以及通约性的西方的拯救与救赎色彩的强调；而英雄的主题，则来自于李教官、浴血奋战的战士和14个风尘女子，宣扬的是一种“集体主义的英雄精神”。如此调整，显然是出于市场的需要，以及对于东西方文化上“共同性”的一种跨越与追求。3. 时尚符码和大众文化视野中的“奇观”呈现。与原小说非常不同的是，电影中将14位风尘女子的衣服，特意做了“时尚化处理”，这里不仅仅是旗袍的选择，而是通过这种“时尚化处理”，以求达到一种大众文化视野中的“奇观”效果，依此所设计增加的“表演秦淮景”和“床戏”等场景，其意也便在于此。

姜文的《邪不压正》，在改编方式及改编策略上，与《金陵十三钗》有着许多相似的地方。主要表现在：1. 主题上的消解与转移。张北海的《侠隐》故事拥有两大主题：一是在20世纪30年代末期这个特殊时期，个体的复仇与整个民族的抗日之间的矛盾；二是中国传统的江湖规矩与现代法律社会之间的矛盾。这两大矛盾是极具张力的，由此我们可以最终理解小说的深层意义：个体在时代面前是极为渺小的，“侠”走向“隐”是一种必然。《邪不压正》继承了《侠隐》的复仇主线，但在姜文的处理下，整个故事的完整性被打破，或者说，姜文故意制造了叙事上的模糊与暧昧，使得电影中的许多场景游离在主线之外，甚至人物的道德价值观也让观众困惑不已。譬如为何电影中会出现一个与剧情毫无关联的影评人，为何李天然能够在屋顶上骑自行车，蓝青峰为何要杀死与自己交情甚好的亨德勒等，这些或荒诞，或突兀的情节都阻碍着观众进入情节。所有这些，既充满了滑稽感，又极大地分散和淡化了《侠隐》主题的集中性和沉重性。2. 主角的转移。在原小说中，故事始终围绕着李天然寻找朱潜龙而展开，朱潜龙是在最后才登场。然而在电影中，朱潜龙一开始就出现了，且是和蓝青峰在一起。原著中，蓝青峰只是一个偶尔出场，帮助李天然探听情报的角色，而在电影中，蓝青峰是整部电影的基础，是在暗中操纵大局之人。如此一来，要复仇的李天然和仇敌朱潜龙，都成了蓝青峰的“棋子”，而主角的转移，使得原小说中李天然的复仇行动变得毫无动作性，既然正当的复仇行为已变得毫无意义，那么“邪不压正”也就变成了一种“反讽”和“隐喻”。也就是说，历史上那些真正操纵大局的人，往往并不是那些显在的“主角”。3. 背景的置换。原小说中真实可信的北京城被“架空”，变成一个姜文臆想的世界。[1]总之，改编过后的《邪不压正》相对于原著《侠隐》而言，可谓另起炉灶，重新讲述了一个故事。而这个重新讲述的故事，与张艺谋导演的《金陵十三钗》正好相反，从通俗化走向了“作者化”。

通过两个案例的分析，我们看到，在传统通俗文学类的改编上，普遍存在一种“自由式”改编的倾向，但在方向上，却存在两种截然相反的方向：一种方向的企图，是将严肃故事引向通俗化、世俗化，如张艺谋的《金陵十三钗》；另一种方向是将通俗故事引向作者化、个人化，如姜文的《邪不压正》。目前看来，这两种方向是普遍存在的，而这两种方向之间的张力，恰好彰显出了通俗文学在现代电影中的某种摇摆与变迁。

第四节
※
21世纪以来中国电影改编的特点及趋势

21世纪以来，中国的电影改编可说是进入了一个全新时代，不仅现象频出，且每每异彩纷呈，构成了中国电影工业图景和中国电影创作图景中分外亮丽的一道风景线。在其闪耀四方时，其特征也一一显露出来，在此，本书将一一罗列并作简要描述。

1. 电影改编的地位及重要性达到历史新高。在中国电影历史上，就其改编的范围、广度、数量，以及对市场、创作等的贡献而言，20世纪20年代的“鸳鸯蝴蝶派文学”的改编是一个高峰，它不仅带来了市场上的繁荣，也助力中国电影真正成长了起来。但相较而言，21世纪以来的

【1】 路淑芳:《〈邪不压正〉改编艺术研究》,《电影文学》2018年第21期。

电影改编无疑已超越了20世纪20年代的这一高峰，达到了另一历史新高。相关的数据在先前的论述中已有所提及，但本书想重申的是，电影改编在现实中的实际作用，可能要远比那些数字更为漂亮，意义更为深远。举一个简单的例子，根据刘慈欣的科幻小说《流浪地球》改编的同名电影，不但取得了很高的票房佳绩，而且还打开了中国科幻电影的大门甚至国门，它不仅帮助中国的科幻电影成长了起来，且令世界为之刮目相看，其意义非凡。而相类似的情况在21世纪层出不穷，《致我们终将逝去的青春》《西游·降魔篇》《美人鱼》等，都具有类似的作用。它们不仅拓宽了中国电影的类型，助力中国电影创作，而且也极大地推动了中国电影工业前进的步伐。

2. 电影改编的种类及资源前所未有的丰富多元。相较于中国电影历史上一般意义的文学改编，21世纪以来的改编种类及资源利用，可谓无比丰富多元。除了传统意义上的文学类改编（古现代通俗小说、古现代经典小说、跨文化作品、诗歌、散文、话剧等），还增加或拓宽了网络小说类、游戏类、动漫类、影视类、真实人物类、真实事件类及各种其他IP类（如音乐、概念等），其种类之繁多，资源之丰富，乃21世纪之前所无法比拟的。而且，随着电影本身观看方式等的变化，其种类及资源有可能还要丰富。毫无疑问，改编来到了它最得心应手、最长袖善舞的时代。

3. 电影改编的观念及方式发生了巨大变化。21世纪以来，在中国电影界奉行多年的“忠实”改编论及改编方式被大大颠覆。当然，这并不是说在21世纪忠实于原小说或源文本的改编并不存在，而是说它已不再占据主流的观念形态及主要的改编书写方式。伴随着后现代主义思潮的兴起与泛滥，“自由式”改编的观念及方式开始成为新宠，而就目前来看，这一观念及方式已成为主流。前文所提到的《金陵十三钗》《邪不压正》如此，《西游·降魔篇》《西游·伏妖篇》《美人鱼》《致我们终将逝去的青春》《流浪地球》《捉妖记》《疯狂的外星人》等更是如此，乃至最近大火的《哪吒之魔童降世》亦是如此。这类改编往往只提取原著中的某些元素或某个核心概念，然后就将原著弃之不用，而根据创作者或市场的需要，再进行大幅度的随意创写。这样的改编方式，既利用了原著的资源，又展开了丰富的想象力，在某种程度上，是一种电影生产力的解放。所以其大行其道是一种必然的结果。

4. 改编的类型多样而又集中。伴随着改编种类及题材的丰富多元，也带来了改编类型的多样化，奇幻片、神魔片、军事片、动作片、悬疑惊悚片、探墓片、科幻片、喜剧片、历史片、家庭伦理片、青春片等，可谓五花八门、花样繁多。类型的多样化，适应了工业化的需要，也是文化多样化的一种体现，对于中国电影的成长及发展，无疑起到了极其重要的作用。不过，改编的类型虽然多样，但就目前来看，又相对较为集中。神魔奇幻片、军事动作片、喜剧片、青春片、科幻片等，无疑又是当下中国电影市场的主类型，从这方面来看，中国电影正在逐步与国际接轨。

5. 中国电影改编正在由“改编创作”向“改编生产”转向。与以往相比，中国电影改编的最大变化，恐怕是正在由以往的“改编创作”向“改编生产”转变。“改编创作”多是从艺术创作的规律来定位和着手的，而“改编生产”则是从商业规律、市场规律来定位和着手的。这一变化，将改编行为从单纯艺术的窠臼中解放出来，使得改编行为更具有了商业性的属性。在某种意义上，这是中国电影改编的一大进步。IP现象虽然有被炒作的嫌疑，但它毕竟带来了一种新的改编生产方式，就其未来而言，它是值得中国电影欢呼的。

6. 中国电影改编的形态正由“静态化”走向“动态化”。以往的电影改编，往往是一个人或几个人“封闭式”的“静态作业”，它既可以不关心产业，也可以不考虑市场。但21世纪之后，电影改编进入一个

“动态化”的形态。它不仅要考虑改编本身与市场的潜在关系，还要考虑上中下游的产业空间和未来开发等问题；不仅要考虑改编的艺术性等问题，还要考虑大数据所显示的各种动向。可以说，改编行为本身早已存在于一个动态化的序列之中，并在这一序列之中做着加速度的运动。

7. 跟风现象及同质化问题严重。一方面是21世纪以来电影改编的高歌猛进，另一方面又是不断地出现跟风现象，譬如《致我们终将逝去的青春》出来以后，中国电影市场迅速被“青春怀旧片”所覆盖，一时间，银幕上充斥着“未婚先孕”等各种雷同桥段；再譬如《西游·降魔篇》大获成功之后，各种《西游记》变体也相继出现。由于每一个成功的案例背后都有类似的“跟风现象”，所以又造成了影片的同质化现象，这样很容易出现两种风险：一种是令观众审美疲劳，另一种是在与同类成功影片的比较中，很容易票房失利。最近一个著名的案例就是科幻片《上海堡垒》，它欲携2019年初《流浪地球》所开创的良好形势乘风而行，但不想由于质量太差，反而一败涂地。

8. 太过依赖后现代主义思潮及“娱乐化”的改编原则。21世纪以来，后现代主义思潮大盛，它开始渗透进年轻人的日常生活及行为之中，成为年轻人奉行的一种准则和潮流。由于年轻人热捧，使得各种文艺创作均纷纷转向，齐齐靠向“后现代主义”，后现代主义思潮所推行的一些方法，开始在文艺创作之中大行其道，改编自然不能置身事外。于是，大量贴着“后现代主义”标签的影视作品纷纷问世。“消解”“颠覆”“拼贴”“混搭”等，成为改编的万能利器。而此方法的盛行，以及通过“颠覆”所获得的快感，使得原本就被市场所认可的“娱乐化”更为疯狂，一时间，“娱乐至死”成为所有改编的一条准则，真可谓“不娱乐不改编”。由于太过于依赖后现代主义思潮及“娱乐化”的改编原则，大量影视作品成为“乱”和“逗乐”比拼的场所，严重影响了市场风气。实际上，《我不是药神》等现实主义作品的出现，在某种意义上是对这一思潮及原则的无形挑战，而观众对《我不是药神》等现实主义作品的“宠爱”，在某种程度上，是对这一思潮及“娱乐化”原则的某种遏制。

9. 不尊重艺术规律、粗制滥造现象依然严重。21世纪以来，由于中国电影工业化的步伐大大加快，许多影视公司为了抢占市场，往往在改编作品还不成熟的情况下就上马，导致了不尊重艺术规律、粗制滥造的现象的产生。而且，为了配合工业化的生产进度，以往一个人或几个人的改编方式被抛弃，而是大多以团队流水化的方式、根据大数据所筛选出来的情节点来进行改编。这样的情况虽然加快了进度、也照顾到了市场，但“人的能动性”被降到了最低，作品往往合乎大数据，但却不合乎常识及艺术规律，再加上市场及观众是瞬息万变的，是不固定的，很多情况是，当公司着手组建团队进行改编时，市场是一种情况，等产品投放市场时，市场已发生变化，变成了另一种情况，由此造成大量的电影改编作品遭遇滑铁卢，令人唏嘘。

以上是21世纪以来中国电影改编过程中所呈现出来的主要特征及主要趋势，有好的一面，也有不好的一面，它时刻提醒我们，在看到中国电影改编大发展的同时也应看到它所显现出来的诸多问题，唯其如此，中国电影的改编之路，才能走得更远，产生的影响更大，意义更为非凡。

结语

21世纪以来中国电影改编的反思与思考

21世纪以来，由于中国电影改编在整个电影产业化的过程中所凸显出来的重要性，以及所取得的令人瞩目的成就，令学者们开始对中国电影改编产生兴趣，进而纷纷转向研究。由此，大量的研究文章或书籍开始出现，在对中国电影改编所取得的成就鼓与呼的同时，也非常及时地对中国电影改编的诸多问题进行了深入思考。

陈林侠教授在《当下中国电影的改编问题与文化竞争力——兼及电影与文学的关系》一文中，通过对国内票房前60名的中国电影的详细考察，得出结论认为：21世纪以来中国电影的改编出现了众多新现象，如文本选择的两极分化（要么是蕴含民族文化记忆的古典小说，要么是缺乏影响的当下短篇小说），改编元素的表面化（大多选择人物名字、相似的故事情节），改编的立场态度分化（从“仰视”到“俯视”文学文本，从尊重原作到“重写”）等。这种改编透露出当下中国电影内容生产的缺陷，一定程度上导致了其在世界范围内的竞争力衰减。具体而言，与文学原作相比，电影在叙事形态上已有明显变化，表现在五个方面：其一，改编多选取原作故事的人物、时间、地点等元素，情节基本相似的数据仅为45%，主题、风格相似的数据更少。其二，从类型的角度考察，强调外部动作的类型片（如魔幻、动作、战争、灾难）与文学原作较为疏远。导演并没有落实到人物、主题等内容意义的生产，而是把工作重心放在了演员、造型、道具、特技等视觉表达上。当电影缺乏意义，无疑也降低了自身的竞争力。其三，电影与原作元素相对一致的现象，集中在“编剧即是原作者”的情况。但是，此类文本并未在原作的基础上增添新的意义与经验，失去了改编作为艺术后来者的创作优势，导致电影在意义价值方面明显弱于原作。其四，“编导合一”作为理想的创作方式依然稀少，同时，这些影片充分暴露出导演的文化素养、理性思辨、叙事能力等缺陷。其五，就主题、风格等元素考量，电影大多偏离小说原作，特别是强调外部动作的类型片，形成以唯美绚烂的影像阐释简单主题的叙事模式。

继而，陈林侠教授认为，这种变化首先与21世纪以来文学内部的结构性调整相关。一方面莫言、王安忆、格非、苏童等20世纪80年代亮相的作家群迅速经典化，但就作品来说，失去了20世纪八九十年代的影响力；另一方面，一大批“80后”甚至“90后”等年轻的作家群，借助于网络等发表平台、商业化的图书市场，以更感性的文字，呈现出时代的青春、时尚、欲望。其次，这种变化与电影的社会影响力迅速增强密切相关。21世纪国内电影市场急剧增长，“赚钱效应”空前放大，在流动性过剩的社会资本、发达的大众媒体等支持下，“中国大片”的模式逐渐成熟。概言之，21世纪以来，中国电影的改编，已经从关注艺术价值演变成对当下商业价值的考量。这种资本运作下的内容生产，贯彻市场的消费逻辑，改变了电影对文学的依存关系。最后，陈林侠教授总结道，电影改编作为一种汲取他种艺术营养增强自身竞争力的重要创作方式，存在四个关键环节：一是能够对自身的某种欠缺，有着清晰的理性判断；二是能够准确辨识文学及其他艺术的优缺点，根据自身缺陷，有针对性地选择改编文本；三是能够在原作的基础上进一步提升、强化文学及其他艺术的思想观点；四是能够以电影主题的需要，生发出富有逻辑力量的故事情节。但现实表明，当下中国电影的改编更多地从产业生产与市场消费的角度，处理与文学等其他艺术的关系。虽然改编作品的数量庞大，但电影与文学二者之间的关系无疑是疏远的，甚至存在一定程度的对抗性与颠覆性。这意味着：电影一方面难以从自身的角度，深入“中国问题”与“中国经验”，提炼出特殊的思想观点；另一方面，也拒绝了文学的支持，陷入自我中心主义但同时也是自我孤立的困境。电影艺术作为一种美学意识形态，与文学一样，需要面对中国社会的实践、思想及其时代精神。电影以改编的创作形式，积极吸纳其他艺术的思想资源与叙事策略，不仅是提升自身艺术性的重要手段，也是形成文化竞争力的重要路径。[1]

陈林侠教授的分析与观点，可谓切中时弊，当我们站在21世纪的前20年展望后80年中国电影的未来时，它时刻提醒我们，应站在更高更远的位置，来重新思索如下几组关系：

1. 改编与中国电影的关系。目前公认的电影与文学的关系大致可以分为三个阶段：第一是电影依赖文学阶段；第二是文学借助电影阶段；第三是电影与文学相互共融共生阶段。目前中国的电影改编正处于第三阶段，但据陈林侠教授的观点，这一共融共生却并非如字面上所显示的那样，而是存有某种疏远。在此方面，本书一方面认同陈教授的观点，认为在未来确实需要加强弥补、填补二者之间存在的疏远关系，并真正做到相互激发，相互取长补短；但另一方面，本书认为这种疏远只是一种暂时现象，是21世纪以来中国电影改编发展中的一个过程而已。因为纵观世界电影改编的历史，譬如好莱坞，譬如早期中国电影，通俗文学与电影艺术二者之间某些紧张关系长期存在，但反过头来看，其中改编电影也不乏经典之作。而且本书坚信，由通俗走向经典，或由通俗带动经典，是一种历史的必然。当然这并非表明我们只剩下等待就可以了，而实际上，我们需要付出更多的努力，才能真正处理好改编与电影之间的关系。

2. 改编（者）与文学自身的关系。在众多的关系之中，这一对关系最容易被人忽视，但实际上这是一对最紧要的关系，因为无论文学质量高低，关键在于改编者，改编者水平的高低，决定了改编电影质量的高低。但从目前情况来看，高水平的改编者少，而平庸的改编者多。其中

【1】 陈林侠：《当下中国电影的改编问题与文化竞争力——兼及电影与文学的关系》,《中州学刊》2015年第6期。

一个最主要的原因，在于现在的年轻人对于经典阅读的持续减少，而花费大量的时间在电脑、手机及各种视频和通俗文学读物上，这就造成了经典性、文学性等的大面积流失。因此，未来的当务之急，是应首先提高改编者自身的文学水平和综合知识水平。

3. 改编与美学意识形态的关系。长久以来，美学意识形态和改编之间其实一直存在某种紧张关系，因为美学意识形态的变迁，往往决定着改编文本的选择及改编方向的设定等问题。21世纪以来，美学意识形态存在着一定的波动性，有时较为宽松，有时又异常紧张，在某种程度上，这其实不太有利于改编，因为改编是一个具有相对时间长度的过程，如果美学意识形态随意变动，就会很容易导致改编的流产。因此，从长远发展计，美学意识形态应保持一个相对宽松且稳定的状态，唯有如此，才能保证改编的持久性和渐进性。

4. 改编与中国的关系。其实，很长时间以来，中国电影改编者未能认识清楚的一点是，在改编过程中应该突出“什么性”的问题。在笔者看来，在众多的属性之中，最应突出的是“中国性”。在这里，“中国性”并非仅是一个地域性的概念和属性，而是包含着文化的、心理的、审美的等诸方面。就目前来看，在市场上票房较高的电影，都是相对较好地处理了“中国性”这一问题。譬如《战狼2》《红海行动》《流浪地球》《哪吒之魔童降世》等，在这些影片中，“中国性”都能被强烈地指认出来，不仅能够用语言描述出来，且有着强烈的指示符码、形象符码和意义符码。或者，当我们回想这部影片的时候，我们用几个“核心关键词”就能表述出来。而那些失败之作，则大部分是忽略了这一特性，或者，没有处理得当，如《长城》。

5. 改编与世界的关系。在处理好“改编与中国”的关系之后，更高一层是处理好“改编与世界的关系”。在这里，笔者并不想提出一个类似于“中国性”的“世界性”命名，而是认为，在处理改编与世界的关系的时候，不是放眼于世界，而是将“中国性”推至高于“世界”的高度，因为放眼世界，往往是淹没于世界，而唯有高于世界，才能辨识清楚“改编与世界”“中国与世界”二者之间的关系。在这里必须重申的一点是，将“中国性”推至高于“世界”的高度，并非是唯我独大，也并非是唯我独尊，而是将其“内涵日益丰富”的过程。

笔者相信，若能处理好上述诸关系，中国电影改编必将迎来一片新天地，一个新高度，一个新未来。

《狼图腾》的跨文化制作及其界定

——兼对“跨主体-地域间性”中文电影的命名思考[1]

【摘　要】电影《狼图腾》的出现对于中国电影的未来创作无疑是个启示，它对叙事的改写所呈现出来的某种价值观追求，对于当下的中国电影具有某种引领作用。本文通过“从小说到电影”“从电影到电影”“从批评到电影”三个维度，详细探讨了这部电影的跨文化特质，并对这部“新”电影给予了一种新的命名，本文称之为:“跨主体-地域间性”中文电影。

【关键词】跨文化　华语电影　“跨主体-地域间性”中文电影

整个2014年，中国共生产故事片618部，全年电影总票房达到296.39亿元（人民币）。从全球来看，2014年全球电影票房约375亿美元，其中北美地区约103亿美元，占全球票房的27%；中国约48亿美元，占13%。2014年全球电影票房比2013年增长16亿美元，而在这增长

【1】本文系文化部文化艺术科学研究项目（项目编号：14DC17）成果。

的16亿美元中，有75%是由中国电影市场提供的。[1] 由此可见，无论就其生产制作的产量、规模，还是电影市场的扩展及其增长速度，中国都已上升至全球前三或前二的位置，且仍在不断攀升。然而问题在于，当中国电影在产量和票房上大幅度增长时，中国电影的质量却一直备受诟谇。电影创作中的粗制滥造、价值观混乱、低俗化、庸俗化、网生化现象日益严重。这种重票房而不重艺术的创作倾向，已成为中国电影的主流，并深刻影响了中国电影的整体审美趋向。有的专家学者认为，中国电影从总体上看，正在走向"脱深化"美学的道路。[2] 就在这样的情况下，《狼图腾》这部电影出现了，它一甫现，立马就受到了中国电影创作界、影评界的一致好评，被认为是一部"范式电影"，不仅广受认可，还接二连三地召开研讨会进行研讨，一时成为中国电影创作的标杆和风向标。[3] 如今看来，《狼图腾》在三个方面优势明显：一是制作精良。这部电影历时7年筹备，中间养狼、训狼20多只，耗时3年，又用2年时间，用16只真狼拍摄完成。制作态度非常严谨。而从专业技术角度来看，这部影片不论是摄影还是特效，或是对狼的抓拍，都非常精到。二是价值观的探讨。集中探讨人与自然的关系，这对于环境污染日益严重的中国来说，是非常及时的，而人与自然的关系，也是一个世界性的命题，因为这里面牵涉到现代化的问题。三是这部影片既叫好又卖座，它的票房在中国是7亿多元人民币，在法国放映的当天，观影人数是8万多，据说超过了好莱坞电影《鸟人》，再加上它的海外版权2000万美金，可以说这部影片圆满地实现了艺术和商业的双丰收。[4]

然而，仅仅这些，并不能穷尽《狼图腾》这部电影所衍散出来的种

【1】 刘汉文、陆佳佳：《2014年中国电影产业发展分析报告》，《当代电影》2015年第3期。

【2】 王一川：《当代社会的新审美构型——2014年度中国电影的文化景观》，《当代电影》2015年第3期。

【3】 参见"当代电影论坛之《狼图腾》主创与专家座谈研讨会"，2015年3月26日。

【4】 同上。

种意义及其启示，按当下流行的说法，我们唯有借助互联网思维，才能得以窥其全，而其中首要的，便是它的跨文化的性质。

从小说到电影

《狼图腾》这部电影在艺术上的表现非常突出，但从叙事角度来看，它存有明显的几个缺陷：一是人物塑造扁平化、符号化。在这部影片中，不论是主角陈阵，还是其他配角，如杨克、毕利格老人、包顺贵等，人物性格都没有太大变化，没有出现好莱坞电影中所谓的“人物的弧度”，反而都固定和符号化了；二是陈阵和狼的关系，特别是他为什么喜欢狼、迷恋狼这一点铺垫不够，还有他和小狼的交往也表现不够；三是陈阵和嘎斯迈的情感关系，也着墨太少，所以在陈阵突然间向嘎斯迈表达爱意时，显得多少有些突兀；四是“文革”背景的剥离，使得人性的刻画深度显得薄弱。

但反观导演让-雅克·阿诺以前的电影，事实情况却又并非如此，如他的《兵临城下》，对人物的塑造非常成功。而且，我们也有必要进一步追问，为什么这部影片存在这样或那样的叙事缺陷，又为什么却仍然获得了中国观众的喜欢和中国影评人的高度认可？由于这部影片是从姜戎的畅销小说《狼图腾》直接改编过来的，所以我们还是先看看导演阿诺对小说做了哪些不同的处理。

场景	小说	电影
陈阵第一次与狼相遇	陈阵和毕利格老人去场部拿资料，毕利格老人另有重要会议要开，而资料必须马上下发，所以陈阵只能一个人回去。在小说中，换马是个关键因素，上等蒙古马被强调	改成了“轮值”，也就是轮换放羊，马的作用被降低，只用了小说中铁器相撞这一情节

续表

场景	小说	电影
狼围捕黄羊	小说中的描写更为详细，突出描写了狼的忍耐，狼的调兵遣将，狼的合围之道，以及历史上人对狼的学习	相对简化，相对突出了蒙古族历史的书写主体问题
黄羊被全部取走一场	取走黄羊的是东北蒙古族人，使用方式是酒	汉族人，使用方式是半导体收音机
马群被狼逼进大泡子	巴图没死，而且一直到最后也没死	巴图死了
掏狼崽	第一次失败，第二次合伙道尔基等人才成功，而且摔小狼是在回到他们的蒙古包之后	突出陈阵和杨克二人的能力，特别是陈阵。摔小狼变成现场
给狼崽喂奶	详细描述小狼的野性和霸道，狼性的一次集中描述	比较简略，只是用陈阵的一句台词来说明
新草原、天鹅湖	详细描述了这最后一块纯净草原的美	只用了一个镜头来呈现
两条老狼的自杀	进军新草原过程中的一幕	变为最后整个打围灭狼的一幕
狼咬小孩一事	道尔基的儿子被咬	改为巴图的儿子巴雅尔被咬
陈阵养狼过程	详细描写：如狼挖洞，狼学狼嚎，狼认母失败，狼吃老鼠，狼转狼圈，狼吃兔子，狼怕火怕烟等	少而略，重心改为陈阵教狼识别狼夹，教狼游泳等
狼会飞段落	故事插曲，是陈阵对狼感兴趣时的一段插叙，用来突出狼的聪明	变为现场演绎及最后打狼灭狼的一个叙事转折点
用火烧狼	靠前的位置，且没有成功	挪到后面，成功
狼王被活活跑死一段	体现了人对狼的绝对优势，而且是一种居高临下	突出了陈阵和狼王的对话，体现了某种敬意与和解
毕利格老人结局	出现在尾声部分，属自然死亡	提前，被炸伤，而后死去
小狼的结局	小狼悲惨死去	嘎斯迈放走了小狼，小狼自由，且承担着希望

从上述的对比来看，让–雅克·阿诺基本上遵循了原小说的叙事脉络和叙事结构，并未对原小说进行颠覆性地或大幅度地修改，可以说，原小说的基本故事和基本精神都得到了保留，不过，这并非表明阿诺是一个完全接受性的，事实上，阿诺的修改，恰恰体现了《狼图腾》的跨文化特质。

阿诺的修改主要体现在如下几个方面：

1. 加强了陈阵和嘎斯迈的爱情戏。在原小说中，陈阵和嘎斯迈只能说互相有好感，顶多算是喜欢，根本没有爱情也不可能会有爱情，而且嘎斯迈的丈夫巴图在原小说中并没有死。在电影中，阿诺将小说中的这一关系做了很大调整，为了发展陈阵和嘎斯迈的爱情，阿诺在狼群围攻马群那一场戏中便将巴图处理成死亡，而在原小说中他只是受了冻伤而已。这一改编，显然是出于商业的需要，但又似乎并不全是。

2. 加强了故事的戏剧冲突。在原小说中，狼群围攻马群和狼群攻击羊群是分开的，但影片将它们放置在了一起，这样的设置，不仅增强了叙事冲突，也使得马群那边的巴图和羊群这边的陈阵、嘎斯迈建立起了某种联系，而巴图的孤军作战和陈阵、嘎斯迈、巴雅尔的联合作战，也透露出一种寓意和暗示，仿佛巴图是注定要被分开的，而他们三人才像一家人。同样的设置也发生在后面，当小狼咬伤了巴雅尔的时候，毕利格老人也被同时炸伤，而同样的情况是，毕利格老人——陈阵的精神导师，这次也被圈出了叙事之外。通过这两次叙事冲突，陈阵收获了他的爱情，也真正自由了，就如那只小狼。

3. 小狼结局的改变。在原小说中，小狼首先是陈阵在用老虎钳给它切除牙尖时，损伤了它的一颗牙，所以小狼的牙不仅变钝，那颗损伤的牙也随后变黑、变松。后来小狼在争取自由的过程中又伤了喉咙、咯血不止，如此等等，最终被陈阵用铁钳杀死。但在电影中，并无这些情节，而小狼最终被嘎斯迈放归了草原，并承担起草原人的最后一丝希望。这一改变是巨大的，它使得原先一个悲剧性的结尾变得温情了许多。

4. 主题–价值观的调整。在原小说中，一方面突出人与环境、人与自然的关系，对人性与狼性、人道与狼道进行了深刻阐释。但另一方面，也许是原小说更为着力强调的，是站在狼和游牧民族的立场上，对汉民族–农耕民族进行了深刻的反思。在原小说中，汉民族的种种劣根性，譬如胆小如羊、贪婪、毫无战斗力等，进行了层层揭示，并呼唤一种狼性的回归。但在电影中，后一种基本上被完全袪除了，并且连同原小说中时时出现的“文革”背景，也一同袪除了，单纯保留了人与自然这一主题及价值观的呈现。

可以说，上述改动是非常成功的，因为原小说是一部夹叙夹议的小说，它的议论非常多，叙事比较缓慢，而电影做到了非常成功的“瘦身”，阿诺不仅使得叙事冲突更为集中，叙事节奏更加紧凑，也使得主题–价值观的呈现变得更为单纯、更具共通性。换句话说，汉民族应不应该具有狼性，似乎并不能引起其他各国、各民族的兴趣。所以，阿诺把原小说中的“双箭头”变成了“单箭头”，并使其增强了穿透力，也正是在这一点上，阿诺作为一个法国导演，有效规避了中国导演所无法割舍的那些自身的重负。

从电影到电影

若想更好地理解《狼图腾》这部电影，还需要和阿诺以前的电影做个比较。阿诺自1976年拍摄《高歌胜利》并获得第49届奥斯卡最佳外语片奖之后，共拍摄过12部电影，但在这里我们并不一一比较，而是只比较其中的两部电影《熊的故事》和《虎兄虎弟》，这两部影片为阿诺赢得“动物导演”的声名，也正是在这个意义上，中影集团才向阿诺发出了邀请，让他来执导《狼图腾》这部影片。

其实，这三部影片可比较的地方非常之多，但限于篇幅，我们在此只比较这三部影片中的三个叙事段落。这三个叙事段落在《熊的故事》中是“雄性熊和雌性熊合欢段落”“小熊被抓获后段落”“放熊归山段落”；在《虎兄虎弟》中是“雄性虎和雌性虎合欢段落”“小虎被抓获后喂糖段落”“放两只老虎回归森林段落”；在《狼图腾》中，则是“陈阵掏狼崽段落”“陈阵和小狼崽嬉戏段落”“小狼崽被放归草原段落”。

为了易于理解，现将另外两部影片的故事情节做一简要表述。《熊的故事》拍摄于1988年，主要讲述了两只熊在森林中的惊险经历。《熊的故事》的开篇，导演让–雅克·阿诺用全景镜头将我们置身于广袤的自然之中。在这里，小熊的母亲因为贪恋蜂窝而被突然坍塌的石头砸死。过了很久，小熊才意识到母亲的离去，由此走上了独立谋生的路……饥肠辘辘的小熊，把青蛙、蝴蝶都当成了追逐的对象。突然，宁静的山谷里响起了几声清脆的枪声，随即是一声震天长啸，小熊听出那是同类的声音。寻声追去，它发现了一只受了伤的体形硕大的灰熊。孤独无助的小熊想方设法亲近大熊，但受伤的大灰熊并不接受小熊，并且一心只想报复那两个打伤自己的猎人。然而，当大熊在伤痛发作时，小熊不顾大熊的威胁而为它舔舐伤口，最终感动了大熊，大熊渐渐接受了它，并成了小熊的保护者。但是在一次猎人的捕杀中，小熊被猎人捕走，而它侥幸逃脱……大熊在营救小熊的过程中，终于堵住了打伤自己的猎人，然而在巨掌落下的一刹那，面对吓得缩成一团的猎人，大熊动了恻隐之心并转身离开。得到宽恕的猎人为自己的所作所为深感愧疚，放弃了猎杀熊的计划，离开了森林……经历了种种磨难的小熊约克在大熊的保护教导之下渐渐长大成熟起来。漫天飞雪的冬季到来了，约克和

大熊一起在舒适的山洞里冬眠……[1]

电影《虎兄虎弟》拍摄于2004年，讲述了两只老虎的故事。影片要追溯到20世纪20年代的法属殖民地印度支那，声名狼藉的英国猎手艾丹·迈克拉里本以猎取象牙为生，但却在一次猎杀行动中发现了老虎一家，这对他来说简直是一场意外的收获。在捕杀了幼虎戈莫和桑哈的父亲后，尽管幼虎的妈妈曾经两次试图救回她的孩子，但是残酷的命运还是将这对双胞胎虎兄弟分开了。戈莫和桑哈，一个羞怯而温和，一个粗暴而凶猛。分开后凶猛的哥哥戈莫被卖到了马戏团，在那里，思乡病与被圈养在笼子中的生活掳走了戈莫的锐气。而温和的弟弟桑哈处境则稍好一些，成了当地法籍长官尤因·诺曼丁那孤单的儿子拉奥的宠物与玩伴。诺曼丁打算把附近的丛林发展成旅游景点，但是这必须要得到他的上级的同意，于是这个家庭将桑哈送去培养成“斗士”参加比赛，以取悦上级。当两只老虎长大成熟后，它们再次相遇，只不过这一次它们不再是兄弟而是敌人……当戈莫和桑哈在斗兽场上骨肉相认时，面对皮鞭、棍棒、枪口，这一对虎兄弟不畏淫威，毅然罢斗。那一刻，两双虎眼睛深情对视着，水一般柔，眸子里闪回着儿时的往事，泪光晶莹……最后，两只老虎逃出了牢笼，回到了丛林。但是它们却对当地的村庄构成了潜在的威胁，诺曼丁派迈克拉里去把它们杀掉，可当迈克拉里看见这两只老虎快乐地回到属于它们的那片丛林时，他再也不能下手，不能允许自己完成任务，于是，他把戈莫和桑哈留给了属于它们的命运，转身离去。[2]

通过以上简要回顾，再对比以上三部影片的三个叙事段落，我们就

【1】参见“百度百科”：http: //baike.baidu.com/link? url=6_Busl-Z8LzjBC_c7GBIP3tMGHOCjFCvH0r8pHkDrrVLs6Dzhr9fRYVZdu5nczEkAoP0GG0nFmDd_eIZt2OMZGfjbB3kUBBMDRG7aRoP-tC。

【2】参见“百度百科”：http: //baike.baidu.com/link? url=OpnsbJ2uNWiVRQ3eYw0ovz6urQ_5EbF9HzCEEJWWXC_Vi2sbXixfR9QcQBmif6XEziyVIyZFBvY8_muP7gUCq_jSAKo-v6ZJ2BpYE32yHYsgJ5BCHjRl-q2Jbhi2v9dWuGmuKd47crcZuIt6jSA5f1VzFhfsHwTTUgtWxU2DeIuU44jBY827RrQ-9hCFHG82。

会发现，在阿诺的影片中，其实存在着三个一以贯之的叙事主题，这三个叙事主题就是——爱、友谊、自由。爱，既包括动物之爱，也包括人与动物之爱，当然也包括人与自然之爱。第一个叙事段落，在《狼图腾》这部影片中，陈阵钻狼洞，是在他喜欢上狼、迷恋上狼之后，所以，他钻狼洞、掏狼崽这个举动，便包含了某种寓意，当男性的陈阵，钻进母狼的洞——“子宫”之后，小狼崽便是某种意义上人与动物的结晶。在小说中，每一章的开头的题记，都是历史上的各种狼孩，或人与狼结合等的传说或记载，这无形中也暗示出这层意思。所以，一般而言，阿诺的影片都以一种“爱”开篇。第二个叙事段落，其实都是讲的人和动物嬉戏的场景，这旨在说明，人和动物，不论这动物是熊、老虎，还是狼，其实都能建立起某种友谊。这一友谊，在《虎兄虎弟》当中，经由总督儿子和小虎的关系，给予了特别强调。所以到了《狼图腾》中，影片省略了很多喂养和被喂养关系的情节，而是更加突出了人与狼之间的这种友谊的建立。而第三个叙事段落，则都是放动物们回归森林、草原，这表达出对于动物及其自由的尊重、理解，也表达出人与动物、人与自然的某种和解、共存的理念，而不是宣扬“人定胜天”或“人的绝对胜利”。所以从这方面讲，阿诺改掉原小说中小狼的悲惨命运，而以这样一个结尾结束影片，也就在情理之中了。

三个叙事主题——爱、友谊、自由——的三合一，是一个关于“人类和谐共处”的大命题，既然是站在人类的共同立场上，所以有关“民族性”“历史的特定性”“人性”等等，也就不再是阿诺关注的重心。

所以，从这三个叙事段落的比较中我们可以看到，阿诺有他自己非常坚持的、一以贯之的东西，而这种由叙事主题所衍生出来的叙事结构，既显示出它稳固的一面，也显示出它对于《狼图腾》原小说叙事文本的改变。

从批评到电影

对于中国人在国外所拍摄的电影、海外华人所拍摄的电影，以及外国人所拍摄的中文电影，目前在理论批评上多用“离散理论”及“华语语系”等电影理论来分析，譬如郭小橹的《中国姑娘》等，就很适合以“离散理论”加以研究。不管这种理论是否有其局限性，在笔者看来，这对于研究“中文电影”非常有帮助，因为《狼图腾》也需要一个新的命名。这部电影毫无疑问是一部中国电影，因为它的投资主体是中影集团，它的故事作者是中国人，故事发生地也是在中国境内，而阿诺的制作团队也属于被雇佣的关系。所以，从某种意义上来说，这完全是一部中国电影。但由于阿诺的加盟，以及阿诺对于故事的改编，正如我们上面的分析所显示的，这又似乎不能完全称之为“中国电影”，因为在很大程度上，阿诺重新改造了这一文本。所以，给予《狼图腾》这部电影一个恰当的命名，恰是读解这部影片的一个很好的方式。

鲁晓鹏在《中文电影研究的四种范式》一文中，对当下的中文电影研究，概括归纳了四种范式：一种是民族电影范式；一种是跨国电影范式；一种是华语电影范式；一种是华语语系范式。[1]这四种范式，对于研究当下的中文电影创作及其中文电影研究，都具有极其重要的作用。因为中国和美国不一样，由于历史的原因，香港、澳门、台湾及海外华人，虽然都使用中文，但所属地区、政体等都不一致，所以如何定位这些地区，以及一些合作拍摄的电影，一直是中国电影学术界的一大难点，而这四种范式，为我们定位一些难以定位的电影，提供了方便。

但这四种范式，却都不适合《狼图腾》这部影片，就民族电影范

【1】 鲁晓鹏：《中文电影研究的四种范式》，冯雪峰译，《当代电影》2012年第12期。

式而言，这部电影显然不是站在自身汉民族立场上的，而是站在蒙古族和狼的立场上，对汉民族进行深刻的反思与批判的，这在小说中表现得更为明显。在影片中，多次提到做一个合格蒙古族人的问题，由此可见，伴随着陈阵对狼，以及蒙古草原的迷恋的深化，语言、身份等都在发生变化，虽然嘎斯迈仍然认为他是个汉族人，是终究要回去的，但陈阵却面临一个自身的“去汉族化”的倾向。所以，建立在“民族–反民族性”这一基本矛盾之上的表述，并不适合用民族电影范式来命名。跨国电影范式指的是中文地区之间，以及跨国间拍摄中文电影这一现象，比如香港和内地之间，台湾和大陆之间，中日、中美、中法之间等。它主要是指资本的合作。裴开瑞（Chris Berry）和玛丽·法科（Mary Farquhar）非常有预见性地指出了：“‘跨国的’并不能被认为是一种更高的秩序，而应该看成是一个连接不同差异性的更为广阔的领域。在此领域中，地区、国家和本地社会中的各种特殊性会以多种方式和关系——从协作到反对影响对方。”[1]所以说，这是一个建立在资本基础上的相互协作乃至相互影响的关系书写。但《狼图腾》这部影片，虽然也是一部中法合拍片，但与以往不同的是，阿诺先是被雇佣的关系，只是到了影片的最后，也就是影片已经差不多拍摄完成的时候，阿诺自己也觉得这部影片不错，才拉了一部分法国资金入股，这与一开始就是资本的合作完全不同。此外，这与区域性之间的角力、协作不同，阿诺是在大原则的基础上完成的自我的中国想象，因此，用跨国的中国电影范式来指称这部影片，也并不合适。再看华语电影范式，华语电影这一名称，本来是内地、香港和台湾之间为了方便交流，在寻求对话的基础之上所选用的一个词语，在方法论上它跟全球化研究有不谋而合的地方，即不从国土、疆界、政体着手，而是从文化、语言、产业等方面

【1】 Chris Berry and Mary Farquhar，*China on Screen: Cinema and Nation*（New York：Columbia University Press，2006），p.5.

着手。在某种意义上,《狼图腾》当然属于华语电影，因为它是Chinese-Language film，但是若细细体味，你又觉得用华语电影来指称并不完全准确，因为在某种程度上，狼才是这部影片的主角，狼语显然不属于Chinese-Language。最后一种是华语语系范式电影，由史书美首创，来自“华语语系”文学，指的是那些生活在中国内地以外的中文作家所写的中文文学作品，这一名称显然带有意识形态偏好：反汉族中心主义，以及去中国化。虽然《狼图腾》在某种程度上有“反汉族中心主义”的意思，但它并不“去中国化”，而且其原产地也是在中国，因此也不符合“华语语系”范式电影。

那么用什么样的名称来指称《狼图腾》这部电影呢？笔者思考的结果是“主体间性”。鲁晓鹏和李道新等在北大的那次对谈中，鲁晓鹏也使用了“主体间性”这个词，这给了笔者以信心。虽然鲁晓鹏所强调的“主体间性”的“主体”特指理论批评工作者，但在某种程度上，一种基于认知理解上的“挪移”是行得通的。况且这个词本身就是挪移过来的。所以，笔者最后将这部电影定名为“跨主体–地域间性”中文电影，主体间性这个概念涉及三个领域，形成三种含义不同的概念，那就是：社会学的主体间性、认识论的主体间性和本体论的主体间性。在这儿，笔者所使用的范围倾向于本体论，但兼有社会学和认识论。不过，与其解释这个概念，倒不如借助《狼图腾》这部电影，以从中加以剖析。笔者认为,《狼图腾》这部电影中的“跨主体–地域间性”特质，主要体现在如下几个方面：1. 它取消了“主–客体”的二元对立或前提假设。因为若是一个中国导演来导演这部影片，则很容易陷入“汉民族–主体”“蒙古族–客体”这一主客关系的表述之中，但阿诺作为一个法国导演，并没有这样去做。“主–客体”的关系，被有意抹除了。2. 强调了主体与主体的共存、共在，也就是说，在这部影片中，汉族人、蒙古族人、狼是三个平等而又独立的主体，他们之间不存在谁臣服谁的问题，而是一种主体与主体的关系，他们是一种交互主体。这一关系书写，完全符合哈贝马斯的“主体间性”理论。3. 这种主体间性并不只存在于人和动物，也存在于空间，也就是地域之中。这部影片虽然只展现了蒙古草原，但它却把中国内地及全球都纳入到一种主体间性的思考之中，因此也具有一种地域间性。4. 这种“跨主体–地域间性”所蕴含的平等性、交互性、共在性，也与这部影片的主题恰相符合。所以，笔者认为，将《狼图腾》这部电影定名为“跨主体–地域间性”中文电影是颇为合适的。

通过以上分析，我们可以看到，电影《狼图腾》的成功，恰在于阿诺对这部电影所赋予的“跨文化”特质，也正是在这种“跨文化”的视野下，中国电影的书写才有了新角度和新高度。同时，阿诺无形当中也为中国电影开创了一个“新类型”，一个不以单一主体为叙述主体的新电影，即“跨主体–地域间性”中文电影。或许，其伟大也就在于此。

（该文发表于《当代电影》2015年第12期）

武林已逝，侠客安在？
——兼谈中国武侠电影的“破”与“变”

【摘　要】中国武侠电影似乎已到了它类型周期的“轮回点”，因此，如何“破”与“变”，将直接关系到中国武侠电影的生与死。本文认为，最重要的破或变，应该首先来自于武侠人物自身的转换，即从传统意义上的“复仇-对抗型”“救孤-闯关型”转换为“秩序-维护型”“生命-救赎型”，并以此为基础，完成价值观等的重塑，唯其如此，中国武侠电影才能重焕光彩。

【关键词】武侠　复仇-对抗　救孤-闯关　秩序-维护　生命-救赎

曾几何时，中国武侠电影曾一枝独秀，在某种程度上，可堪称是中国唯一的类型片。无论其产量还是其影响力，都曾所向披靡，无片不摧。因此，在很长的一段时间内，“武侠梦”承担着“中国梦”的功能，成为所有中国人快意恩仇、自我想象、自我建构乃至自我身份认同的一个强有力的标志，其在经济、文化、意识形态等诸方面都可谓功莫大焉。

然而，自21世纪的第一个十年过后，中国武侠电影却呈现出一片颓势：产量锐减，影响力大幅下滑，审美趣味低下，文化功能衰退。据《2015中国电影产业报告》显示，2014年国产故事影片共618部，院线上映共329部，其中国产电影259部。在上映的259部国产电影中，类型片共228部，其中喜剧片53部，青春/爱情片49部，动画片35部，惊悚片24部，动作片14部，悬疑片11部，战争片9部，警匪片6部，武侠片5部，魔幻片4部，音乐片与纪录片各3部……[1]与喜剧片、青春/爱情片等相比，武侠片数量少得可怜。就票房而言，2011年，中国市场一共有18部国产电影票房过亿元，而其中的武侠电影就有9部。但时过境迁，截至2016年8月1日，2016年的票房排行榜前50名中，只有《叶问3》和《卧虎藏龙2：青冥宝剑》分别占据年度11名和年度29名。此外，就算看起来诚意满满的武侠片，也无法得到令人满意的票房回报。2015年，侯孝贤导演精心筹备了25年的电影《刺客聂隐娘》，尽管斩获了金马奖最佳影片和法国戛纳最佳导演奖，投资近亿元，却也遭遇票房惨败，亏损约9000万元。而2014年的《绣春刀》在口碑极佳的情况之下，也仅仅收获9300万元的票房成绩，而曾被誉为“十年内最佳”的武侠片《剑雨》，在当年的国庆档也仅拿下6600万元的票房，可同期的《狄仁杰之通天帝国》却拿下了近3亿元票房。[2]由此观之，武侠片的票房竞争力已是大不如从前。因此，近有论者指出，纵观近几年的武侠电影，票房、口碑相比从前都大打折扣。当年李安凭借《卧虎藏龙》载誉而归，名满世界。再到张艺谋的《英雄》更是交出了2.5亿元票房的傲人成绩。而近几年，古装武侠片已逐渐走入死巷。这些年来，除了《一代宗师》为这一类型的影片挽回颜面之外，大部分都铩羽而归。[3]

那么，中国武侠电影缘何会在2011年之后出现如此大幅度的滑坡？是多方面的原因所致，还是某一环节出了问题？中国武侠电影该如何破局？又该如何求变？这些都必须令我们做出深思。

【1】 佚名：《〈2015中国电影产业报告〉发布，“90后”成观影主力》，参见网址：http: //www.a.com.cn/info/domestic/2015/0421/281941.html。

【2】 叶柯、易梓西：《中国武侠片，已是市场和观众的弃子？》，参见网址：http: //yiqipaidianying.baijia.baidu.com/article/577219。

【3】 同上。

一、原因分析：逝去的武林

笔者认为，中国武侠电影的衰落是多方面原因所致，在一个貌似是骤然降落的表象下，实际上隐藏着某种历史的必然。在笔者看来，它起码包括如下几个方面的原因：

1. 心理补偿的完成。徐皓峰认为，追溯武侠的历史可以发现，很长一段时间，武侠电影是国力不足的心理补偿。[1]笔者深以为然，纵观中国武侠电影的产生及发展，其历次高潮皆与此心理补偿有关。武侠片诞生于20世纪20年代末。1928年，明星影片公司根据平江不肖生所著的《江湖奇侠传》改编拍摄了《火烧红莲寺》，此片一出，远近轰动，并由此形成了中国武侠电影的第一次高潮。据统计，1928—1931年间，上海大大小小的约有五十家电影公司，共拍摄了近四百部影片，其中武侠神怪片竟有二百五十部左右，约占全部出品的百分之六十强。[2]而这股热潮的兴起，无疑是伴随着武侠小说的兴盛，从清末到民国整个社会动荡不安、受欺侮受侮辱、山河破碎、民生多艰的一次集中反映，它让那些受尽苦难的人们从“影片中的那些身怀绝技、飞檐走壁、锄强扶弱、除暴安良的‘侠客’身上，来发泄他们的苦闷和不满”[3]。换句话说，这些无所不能的侠客，替代性地满足了他们梦想成为英雄并得以掌控自己命运、摆脱苦难现实的一种心理诉求，是一种现实不能满足的心理补偿。此后，武侠片的创作转移到香港，在经历20世纪四五十年代粤语武侠片的风潮之后，终在20世纪六七十年代，创造了中国武侠电影的又一个黄

【1】 徐皓峰：《无道之器：武侠电影与传统文化》，载《刀与星辰——徐皓峰影评集》，世界图书出版公司，2013，第1页。

【2】 程季华主编《中国电影发展史》（第一卷），中国电影出版社，1981，第133页。

【3】 同上，第136页。

金时代。这一时期，不仅产生了张彻、胡金铨等武侠片大师，更是开创了新的武侠片风格。但不管是粤语武侠片《黄飞鸿》系列，还是后来的《独臂刀》《龙门客栈》《侠女》等影片，如果结合当时的历史，以及整个民族的社会现实来看，它仍然是抵御外侮、行侠仗义、以弱对强、民族自强等的一种心理投射，是弱等民族想象性的一种心理补偿。而这一主题性的心理补偿机制，实际上是一以贯之的，不论是后来内地自《少林寺》之后所兴起的武侠功夫热，还是李小龙、成龙、徐克等所不断开创的武侠新潮流，乃至于21世纪以来的《叶问》系列，都是这一补偿机制作用的结果。然而，随着中国的全面复兴，如今的中国已不再是那个任人欺侮、被人视为“东亚病夫”的国家，而是已逐步成长为一个有实力、有影响的“大国”。如此一来，在武侠片中曾经一度因弱小而所采用的补偿策略，已基本不再起作用，换言之，心理补偿的功能已基本完成。

2. 价值观的缺位。在某种程度上，中国武侠电影一直是对传统文化及其所代表的文化价值的颂扬与传播。当然，这里面也包含有一定的传统文化的现代化改造，譬如，钟大丰老师认为，武侠世界里有一个独立的“江湖”，江湖有着自己的“武林规则”，包括不依附权势官场、以武功分高下、尊师重道、有诺必践等。这些“规则”包含着现代社会所需要的独立精神、个人能力、竞争伦理和契约精神等诸多文化信息。[1]不过，有一点必须说明的是，这些带有现代性的东西，并不一定能顺利转化为价值观，某种带有传统价值或现代价值的东西，并非也并不一定就是价值观，价值与价值观并不等同。但武侠电影作为一大类型，则又必须有着自己某种特立的价值观，而且这种价值观必须与当下社会建立起一种呼应关系，而不是脱节或滞后。而纵观中国武侠电影的发展历史，我们就会发现，中国武侠电影的价值观一直是游离的，在忠孝节义

【1】 钟大丰：《电影历史编纂法·武侠及其他——从“重写电影史”说开去》，载中国电影家协会理论评论委员会编《2016中国电影艺术报告》，中国电影出版社，2016，第258页。

之间徘徊，甚至是缺位的。正如徐皓峰所言，武侠片历史上的大多数影片的性质和现今大片一样，不是叙事电影，是晚会。晚会没有价值观，只有口号，“中国人不是东亚病夫”和“给您拜年了”性质一样。一个故事的核心是辨析价值观，一个晚会的核心是凑场面和凑名角。[1]虽然这话有些过了，但却点出了中国武侠电影缺乏价值观的事实。因此，当中国武侠电影依靠传统文化价值的扶持走到今天之后，终又因价值观的无法确立而自我迷失。

3. 游戏心态、科技对立。国人的劣根性是看客心态，这一点早已被鲁迅先生批评过。但批评归批评，批判归批判，这一劣根性却一直延续了下来。由于看客心态是图热闹，这一点延伸到文学艺术创作中，便是悲剧的难得一见。而延伸到中国武侠电影中，便是杂耍心态的呈现。也就是说，为了让看客们开心，创作者们则“变着法儿”尽一切可能满足他们。在中国电影的最初，武侠电影由武侠向神怪的转换，就是这种游戏心态、杂耍心态的一种反映，而其后更是绵延不绝。为了吸引看客们的眼球，为了让看客们开心，中国武侠电影是无所不用其极，不仅上天入地，翻江倒海，而且还歪曲历史，随意编造。与日本武侠片不离陆地相比，我们的武侠片早已是“登峰造极”。而我们所熟悉的一些银幕英雄人物，譬如陈真、霍元甲、叶问、黄飞鸿等，则又与真实历史相去甚远。所以，纵观武侠片历史，我们非但没能塑造起真正的英雄人物，反而却更多暴露了英雄的鄙俗、幼稚、没文化。归结起来，则是游戏心态在创作上的一种具体反映。另一方面，中国武侠电影要发展，则必须借助科技的力量，甚至必须通过与科技对决，方能显出武侠的威力。然而，在某种程度上，武侠与科技是对立的。因为武侠电影的软肋是，枪

【1】徐皓峰：《无道之器：武侠电影与传统文化》，载《刀与星辰——徐皓峰影评集》，世界图书出版公司，2013，第3页。

一出现，武功就不成立了。[1]

而为了解决这一问题，创作者们的游戏心态再次得以显现，开始靠各种“意淫”战胜之：以轻功对付枪；趁人没开枪之前，把枪掰坏；敌我双方子弹打完了。如此等等，不一而足。而由此所造成的结果是，中国武侠电影的叙事逻辑被破坏了，这进一步加重了中国武侠电影所潜存的游戏化，并最终导致中国的武侠电影欠缺严肃之作，欠缺一种高雅感。

4. 观众的变化。钟大丰老师认为，清末民初的武侠观众，实际上主要是一批刚刚进入城市、正在经历从传统乡村向现代都市生活方式转变的都市新移民。进入都市后，他们的生活方式有了很大改变，从而有了看电影这种聚集性娱乐消费的客观需求。就娱乐消费的经验基础和审美倾向而言，他们对于传统戏曲和民间故事比较熟悉。对于这些人，武侠讲述的这些故事是最适合他们接受的。[2] 笔者认为，这一概括比较准确，实际上，纵观中国武侠电影的发展历史，其每一次兴盛，都与这种移民潮有关，或者说，正是这些移民，以及由移民转化为市民，再加上新中国成立后广大的农村群众，实际上构成了中国武侠电影的主要观众群。20世纪二三十年代，大量移民涌入上海，造就了早期中国武侠电影的繁盛，而五六十年代香港的移民潮，也是造成香港武侠电影繁盛的一个主要原因。同样，80年代中国内地开始的城镇化运动，大量农村人口进入城市，也是造就武侠片持续繁荣的主要动力。但进入21世纪之后，城镇化运动已基本完成，大量的农村青年已基本被城市化，而随着知识的提升和现代化的普及，许多更具刺激性及娱乐性的东西，开始替代或

【1】 徐皓峰：《无道之器：武侠电影与传统文化》，载《刀与星辰——徐皓峰影评集》，世界图书出版公司，2013，第5页。

【2】 钟大丰：《电影历史编纂法·武侠及其他——从“重写电影史”说开去》，载中国电影家协会理论评论委员会编《2016中国电影艺术报告》，中国电影出版社，2016，第258页。

消解原先武侠所提供的各种可能，从某种意义上来说，宣泄快感的渠道更加多元了。可以说，这一观众群的流失，是造成中国武侠电影衰落的主要原因之一。

当然，造成中国武侠电影衰落的原因还有很多。譬如，市场的需求变化，人文精神的失落，传统侠义精神与现代契约精神等的抵牾，再譬如，武打动作、武打招式的雷同化，以及文戏与武戏的脱节等，都不容忽视，但上述四种无疑是其主因。当然，以徐皓峰的《师父》等影片所标志的新派武侠电影的诞生，或多或少地改变了当下武侠电影的格局，其让武打重新落地的努力、新派的武打方式，以及现代契约精神的进入，都令人耳目一新，从某些方面来说，其确实开创了武侠电影的新局面，但是，传统武侠电影所提供的观影快感、快意恩仇等却又统统不见了，而且在这些影片中，武侠电影所一直缺失或模糊的价值观仍未得到解决。武林逝去了，但如何蜕变，如何重生，仍是一个不解之谜。

二、“破”与“变”：中国武侠电影的未来之路

通过以上诸般原因分析，我们可以看到，中国武侠电影衰落的最核心原因在于它对当下环境的不能适应，一句话，时势易矣。因此，如何辨势，如何借势，如何顺势利导，实际上是当下武侠电影得以改变的一个先决条件。不过，我们还必须承认，任何类型，包括武侠电影，都会有一个自生自灭的发展过程，这是事物发展的客观规律。因此，在某种程度上，我们必须首先认识到这一点，并以此为前提，才能为中国武侠电影的未来寻求到更好的发展之路。所以，中国武侠电影的“破局”与“改变”，首先应该是建立在对“再生”的基本认知上。具体而言，它主要集中在如下几个方面：

1. 英雄人物的再生。银幕上传统的侠客或英雄人物，从母题意义上

来看，多以复仇-对抗型、救孤-闯关型为主，由于历史背景及个人命运的诸多相似性，使得这些侠客或英雄人物，大多都能在观众的观影中产生强烈的共鸣，情感投射强，但其缺陷是人的格局太小，往往陷入个人恩怨、你争我夺、快意恩仇的旋涡中，丧失了个人品格的转变，以及道义、侠义精神等的升华。只能提供感动和快感，不能提供感召和指引，是传统侠客或英雄人物的短板，这不仅限制了它的发展，也限制了它与世界性、历史性英雄人物的呼应，从而失去了“走出去”的历史机遇。以《新龙门客栈》为例，梁家辉所饰演的周淮安救孤闯关，不仅与东厂上演了一场轰轰烈烈、波澜曲折的精彩对抗，也与林青霞、张曼玉所饰演的角色上演了一场千回百转、催人泪下的爱恨情仇，无论是其情感投射还是其观影效果，都堪称无与伦比，然而若以格局而论，其最终都未能走出传统的“忠义”二字。因此，中国武侠电影若想重振雄风，就必须面临一个英雄人物的再生问题。笔者认为，英雄人物的再生首先应完成一个功能性的转换，亦即由复仇-对抗转向秩序-维护，由救孤-闯关转向生命-救赎。也就是说，中国的武侠电影，必须走出个人的恩怨、民族的恩怨，方可成就大器。在此基础上，笔者认为有三条途径可以选择，以求突破：一是重拾大国风范，新塑世界或区域性秩序的维护者这一英雄人物。这既可以回到历史，也可以立足当下。就历史来看，中国一直是区域性乃至世界性霸主，走出个人、武林、族群的内部争斗，从世界或区域性的格局来重新打造英雄人物，既符合历史的氛围，也符合当下中国崛起的要求。二是回到世俗，新塑人类拯救者角色。以往的中国武侠电影，多与世俗格格不入，甚至骨子里还潜藏着一种鄙视的心态，这在某种程度上，与世界性的共通标准是有差距的。因此，重回世俗，重塑人类拯救者的英雄形象，便变得迫切而又可行。三是打通魔界和太空，新塑魔界和天界的新式英雄。未来的竞争，肯定是太空的争夺，因此，科幻类虽是中国的弱项，但却必须迎头赶上，重新打造新的太空世界、太空秩序的新式英雄人物。而魔界的道理同样如此，它关系着我们不时回返的过往和我们对于自身的时时观照。

2. 传统价值观的再生。在上面的分析中，我们看到价值观的确立对于类型片的重要性。也就是说，任何类型片都必须要找到属于自己的“灵魂”，因为这“灵魂”确定着它的精神、方向、形态、丰满度和立世根本。所以，中国武侠电影若想重新振兴，首要的一点就在于以英雄人物的重生为基点，找到属于自己的，且与整个当下现实相适应，甚至于超越当下现实的新的特立的价值观。但我们必须同时意识到，这个新的价值观绝对不会是凭空产生的，而它一定，也必须是一种传统价值观的重生。就目前来看，它有两种途径可供选择：一是在多种价值观的冲突中产生；二是在传统价值观的现代化重塑中产生。对于前者而言，2007年所拍摄的《投名状》实际上已经有所尝试。在这部影片中，李连杰所饰演的庞青云、刘德华所饰演的赵二虎、金城武所饰演的姜午阳，虽是结拜三兄弟，但每个人的价值观都非常不同，所以他们的冲突，并非表面的因女人而起，而是背后的价值观之争，这为影片带来了意想不到的激动人心。但可惜的是，他们所各自信奉的价值观都太过于低下，庞青云的官场理想、赵二虎的乡村忠义、姜午阳的兄弟恩仇，虽能给予我们现实的思索，却并不能给我们带来价值观的“质”的变化。然而，尽管如此，这一尝试却为我们做出了探索的表率。因此，如若提高价值观的档次，或让多种价值观展开有效撞击，那么一种共通的、崭新的价值观的产生就并非没有可能。而对于第二种选择，徐皓峰的《师父》也已做了有效探索，在这部影片中，传统的一诺千金被现代的契约精神所重塑，其契约精神，不仅体现在师父与徒弟之间，也体现在师父与整个武林之间，可以说，正是这一现代价值观的契入，使得影片中的武林景观为之一变，令人耳目一新。不过同样可惜的是，这部影片过分夸大了它的技术性操作，而未能在目的性和功能性方面给予引导，使得这一本来可能出现质的变化的影片，最终导向一种自身的迷茫。但不管怎么说，这两部影片的探索，却给予了我们信心——只要继续勇于尝试，再生未必就是梦想。

3. 恐惧的再生。中国的所有电影，自然包括武侠电影，由于先天缺乏恐惧，缺乏敬畏，自然而然也就缺乏深刻，缺乏穿透力，这毫无疑问是制约整个中国电影发展的一大要素。而纵观世界范围内的电影，特别是类型电影，都存有一个深刻的恐惧，一个基于人类共同的恐惧源。然而，由于中国的特殊环境，“无法无天”的中国人，早已忘记了什么是恐惧，而恐惧的缺失，则使得一切艺术创作都流于浅薄。因此，若要使中国武侠电影再次兴盛，就必须要重拾恐惧，重拾对于未知世界的恐惧，重拾对于天地人的敬畏。譬如，以《一代宗师》为例，这部影片无论是人物塑造，还是气氛的营造，无论是对武打的设计，还是对于武林的诠释等，都非常出色，但最要紧的是，由于缺乏恐惧，缺乏对于恐惧的深入挖掘，不仅使得叶问的人生选择变得模糊不明，也使得叶问这个一代宗师，变得轻了。若是加上叶问对于自身内心恐惧的描写，加上对于天地人的敬畏，加上对于恐惧的抗争，一代宗师的形象就会变得更加丰满，更加深刻。

4. 道义礼乐的再生。中国自清末以来，是“礼崩乐坏”不断加剧的过程。由于这方面的缺失，使得我们不管做什么，总觉得不顺，总感觉不畅。而从世界范围来看，礼乐道义对应的是“文明”，如果文明失去了，那也就只剩下“兽性”。如此一来，不管我们怎么努力，所产生、所创造的作品，都将是低俗的，难登大雅之堂的。因此，在21世纪，若想重振武侠电影的雄风，就必须呼唤道义礼乐的重生，呼唤五千年文明的再生。当然，这个再生不是完全回到过去，而是以具有共通性的“法”为基础，使得礼仪、雅致、道义等，重新回到中国人的自我身上，以礼乐交之，以法理守之，以高雅处之。在徐皓峰的《师父》《箭士柳白猿》等影片中，徐皓峰企图以契约等来修补礼乐，算是这方面的尝试，但他的努力显然并不彻底，契约非但没能修补礼乐，反而导致一种表面化，他企图树立的礼乐，在人心的险恶面前，被无情击碎，并落荒而逃。但不管怎样，道义礼乐的再生，已不仅仅关涉武侠电影，而是与所有中国电影有关。

自然，以上四条，并非中国武侠电影求“破”求“变”的全部，但笔者认为，此四条乃关键，唯有先将上述四条打通，才能打通中国武侠电影的“任督二脉”，才能重新振兴武侠电影。不过，就如笔者在前文所提及的，我们还必须认识到类型片自身的发展过程，这也就是说，对于中国武侠电影的探索，不是建立在急躁的、突变的基础上，而是一个缓慢的、艰巨的寻求过程。但不管怎么说，相较而言，笔者认为，武侠英雄人物的重生是其关键，即所谓“其首在立人，人立而后凡事举”。

（该文发表于《当代电影》2016年第12期）

七者大圣：传统之本与先锋之变
——郑大圣及其电影研究[1]

【摘　要】因为《村戏》，郑大圣再度成为热点人物。本文以一个认识、两个因素、三个阶段、四个个案、五个特色、六个方面及七个心相为点、线、面，详细分析并总结了郑大圣的电影创作及艺术特色，并认为，迄今为止，郑大圣已形成了自己“双内核”的美学体系。

【关键词】先锋　传统　双内核　写意　虚实　表现　叙事虚线

多好啊，
每个人都走自己的路。

——阿巴斯·基亚罗斯塔米

一、一个认识

纵观郑大圣导演的创作，可看到其心相的诸多显现，笔者将其概括为：行者、守者、变者、思者、求者、融者、化者，故称之为“七者大圣”。此七者，一般人身上多是“暮山浓淡锁烟霏，梅杏半明灭”，而大圣之七者，却是“白光纳日月，紫气排斗牛”，不仅光可鉴人，更可鉴

【1】 本文系文化部文化艺术科学研究项目（项目编号：14DC17）成果。

往来。而本文的题中之旨，便是循此七相，以解大圣之道。不过，本文需要特别提及的是，欲想知此七者，需建立一个坐标或两个参照点：它们一个是随性，一个是自觉。这两个都与他的家世有关。出身于名门世家的郑大圣，家学渊源深厚，又兼勤勉执着、博览好学、上通下达，是以养成了其“随性达观”的一面，这一面非同小可，因为它不仅决定了一个人的高度，也决定了一个人的深度；也因为其家世，郑大圣自小浸润于艺术之中，穿梭于戏曲、话剧、美术、电影等艺术之间，是以又养成了其“艺术自觉”的一面，这一面更是非同小可，因为它不仅决定了一个人的成就，更决定了一个人的未来。

二、两个因素

然而，影响郑大圣至今的，却是两个因素：一个是“先锋-世界”，一个是“传统-自我”。这两个因素相互矛盾、碰撞，又相互融合、交叠，相反相成，亦相辅相成。

郑大圣的“先锋-世界”因素，来自于在美国芝加哥艺术学院电影系的学习。1990年自上海戏剧学院导演系毕业后，郑大圣选择了出国留学，其中原因，一方面是郑大圣有感于国内先锋的缺失，另一方面则是20世纪80年代国内新潮思想的大爆炸，让他对整个当代西方艺术产生了一种强烈的好奇。[1]而怀揣着好奇、梦想走上求学之路的郑大圣对芝加哥艺术学院的感受是：我选择的芝加哥艺术学院跟商业电影、工业体制电影是完全反着的，整个学院的宗旨就是只做先锋艺术，跟资本主义对着干。各个系科都是在探究可能性，打破经典的定论，重新假设前提，永远在打破，永远是“还可以这样”“也可以那样”，或者“我为什

【1】 李彬、郑大圣：《行走在电影的路上——青年导演郑大圣访谈》，《北京电影学院学报》2003年第4期，第91页。

么不可以这样”，很激进。[1]

郑大圣当时所遭遇到的“Cultural Shock”，被他详细记录在《独人电影自供状》一文中，而此文的重点，则是详细记录了他的“先锋实验”：从一个镜头八格开始试，嫌太慢，抠成六格，还慢，再抠，四格、三格和两格（这是16毫米剪接的极限），最后，变成歇斯底里的闪烁，几乎是对视网膜的轰炸……一个摇镜头，前段是工作样片的正像，中间续之以底片的负像，后段又回复正像，如此连珠几个镜头缀成一个段落，反复校验比对。因为是黑白片，两三个回合之后，黑/白、阴/阳、虚/实、是/否、真/伪就开始彼此置换，继而迷离混淆。[2] 如此等等，构成了郑大圣先锋实验的日常，其实验作品《行者（1、2、3）》不仅获得了老师和同学们的赞许，还为他赢得了学校的全额奖学金。

郑大圣的“传统-自我”因素，也同样来自于芝加哥时期，但却受启发于一种直接的对比。在谈及他和同学们的创作时，他这样描述：会有些共通的东西，但每个人做出来的意味就是不一样。有一个女生，她来自阿根廷跟加拿大，用法语写诗，写在人体上拍到她的片子里。她对自然的描绘，热烈时，会把树林拍得有近于纵欲的快感，而安静的时候，又很清幽，在两极之间跳荡。我的片子里面也有风景段落，正好有一次我们同时放映，差异就很明显。我发现，我之所以会那样子拍山水，就是因为我来自于一个有文人画传统的文化背景，我表现出来的湖、山、树，跟她的就是不一样。虽然我们是在同一个季节拍的，地点也是邻近的同一片湖，但是影像的气质完全不一样。除了个人性情及男女有别外，肯定还有潜伏得更深的不一样。这种比较让我产生新的意识，不自

【1】 李彬、郑大圣：《行走在电影的路上——青年导演郑大圣访谈》，《北京电影学院学报》2003年第4期，第92页。

【2】 郑大圣：《独人电影自供状》，载蒋原伦主编《今日先锋9》，天津社会科学院出版社，2000。

觉变成自觉了，越来越细致、越来越强烈，一个自我要求，我需要先辨认自己的文化背景。从文化背景上说我来自于哪里，变得很重要。[1]

正因为此，郑大圣开始反观其自身，开始读《周易》，开始借唐朝音乐来听，开始追问自己的文化血统。以至于毕业后，他放弃了在美国工作的机会而毅然决然地回国，按他自己的话说，下一个目的地就变得非常明确，我需要"寻找中国"。[2]

由"先锋-世界"的探索而折返"传统-自我"的寻找，这或许是郑大圣最初所不曾预料的，然正是这一轨迹，使得他与国内许多导演相比表现出一种更多的清醒和彻底。而这两个因素，在其回国后，逐渐演变为以自我为支点的"传统/先锋"之对，虽有变化，但本质未变。而自此伊始，这两个因素便像两颗种子深深埋在了他的心中，一左一右，构成属于他自己的两极，忽此忽彼，两相呼应，而他迄今为止的作品，皆可作如是观。《阿桃》/《王勃之死》、《古玩》/ *DV CHINA*、《流年》/《廉吏于成龙》、《危城》/《天津闲人》、《蚀》/《村戏》，均可对应于"传统/先锋"。当然，这样的比对略显绝对，但相对而言，却大致如此。

三、三个阶段

在"传统/先锋"两个因素的作用下，郑大圣的优势慢慢凸显出来。与其他导演相比，他的创作不仅多元（横跨电视电影、纪录片、电影、电视剧、戏曲、话剧、宣传片等等），且不论创作什么，尽皆精品，其艺术成就之高，真令"无数导演竞折腰"。为了对其作品有一个更好地了解，本文将其创作分为三个阶段来谈。

【1】 李彬、郑大圣：《行走在电影的路上——青年导演郑大圣访谈》，《北京电影学院学报》2003年第4期，第94页。

【2】 同上。

第一阶段，从《阿桃》到《流年》，中间包括《王勃之死》、《古玩》和 *DV CHINA*，这一阶段可称之为是“寻找中国”阶段，是他的艺术探索期，也是他的生命经验期。从郑大圣的访谈中我们可以得知，《阿桃》的创作，和他自己小时候在“五七干校”的经历有关，影片中阿桃和怡兰及其他女孩们之间那种简单的欢乐、纯纯的友谊、淡淡的忧愁，是他对于那一时期自我生命体验的一次回眸；而《王勃之死》，则是自我诘问的一次历史映照，他对于中国文人精神的追索，以及对中国文人的描画，是其“自我画像”的一次外延；至于《古玩》，则对“历史、文物、人”之间的关系进行了新的思索，到底是“人玩物”，还是“物玩人”，引人深思，此作可看作是郑大圣对于国人“文化根性”的一种观照；而《流年》，则是为了纪念他去世的父亲而拍摄的，影片中的父亲角色——姚安濂所饰演的警察——实际上承载着大圣强烈的自我情感投射。至此，由“父亲的缺席性在场”(《阿桃》)，中间穿越历史，再回到“父亲的在场性缺席”(《流年》)，郑大圣完成了一次由“历史的流年”到“现实的流年”的历时性过程，在影像风格上，也基本完成了“散文电影”(《阿桃》)、“诗赋电影”(《王勃之死》)、“戏剧电影”(《古玩》)、“纪录电影”(*DV CHINA*)、“现实主义电影”(《流年》)的多种尝试和探索。最重要的是，在此阶段，他基本完成了一次“寻找中国”的精神与生命之旅。

第二阶段，从话剧《萨勒姆的女巫》到世博宣传片《和谐中国》，中间包括越剧《唐琬》、戏曲电影《廉吏于成龙》。这一阶段，虽然只有《廉吏于成龙》这么一部电影，但这一阶段却无疑是郑大圣的突破期，也可以称之为“爆发期”或“转折期”。可以说，这部获得第27届中国电影金鸡奖最佳戏曲片奖和第13届中国电影华表奖优秀戏曲片奖的影片，既是他长期以来实验、探索、思考的一次成功突围，也是他形成自己的美学理念、建构自己美学形态的开始，并对他以后的创作产生了重大而又深远的影响。朱枫导演对此片大加赞赏，并认为郑大圣执导电影《廉吏于成龙》的理念，并不是简单地想尽量利用电影艺术的手法去展示一部传统舞台戏曲，而是试图通过对一部传统舞台戏曲的阐释来拓展电影艺术无限的可能性，这个过程既是戏曲与电影界面的融合，同时又是电影与戏曲边界的延伸，借用一个中国电影在婴幼时期惯用的名称——影戏，电影《廉吏于成龙》正是这样一部具有强烈自觉的美学意识的“先锋影戏”。[1]

第三阶段，从《天津闲人》到《村戏》，中间包括《危城》《蚀》(五部)，这一阶段，可称之为郑大圣的“大发展期”，或者是“美学自觉期”。也就是说，郑大圣将他在《廉吏于成龙》中所形成的美学理念，开始自觉地运用到他的一系列影片创作之中，并不断开掘，是以这些影片虽各有各面，甚至一体两面(如《天津闲人》/《危城》)，但其美学探索却是一以贯之的，并最终在《村戏》中达到一个新的高度。如果说,《天津闲人》是一出京剧，那么《危城》就是一出昆曲;《蚀》(五部)是一出连台本戏，那么《村戏》就是一出梆子历史大戏。至此，郑大圣已渐入化境，不管是何题材、何年代、何故事，只要到其手中，他都会将其变成一部精彩的影，一台绝伦的戏。

四、四个个案

为了更好地理解郑大圣导演的创作，本文将精选其四部作品对其进行分析。由于其第一阶段的作品已多有评介，在此不再多论。[2] 精选

【1】朱枫:《先锋与救赎》，载李亦中、厉震林主编，万传法执行主编《海上影谭(第一辑)》，上海人民出版社，2016，第4页。

【2】相关资料可参见李镇论文《镜中的行者——郑大圣和他的电视电影》，谭政、张燕论文《影像的行者——青年导演郑大圣作品分析》等。

的四部集中在第二、第三阶段，分别是《廉吏于成龙》、《天津闲人》、《危城》和《村戏》，而在这四部当中,《村戏》是重点。

《廉吏于成龙》是由上海京剧院和上海电影集团联合摄制的一部影片，自一甫出，广获好评，于成龙的扮演者——上海京剧院著名表演艺术家尚长荣先生——用“妙用虚实，出入古今”对该片进行了高度概括，而康王爷的扮演者——上海京剧院著名表演艺术家关栋天先生——则认为，这部作品是当前戏曲电影创作中一次宝贵的创新性影戏实验。导演真正在用电影说话，努力尝试各种新颖的电影技巧，突破舞台特有的起承转合的空间局限，充满虚实相间意味的转场手法显得娴熟自如，很多东西对传统戏曲电影的程式进行了颠覆。[1]

笔者认为，该片打破了传统戏曲电影长久以来是“将戏就影”还是“将影就戏”的两难困局，使得“戏”“影”不仅皆“活”，且更相得益彰，使之产生了质的飞跃，是一次“戏”“影”的蒙太奇实验。其突破之处在于：

1. 该片让先锋的“露”激活了传统的“藏”。观看此片，最大的感受之一是影片的大胆裸露：裸露拍摄场地，裸露摄影棚，裸露灯光，裸露布景，裸露琴师，如此等等，不一而足。郑大圣对此的解释是，拍完《廉吏于成龙》后，他从小在里边瞎逛、曾是他心目中的魔术盒子的五号棚、六号棚将被拆除，将被“彻底终结”，所以他有一种将之留在胶片上的强烈冲动。[2]至于琴师，他则认为琴师的表现其实是主人公内心潜在人格的一个外化、显现。[3]上述两点，可视为是郑大圣之所

【1】聂伟、郭丽莉：《“影”“戏”互文与叙事现代性创新——京剧电影〈廉吏于成龙〉研讨会纪要》,《电影新作》2009年第3期，第5页。

【2】郑大圣：《天津往事，影像记忆：〈天津闲人〉和〈危城〉》，载倪震、许元编著《中国新导演微访谈》，中国电影出版社，2013，第165页。

【3】《戏曲电影仍有一个开放的前景和未来——郑大圣与尚长荣对话戏曲电影》，整理：龙海燕、石雪,《上海戏剧》2016年第5期，第8页。

以如此“裸露”的原因，然而，郑大圣在谈及此前排练的话剧《萨勒姆的女巫》时，却又说道，话剧那种“裸露材质、裸露结构”的处理，是受启发于解构主义建筑学的本体论和方法论。[1]结合这两种说法，笔者认为，郑大圣所采用的“裸露”，一方面固然是其自我情结等使然，但另一方面，早在《廉吏于成龙》之前在话剧《萨勒姆的女巫》中的尝试，已让郑大圣看到了其所要的效果，即先锋的使用所带来的能量显现。所以笔者认为，其实正是这种先锋“裸露”的进入，才使得传统里以“藏”为主的一切，得到了意想不到的呈现，正如于成龙酒酣时的脱衣，使得传统的内在得到了大解放。

2. 该片让先锋的“变”破了传统的“不变”。以往拍戏曲电影，要么实景，要么纯舞台，尤其后者，也就是所谓的舞台艺术片，由于恪守程式和规则，这类艺术片大多只起到记录和档案的作用。但对于一门子心思求变、深具先锋思想的郑大圣来说，这种“不变”是必须要打破的。他说道：影/戏、虚/实，其间分寸如何拿捏？……苦思冥想之下，他决定“无视”这个片种与生俱来的美学两难，放手一搏。“无视”前提的二元预设，就心无滞碍，就能颠覆前提、重新假定前提，就有可能找到新的突破口。有意识地“跨界”，在历史文献/现代世界、实景/棚景、实物/无实物、故事/表演、剧中人/表演者之间穿越、往还，调动一切能调动起来的电影视听元素，追求对戏曲表演的自由诠释。[2]由此可见，其所获得的这个自由的效果正是来自于他所学到的先锋实践：不断重设前提，不断求变。

3. 该片让先锋的“碎”破了传统的“整”。先锋的一个表征就是“碎片化”，其完整性来自于重新组合，重新拼接。在《廉吏于成龙》这部影片里，传统完整意义上的“段”，被电影化地“分割”“重组”，譬

【1】郑大圣：《专业工作总结》，2010年9月9日。
【2】同上。

如斗酒的高潮戏，影片调用俯拍、摇移、高速、中近特来回切换，将舞台上一个完整的唱段，经过蒙太奇的分割重组后，使其大大超越了舞台的精彩程度，令人更觉酣畅淋漓，回味无穷。

然而，此先锋的进入并不是为了取而代之，而是为了打破“影/戏”的界限，打破“虚/实”的界限，打破“隔/不隔”的界限，使影片达到一种纯粹自我的自由的目的。譬如探查监狱一场戏，再譬如夫妻团聚那场戏，镜头在虚实之间来回穿梭，犹入无人之境，“隔”变成了“不隔”，影随戏来，戏随影动。朱枫导演认为，电影《廉吏于成龙》正从“写意戏剧”走向“写意影戏”。[1]不过，笔者在此强调的是，《廉吏于成龙》真正的成功，在于郑大圣找到了一条“先锋与传统”真正融合的道路，让先锋成功“激活”了传统，因此它使得先锋因为传统有了用武之地，也使得传统因为先锋而重新焕发出活力。

《天津闲人》和《危城》则应该结合起来分析，这不仅是因为这两部影片是一起拍摄的，也是因为它们本来就是郑大圣心目中的一对组合。在谈及这两部影片的改编时，郑大圣说道，这两篇小说都发生在1937年天津沦陷的那个时间段，但一个是市井系列里的人物，一个是大户人家里的故事。我的初衷是想：一个城市沦陷了，对很多人来说，是不同的沦陷。对于同一个时间段的同一个城市，在不同的阶层、不同的生活场域看来，完全是不同的面貌和人生。所以想让《天津闲人》和《危城》之间暗含着一种松散的、不那么紧密的这一面和那一面的对照。[2]

因此，笔者是将这两部影片看作一个整体来分析，尽管这两部影片是完全独立的，完全可以分开来研究，但笔者认为，这种放在一起的方式，似乎更能靠近郑大圣导演的本意。而通过比较，我们发现，这两部

【1】朱枫：《先锋与救赎》，载李亦中、厉震林主编，万传法执行主编《海上影谭（第一辑）》，上海人民出版社，2016，第6页。

【2】郑大圣、蒲剑、林黎胜、李镇《危城》四人谈，《当代电影》2013年第1期，第51页。

影片具有如下特征：

1.《天津闲人》代表着“先锋”的一面，《危城》则代表着“传统”的一面。正如前文所说，自《廉吏于成龙》之后，郑大圣将自己初步形成的美学理念开始进一步深化，之所以“一体两面”，大概也是想做一次尝试。所以，在《天津闲人》里，我们看到了各种先锋性的实验：通过说书人、通过银幕的分割、圈出遮挡、字幕、老照片和音响的对位组合、色彩饱和度动态变化、加速减速、主观镜头、瞬间夸张化的表演，甚至直接移植戏曲等手段，[1]将“天津闲人”的众生相，活脱脱给勾勒了出来，不仅形似，而且神似。而就故事的讲述而言，一开始，现实发生的故事就是说书人讲述的故事，故事呈“假性”，但当故事的主人公闯进说书人的现场之后，故事开始呈“真性”，也就是说，故事的主人公从说书人的故事里“走”出来了。然而，当他质问现场观众“我说的是真的，你们为嘛不信”时，其“真性”又走向了“假性”。这种“真真假假”所构成的叙事方式，既是开放式的，也是现代式的、迷宫式的；然而《危城》，则一改《天津闲人》的多变，将人物放置于传统的楼台亭阁之中，将人物还原到“仕女”的标准，对其进行细腻入微的观察。而且，在此影片之中，对以“二嫂”为代表的传统之美、传统之厚、传统之坚，给予了充分的欣赏。

2.《天津闲人》代表着“京剧”，《危城》则代表着“昆曲”。不知郑大圣在创作之初是不是这样预设的，但从现在的影片来看，正如前文所述，郑大圣将热热闹闹的《天津闲人》做成了京剧，而将安安静静的《危城》做成了昆曲。一个走男，一个走女；一个走外，一个走内；一个走闹，一个走静；一个走直接，一个走含蓄；一个走“露”，一个走“藏”；一个走浮，一个走定；一个走热火，一个走雅致；一个走武戏，

【1】郑大圣、蒲剑、林黎胜、李镇《危城》四人谈，《当代电影》2013年第1期，第52页。

一个走文戏；一个走《三岔口》，一个走《牡丹亭》。可谓相得益彰，相映成趣。

如此的描述，我们还可以用《天津闲人》代表“快板”、《危城》代表“慢板”等来进一步细分，但非常清楚的是，郑大圣通过这种“二合一”的创作，既想让观众看到同一时间不同人生的反应，也更想让观众看到同一相似故事的不同表述方式，而这种组合拳的意图在于，你若想更好地理解《天津闲人》，你最好去看《危城》；而你若想更好地理解《危城》，就必须去看《天津闲人》。

《村戏》是郑大圣2017年的最新力作，上海国际电影节期间在上海电影博物馆“五号棚”的首映，人满为患，场面火爆。《廉吏于成龙》当年从“五号棚、六号棚”走出去，而如今《村戏》重回“五号棚”（当然并非原先的五号棚），期间绝非是一次简单的轮回，而是代表了一种新的美学高度的超越。

《村戏》的口碑，自然赞誉多多，著名导演彭小莲认为：“电影拍得非常好看，这里是演员好，因为他们就是活生生的当地人，完全带你进入那个村子的生存环境；摄影好，好得让你融化在故事里；化服道好，因为你看见那个年代的真实的情境和人们的衣食住行；录音好，在虚实有致的声音处理里，表达着人物的情绪；剪接好，使得运动摄影流畅，表现得更加彻底；音乐好，导演把地方戏曲的文化，渗透进影片中；正是这一切，构成了电影语言——Film Language；导演好，好在他控制住了所有的这些表现！”[1]“一部精彩成熟的作品，摄影机运动、表演、台词……都堪称上品。”[2]“《村戏》真棒！荒诞而残酷的内核，真实而夸张的表现，风格独特的视觉呈现，在人物、空间、场景、舞台、动

【1】 彭小莲：《〈村戏〉为什么好看》，拍电影网：http: //www.pmovie.com/news/4278.html，2017年7月5日。

【2】 张泠2017年6月19日微信推文。

作、戏曲等的多种勾连下建立起了一个多重而又令人深思的民族寓言和国家表述。”[1] 如此这般的评论还有很多，但本文更想对这部影片的内在机制进行分析。

1. 双戏同构：《打金枝》和“打疯子”是一出戏

在这部影片中，郑大圣构建了一个非常绝妙的“双戏同构”的结构，即《打金枝》这出戏和“打疯子”这出戏是一出戏。《打金枝》是晋剧著名的剧本，说的是唐代宗将女儿升平公主许配给汾阳王郭子仪七子郭暧为妻。时值汾阳王花甲寿辰，子、婿纷纷前往拜寿，唯独升平公主不往，引起议论，郭暧怒而回宫，打了公主。在影片中，奎疯子无疑是村书记眼中的“金枝”，因为当年正是奎疯子的“大义灭亲”，才使得村子领到了救济粮，是村子里的“大功臣”，然而现在，为了分田，为了分到奎疯子“霸占”的九亩半，村民们一致将矛头对准了奎疯子，并将他“打”进了精神病院。从表面上看，排演《打金枝》这出戏是实，打奎疯子是虚，但从实质上看，排演并无内容，也就是说《打金枝》是个空壳，是虚的，而打奎疯子却是实实在在、清晰可见的。如此一来，虚实转换之间，打奎疯子也就成了《打金枝》的真正内容，至此，本来不甚紧密的二者，获得了蒙太奇般的化学反应，并将影片的意义一下推向深远。这里面包含几层意思：奎疯子占着九亩半，在某种程度上，他是土豪，“打土豪，分田地”也就成了本片的潜在主题，而这一主题，与共产党一直以来的土地政策，是一脉相承的，现实与历史有了呼应。此外，打奎疯子这个“金枝”的郭暧，既包括书记、路老鹤这样的干部，也包括普通村民（小芬除外），更包括他自己的亲生儿子，在一场“上头”发起的号召中，奎疯子这个当年的功臣，遭到了众叛亲离，并被流放关押，其中乱象，又与另一时期惊人地相似，它不仅成为后来历

【1】 万传法2017年6月18日微信推文。

史的预言，也成为整个民族的寓言。

2.“裸”戏和“藏”戏同构

如果我们将上述“双戏同构”视为一个整体的“裸”戏，并指向政治、历史、民族的话，那么，“藏”戏——张奎生打自己女儿彩云这个“金枝”——也就成为人性与道德的试金石。在这儿，张奎生也变为郭暧，与《打金枝》有所重叠的是，张奎生因为打“金枝”，也得到了来自“上边”的奖赏，独占九亩半，白拿工分等，然与《打金枝》又有所不同的是，戏里的郭暧从此过上了幸福的生活，但影片中的这一个郭暧，却从此变“疯”了，这是既有自我惩罚，也有奖赏/惩罚、集体/个人、大义/亲情等割裂或二元对立所造成的巨大创伤。然而，郑大圣的批判或思考还远不止于此，正如影片之中每一个人都有可能变成郭暧一样，这一“裸”“藏”同构，将我们普遍的人性与民族性，即人人都是打手，人人都是疯子，一同放在了审判台上，接受来自“上帝”的审问。

3. 民间戏和官方戏同构

与此同时，这部影片还包含一个民间戏与官方戏同构的过程。《打金枝》作为民间戏，在此之前还遭批判，很多道具服装都已被损坏。然而，时移势易，如今《打金枝》这部民间戏受到了“官方钦定”，必须要演，这显示出意识形态的主导性，而《打金枝》整个的排练过程，也就成为受意识形态的训导，一步步由民间戏变为官方戏的过程，而这个“官方化”的过程，也就是一步步剥离真实的过程。这种剥离，使得冷漠麻木变得正常，使得暗中交易变得正常，使得自私自利变得正常，可以说，郑大圣正是通过这一同构关系，揭示了某种历史及现实的实质。

此外，我们还可以找到“现实主义/表现主义同构”和“理性/非理性”等的同构，而在这种同构关系的建构中，我们看到了郑大圣所建立起来的“双内核”的美学体系，这种“双内核”，我们可以用“双涡轮”等来指代。而这种“双内核”是指，在这部影片中存在着一个“传统戏核”，同时也存在着一个“先锋戏核”。传统戏核着意于寻找、守护、弥合，先锋戏核则着意于重设前提、分解、重组。它们既是可见的（譬如以小芬为代表的守，以路老鹤等人为代表的攻），又是不可见的，是一种深层结构，但时时都在运作，都在起作用。

五、五个特色

综上所述，我们可以看到郑大圣在其创作中，逐渐形成了如下五个主要特色：

1. 建立了以“传统戏曲”为本的“戏之魂”

始于很多年前的那次回国寻找，让郑大圣找到了属于自己的以“传统戏曲为本”的“戏之魂”。这里必须澄清的是，郑大圣以“传统为本”，并不代表他完全迷恋传统，固守传统，而是以传统为本，并养成了“庖丁解牛”式的观照。在他的影片中，这种以“传统戏曲为本”的“戏之魂”，体现在如下几个方面：（1）除了戏曲电影《廉吏于成龙》之外，戏曲元素广泛运用于他的几乎所有影片之中，《村戏》自不必说，《天津闲人》《流年》《阿桃》等，都或多或少放置其中。（2）很多影片的剪辑是以戏曲的锣鼓经为剪辑点的。“在剪接上，要有故事片的意识，也要严格遵从京剧的锣鼓经。”[1]（3）戏曲的运用，有时是影片的隐喻性结构，譬如《天津闲人》，戏曲《三岔口》的运用，是影片的“戏中戏”，也是全片的隐喻性所在。（4）戏曲的结构外化为叙事结构，譬如《蚀》便接近于连台本戏。（5）戏曲中所传达出来的“精气神”，成为郑大圣自觉的创作原则，特别是戏曲中讲究的“气韵呼吸”，更被他广泛

【1】《戏曲电影仍有一个开放的前景和未来——郑大圣与尚长荣对话戏曲电影》，整理：龙海燕、石雪，《上海戏剧》2016年第5期，第8页。

运用，如《危城》：我跟我的美术和摄影说的是，我们要尽可能利用庭院里的门、窗、走廊来构图。用中国庭院里最中性、最暧昧的空间做前景。在中国庭院里这些东西的功能是间隔，但同时又能通透。我跟摄影说，这就是故事里男女主角的关系。[1]通过“隔/通透”的诠释，郑大圣找到了适合于这部影片人物、结构、节奏的气息，而这基本就是一种戏曲的做法。（6）戏曲中的美学，特别是“写意美学”，成为郑大圣的自觉追求。《廉吏于成龙》《危城》等，都是这方面的代表作。

2. 建立了以“先锋”为用的“戏之力”

对因追求先锋而去留学同时又经历了艰苦的先锋历练的郑大圣来说，先锋的一切已成为他知识体系、美学体系中不可分割的一部分，这正如他的家学渊源所自然带给他的传统的熏陶一样，都是无法摒弃的。因此，先锋的一面，在郑大圣的影片中不仅随处可见，更成为“激活”他创作的“戏之力”。这种“先锋为用”，具体如下：（1）先锋作为一种技巧，使影片的影像、时空或节奏产生一种新鲜感；（2）先锋作为一种手法，被用于各种蒙太奇的实验，在影片《流年》中，郑大圣通过剪影和声画蒙太奇的方式，再现了姚安濂所饰演的警察的将军梦，不仅形象传神，而且夺人心魄；（3）先锋作为一种结构方法，给予影片以极其新颖的叙事结构，前文所述的《天津闲人》等就是如此，它使得叙事结局呈现开放，以及一种真假的暧昧之中，拓宽了叙事的艺术；（4）先锋作为一种意识和理念，让郑大圣的影片部部非同一般，《廉吏于成龙》《村戏》等是其中的典范。

3. 注重复合文本和连台本戏式的多面式或多线式构建

郑大圣的创作，愈到后来愈呈现出一种摆脱单一叙事的趋向和努力，开始越来越注重复合文本和连台本戏式的多面式或多线式构建，前

【1】郑大圣、蒲剑、林黎胜、李镇《危城》四人谈，《当代电影》2013年第1期，第54页。

文所分析的《天津闲人》和《危城》，就是一种复合文本多面式建构的尝试。到了《蚀》，郑大圣将茅盾的小说《蚀》三部曲，改为五部各自独立但却又紧密相关的连环故事，这种结构模式，非常类似于戏曲中的“连台本戏”。同时，这五部影片分别以陆梅丽、胡抱素、章秋柳等人为主线，依次进行叙述，但组合起来，却又是一个多线叙事的结构，第一部中的主角会在第二部中成为配角，然后交叉往来，组成了一个线头清晰但又叙事多元的模式。而彭小莲也意识到了这一点，认为：大圣已经从单纯的讲故事走向多线的叙述，《村戏》首先是从每一个个体，以及人物的生活状态出发，从村民的经济条件开始展现他们的命运，将他们在大时代里的几分几厘的价值需求扔给观众，在演员的对白里、摄影的光影下，导演的镜头语言中，一一展现。多线，让影片拉出了生活的毛边，这就是Film！[1]

4. 重新设定的冲动有利于调动一切手段，其丰富性十足

由于有了先锋的观念，有了传统的激活，郑大圣在试图打破一切禁忌中，有着一种调动一切手段来加强人物维度、故事维度、思想维度的冲动，所以在他的影片中，你会惊叹于“这种手段也能用？！”“这样也行？！”等等的各种不可能之中，并为之迷醉，为之折服。《廉吏于成龙》《天津闲人》《村戏》等，都是这方面的代表作。譬如在《村戏》中，当奎疯子跟踪两位妇女来到磨油房时，郑大圣用了连续快切、手持摄影、广角、主观蒙太奇、声画对位等手段，将奎疯子的心理时空和现实时空的对立，表现得精准独特，异彩纷呈。在这里，既有一种先锋的实验，但更是一种对于极致的追求，这种追求，包含了对于多种艺术元素的理解，以及对其加以调动使用的智慧。

【1】 彭小莲：《〈村戏〉为什么好看》，拍电影网：http: //www.pmovie.com/news/4278.html，2017年7月5日。

5. 建立了“传统与先锋相融”的美学体系

从《阿桃》所开始的美学寻找，到《廉吏于成龙》借用先锋对传统的成功激活，再到《村戏》所建立的“双内核”的建构，郑大圣逐步建立起了自己的美学体系，那就是“传统与先锋相融”的美学思想。但这种“相融”，并非是我们所理解的“你中有我，我中有你”这么简单，而是饱含着递进的几层关系：（1）用先锋之“刀”，划开传统的外衣，并去其糟粕；（2）用先锋之“火”，激活传统之体；（3）用先锋之“液”，使传统产生化学反应；（4）用先锋之“手”，使传统得以重组，并重新焕发光彩；（5）用先锋之“引擎”，与传统之“引擎”产生共振，且互为动力。

在中国电影史上，由于几乎没有人进行过“先锋”的学习和实践，所以在美学的追求上，大多走“向内”的路子，而郑大圣实打实的先锋历练，使得他驾驭这种“双内核”或“双引擎”“双涡轮”的美学成为可能，而从《廉吏于成龙》和《村戏》等影片中，我们也已领略到了这种美学的魅力。

六、六个方面及七个心相

除了上述五个特色之外，郑大圣还在诸多方面实践着他的探索，由于篇幅有限，在此只集中谈其中的六个：1. 跨界与融合。郑大圣的跨界与融合之路其实早已开启，在他的《专业工作总结》中，他对自己在专业上的要求就是：积极跨界、寻求融合。譬如在执导话剧《萨勒姆的女巫》时，将解构主义的理念和电影的手法运用其中。借鉴电影常用的闪回，以剪影投映的形态，便利地截取最关键的瞬间插入到线性叙事中，将讲述者和事发现场安排在前后两个演区、同时呈现。剧场效果是明显的，演出实况印证了电影化的、蒙太奇式的调度对提升传统剧作的节奏和观感是便捷而强效的手段。2. 叙事的虚线。与“现实的渐近线”类似的是，在郑大圣的创作中，也有一条渐近线，但这条线并非是写实的渐近线，而是“写意–表现”的一条渐近线，它构成了郑大圣作品中叙事的虚线。如《村戏》中五个年龄最长的老人坐在马、恩、列等人的画像下，不用多言，叙事自生。3. 非职业演员的大量使用。如《天津闲人》中苏鸿达的扮演者，是一名相声演员；《危城》中的二嫂的扮演者，也未曾演过电影；而《村戏》，更是当地的群众和地方戏剧团的人员。但在郑大圣的手中，他们的表演却达到了出神入化的境界。4.空间。《阿桃》中的湘西、《古玩》中的老北京自不待言，在《廉吏于成龙》中，整个空间完全“活”了，而至《天津闲人》《危城》，他借用上海车墩的景拍摄，营造出老天津的味道，却令人毫无违和感。到了《村戏》，更是令人叫绝，整个村庄的空间层次在郑大圣的镜头调度下，达到了一种既符合叙事又高度表现的效果。5. 历史与时间。迄今为止，郑大圣描写现实题材的剧情片只有《流年》，其他都几乎是清一色的“年代戏”，按他自己的说法，凡是历史中的人和情境，对他来说更感亲近。在价值观上，他厚古薄今。然而看他的影片，又感觉到强烈的现实指涉性，究其原因很多，但主要的一点，在于他喜欢想象自己出现在某朝某代某条街上与历史人物相遇对谈的一种热望，一种情境预设。6. 主流与商业。从“独人电影”开始，一直到《村戏》，郑大圣在艺术创作方面已经取得了令人瞩目的成就，但一个有意思的现象是，他至今并未进入主流与商业。有评论者认为，在中国当代电影中，他是一个远离商业，甚至也远离争议与话题，而专注电影本身的另类，他的生存空间不能不说是狭小的，只能在“电视电影”这样的机制与投资规模中做自己的电影，但这些电影依然积累起郑大圣的声誉。[1] 这样的评论将郑大圣的电影固定

【1】 苏七七：《直面历史：在现实主义与表现主义的映照中——谈郑大圣〈村戏〉》，深焦Deep Focus，2017年7月16日。

在“艺术电影”的位置上。不过依笔者看来，这样的定位既对又不对。对的是，郑大圣确实是致力于电影的艺术性的开拓，不对的是，郑大圣几乎所有的作品，虽是低成本，但基本都是国营资本。所以笔者认为，郑大圣进入主流与商业似乎也并不遥远。

由此，让我们再回到郑大圣所显现出的七个心相上来。由《行者》而出，我们看到了一个在电影艺术的探索上孜孜不倦的践行者；而对于“传统及自我”的寻觅，使得他真正看清了传统，并开始自觉地担当起传统为本的守者；对先锋的追求，以及先锋的历练，让他时刻都在“求变求新”的道路上奋进，是个十足的变者；而难能可贵的是，他始终处在“重新设定”的语境中，并一直思考如何弥补上一部影片的缺陷，天生是一个思者；同时，他绝非眼高手低，也绝非恃才傲物，而是一个踏踏实实的求者；此外，天生的好奇心，以及对于多元化的认知，使他总想做一个多元的融者；而他的天资聪颖，他的融会贯通，却让他真正做到了一个化者。至此，七个心相所赋形的“七者大圣”，让我们对于郑大圣导演有了一个更为清晰的认识，可以说，得益于先锋训练和传统学养的他，是当今海派电影的真正代表者：开放、多元、求变、求新；同时也代表着中国电影的未来：随性、自觉、大气、知难而进。

（该文发表于《当代电影》2017年第10期）

理智与情感：杨德昌的情感困惑与作者立场
——杨德昌及其电影研究

【摘　要】与《小城之春》之类影片相比，杨德昌在处理“理智与情感”方面，表现出强烈的作者“在场”。杨德昌的作品，更多是杨德昌自我“理智与情感”的结果，是作者的自我冲突，是一种典型的介入式写作，这种写作方式，由于多倾向于对自我历史、自我情感、自我情绪等的反刍，使之呈现出一种“自我氧化”的效果，本文认为，杨德昌正是通过这种“包浆式写作”，使其作品具有了一种非凡的“光泽”。

【关键词】理智　情感　自我氧化　反刍　包浆式写作

一、杨德昌的现代性书写

杨德昌之于当下，意义尤其重大，他所坚持的现代性批判与反思，在当下因其匮乏而尤显弥足珍贵，这也是在杨德昌逝世十周年之后，其地位反而越来越重要的主要原因之一。

2017年的香港国际电影节和台湾桃园电影节上，出现了两个名字相同的“致敬单元”：十年再见杨德昌。在致敬单元中，完整呈现了杨德昌导演的七部经典作品，热爱电影的影迷们也得以再次在他书写的影像中“延长三倍生命”。作为台湾新电影运动的旗手之一，于2007年6月29日因癌症与世长辞后，杨德昌导演已经离开我们整整十年。其身前是七部作品共同传达出的“独立，不苟同”之音，身后是留待后人凝视追随的决绝背影。

侯孝贤、杨德昌和蔡明亮可以说是台湾最具国际影响力的三大导演，三者的电影美学呈现出台湾电影的三种文化指向，并在交错之中展现了台湾电影和社会中前现代、现代与后现代的复杂关系。侯孝贤与杨德昌同为台湾电影新浪潮的代表人物，他们的电影作品存在一个相同的范畴，即“历史”。这也是台湾新浪潮运动与世界其他地区新浪潮运动的区别之所在。他们并不想要割裂当下与历史及传统的联系，在他们看来，世人的种种困惑正是来自于历史与过往，所以他们也书写历史。但侯孝贤与杨德昌在电影美学和面对时代变迁的选择上又有所不同。在台湾新电影运动时期，侯孝贤的作品呈现出“抒情性”的散文式风格，关注于台湾乡土的“本土人文主义”，诉说着台湾社会从前现代到现代之间的家国故事与图景。杨德昌的视角则是面向现代化转型中的都市，更多以现代生活为背景，呈现出更为冷峻的写实风格。

台湾新电影运动于1986年宣告结束，而彼时的台湾社会也面临一个新的历史节点。伴随着开放和经济社会发展，商业全球化裹挟着新的商业法则、生活习惯、社会文化和价值观进入到台湾社会，传统的社会文化结构逐渐崩塌，台湾社会和历史进入到一个全新的全球化语境之中。现代化的都市飞速发展，新的社会阶层出现，一系列现代性转型决定了台湾电影的核心焦点也需要进行改变。侯孝贤选择一种“想象性的怀旧”，继续尝试重写被扭曲过的家国史诗，通过自己的创作系统在影片中创造出“中国气韵”和“东方美学”。所谓“怀旧”即为“怀乡”，这种反应或者说“策略”其实是面对现代性时的一种“撤退”，抑或“实用主义式的接受”。[1]而杨德昌对此的选择则是做一名观察者和批判者，

【1】 安东尼·吉登斯:《现代性的后果》，田禾译，译林出版社，2011，第134页。

他将镜头对准完成现代化转型的台湾都市和生活，影像变为都市生活的文化表征，在种种冲突和矛盾中呈现出现代性自身的破碎和错位。他观察和书写自幼生活的社会如何在现代性这一“后传统的秩序”中逐渐崩塌，批判现代性导致的日常生活的转型下人的异化，最终用影像构建起属于他的现代性观念，并且“把他的现代性观念通过一种巧妙的叙述方式展现在观众面前”。[1]

进入20世纪90年代后，台湾新电影进入了一个全球化的空间，“台湾”作为一个地域空间的标志逐渐在电影中被抽离。这是在现代性空前强化的时期，台湾电影和都市共同面临的一个处境：在全球化的商业规则和文化入侵中，电影和城市的“空间”变得广阔同时又狭窄。而台北就是整个台湾命运的缩影。这座城市作为台湾现代性转型的代表，在其他人的电影中也许是缺失的，但在杨德昌的电影中，台北始终是其影像书写的直接背景和主角之一。他导演的第二部长片《青梅竹马》，英文片名为“Taipei Story”（台北故事），实际可以说他的每一部影片都是“台北故事”。这是一个影片的故事发生地点的选择问题，且包含两个范畴：一是其影片故事都发生在台北这一都市环境内；二是不同的影片中，故事发生的社区、街道、建筑、房间和城市的整体规划展现。比如《青梅竹马》中的玻璃现代建筑，《恐怖分子》中的办公室，《牯岭街少年杀人事件》中的学校，《独立时代》中晨与夜中的都市，《麻将》中的后现代居室，《一一》中婷婷初吻时的街道等，每一个地点的选择都是精细设计的，并在空间和叙事两个层面上塑造了电影的结构。工程师出身、对建筑学有着浓厚兴趣的杨德昌，创造出属于自己的一种城市叙事。一如曾经的柏林、东京、上海，台北在杨德昌的影像中拥有了自己的文本间性。都市是现代性集中体现和展示的场所，台北也不例外。而

【1】让-米歇尔·付东：《杨德昌的电影世界》，杨海帝、冯寿农译，商务印书馆，2011，第38页。

电影的产生和发展本身也是现代性的一部分，并且诞生在都市之中。城市现代性使人们的日常生活发生转型，最显著的便是“城市景观”的转变。这种转变又直接影响了电影影像的面貌，反过来在影像中重构了城市的物理空间。杨德昌的都市现实主义书写就是遵循此种路径，不仅仅是对台北都市和社会现实的再现，更是在为台北的城市空间书写一种新的影像文本，以完成对城市现代性的思考和批判。

杨德昌在台湾电影新浪潮结束后，略显“孤独”地继续自己的电影旅程。面对台湾社会的现代化转型，他站在一个艺术家的立场上选择了参与和介入，表达自己对现代性的批判与审视，并且革新了台湾电影的语法。而在差不多同时期的中国大陆，在“第五代”电影以《红高粱》为代表达到巅峰之后，同样面对社会的再次转型和现代化浪潮的冲击，大陆电影却没能建立起一个现代性书写的新方式。一直到当下，大陆的都市和当年的台北已经相当接近，但这种都市现实主义书写依旧欠缺。这是否是因为在大陆的现代化过程中，现代性在本质上是“缺席”的？这样的境遇可谓是这个时代的迷思。

二、理智与情感：两个世界的杨德昌

长期以来，杨德昌的风格被定位为知性风格。知性风格背后还有一系列关键词：知识分子、工科背景、论文式影像、分析力、社会批判性、自省与反思等等。这种风格定位应当有两个指向：一是指向杨德昌本人的特质，二是指向其作品作为“作者电影”的特质。不过人们往往会将二者混为一谈。但不管是指向哪一个，这样的判断都略显单一。因为这样的判断往往只是基于杨德昌的理智的科学精神，却忽略了其情感和感性的美学主义。在笔者看来，杨德昌最终显示出的这种“知性风格”恰恰来自于其理智与情感的冲突，并且这种冲突带有极强的现代性特征。现代性被强调为一种理性的文化精神，在精神维度上体现为自我意识与个体的主体性，以及契约化和理性化的公共文化精神。“现代性的特征并不是为新事物而接受新事物，而是对整个反思性的确证，这当然也包括对反思自身的反思。”[1]杨德昌本人的经历使得他处在美国文化、中国传统文化和欧洲现代主义艺术的中间地带，他所居住的台北也是一个传统与现代交汇的地点。面对这样的时代现状，杨德昌在观察和分析时将现代性引入其中，同时试图掩藏起内在的痛苦。“正是这样一种既有作者的个人人生经历，又夹杂了政治和社会大背景的对现实的认识，构成了杨氏风格的现代性。”[2]可以说，他个人是一种现代性的标本：立足于自己，又时刻审视、反思自己。

1. 影片中的理智与情感

杨德昌获得了计算机专业硕士学位，精通信息工程，对建筑学和古典音乐兴趣浓厚。这些背景共同造就了其电影在剧本结构和剪辑设计上理智、精密的特色。杨德昌的电影都拥有一个复杂精细的叙事结构，基本都是多线索的故事框架。这是他用以展现和接近世界的复杂性的一种方式。在其深受安东尼奥尼影响的第一部长片《海滩的一天》中，他开始使用日后成为其典型风格的多重叙事结构。整部影片由一个又一个的回忆片段串联，张艾嘉饰演的佳莉作为故事的主线，通过其讲述让整个故事变得清晰。杨德昌打破故事的时间顺序，看似任意切换时间场景，但在每一个场景中他都安排了不同的人物片段以保证故事的推进和节奏清晰。在这种精妙的叙事安排下，电影的叙事获得开放性，也赋予了观众想象的空间。他在影片中对于夫妻关系和人物情感的刻画细致入微，客观冷静地完成对日常生活的记录，同时又将敏感地捕捉到的细微心理变化置于镜头之中。在这部长片处女作中，杨德昌展示了自己“左半脑”的才华。

【1】 安东尼·吉登斯：《现代性的后果》，田禾译，译林出版社，2011，第37页。
【2】 让-米歇尔·付东：《杨德昌的电影世界》，杨海帝、冯寿农译，商务印书馆，2011，第38页。

这种多线索的叙事结构在他之后的影片中得以延续，同时他还在尝试增加影片中出现的人物，让这些人物来交织出影片的多重叙事结构。在影片《恐怖分子》中，杨德昌泛化了主人公的意义，让电影中存在多名主人公。他要做的不是同时讲述多个人物的生活故事，而是意图表现人物之间互动关系的本质。为此，他先将场景与画面打乱，看似毫无联系地剪辑在一起，之后又将看似随机的人物行动联系在一起。比如片中的摄影师小强目睹混混和警察间的一场混战，他拍下的照片成为之后他和女友分手的导火索。看似混乱的叙事结构和人物安排背后仍然是杨德昌严谨的设计与介入。这种叙事结构和人物关系的设计特点在其最后一部作品《一一》中达到巅峰。该片结构异常复杂，同时情节推进极其清晰。电影围绕着一个家庭和与之相关的人物，编织出一个结构复杂的人际网络，并在网络之间延伸出开放的意义空间。

上述是杨德昌电影中理智的部分，而他的电影同时也具有强烈的情感张力。《海滩的一天》中，佳莉和德伟在无法把握的时代和生活面前，被沉默磨平了感情。直到德伟消失，佳莉在海滩上无言转身离开，电影中充满了现实的无力感。《青梅竹马》中，金钱和家庭相互角力，人物则成了这种斗争的牺牲品。阿贞与阿隆“青梅竹马”的感情走向尽头，生活带来的盲目让情感找不到归宿，往昔带来的哀愁与现实产生的困惑使得影片的情感效果如此悲凉。《恐怖分子》里的每个人都在悲剧的范围之中，无从逃脱，哪怕有两个结局。《牯岭街少年杀人事件》中多重影像表现出阴郁沉重的生活，丰盈的男性与少年情感与他想言说的历史和时代一起凝结在小四捅刀的瞬间。当然某种程度上也展现了其本人的镜像自恋。《独立时代》用漫画式的笔法描绘假面与虚伪，同时又让这些台北年轻人的情感碰撞与时代困惑在精妙的镜头设计下暴露无遗。《麻将》中的混乱和失序在阴郁的色调中激荡徘徊，每个人似乎都是疯狂的，但每个人又似乎都毫无选择。《一一》中，NJ的台词观众听懂的越多，就越能感觉影片中人物和情感的束缚。当然，杨德昌在洋洋的身上留下了温情和希望。此外，在杨德昌的所有影片中，我们都能看出女性形象的特殊地位。他对影片中的女性角色投注了特殊的温柔、尊敬与同情，这种个人的情感使得他影片中的女性形象格外鲜活、立体。上述只是杨德昌电影中情感世界的一部分，而正是理智与情感这两部分共同造就了杨德昌电影的作者特质。

2. 现实中的理智与情感

杨德昌在个人生活中有过两段引起众多话题的婚姻：一是与蔡琴的十年的柏拉图式的婚姻，二是与彭铠立的结合成家。蔡琴于1984年主演了杨德昌的《青梅竹马》，之后杨德昌对其展开追求，两人于1985年步入婚姻殿堂。在这段感情中，杨德昌选择与蔡琴进行一场柏拉图式的感情。这也许可以解读成是杨德昌对精神之恋的追求。但在十年中，他的电影却都表现出对爱情的某种不认可，或是乏味或是虚伪。而在与彭铠立结合后，他们的婚姻与世俗普通人的生活无异，此时的电影反而开始表现出对爱情的认可。笔者无意于评说杨德昌导演的私人感情，但从他的感情经历却大致可以看出一种潜藏的悖论。即使是在精神世界之中，杨德昌的理智与情感也始终存在复杂的冲突。

而这种冲突最终介入到他的电影作品中。与其他影片中角色自身的“理智与情感”不同，杨德昌的作品，更多的是其自我“理智与情感”的结果，是作者性的自我冲突，是一种典型的介入式写作。有人批评杨德昌喜欢在电影中“说教”，在笔者看来，他更像是在“传教”。他在电影中选取自己的代言人，向观众传达自己对世界的观察、警示、不安与热情。电影是杨德昌介入社会的方式，是他批判社会、了解世界的手段。同时他又以自己的方法介入电影，甚至清楚地告诉观众，作为设计者的导演本人同样也在戏中。

《一一》中的洋洋、《独立时代》中的鸿鸿、《恐怖分子》中的郁芬和马绍君、《牯岭街少年杀人事件》中的片场导演，这些角色在一定程度上都是杨德昌在影片中的代言人，是他把自己的思辨、质疑和批判具象化的产物。《一一》中，洋洋总爱拍别人的背部，这就是杨德昌自己，他在观察世界的时候，也总是看着世界背后的面向。此外，他为电影构筑的时空环境在某些方面也都是其个人处境的映射。《麻将》中激荡在全球化中的台北都市，《一一》中旋涡般的人际网络，更不用提《牯岭街少年杀人事件》中那个特别而又绵长的时代。

所以，看杨德昌的影片，我们更多感到的是杨德昌自我的冲突。或许可以把他的作品称作是一种“包浆式影片”——每一部影片中都能看到作者的自我氧化。

三、自我氧化与包浆式影片

包浆，原为古玩行业专业术语，指文物表面由于长时间氧化形成的氧化层。“包浆”其实就是“光泽”，专指古器物经过长年累月之后，在表面上形成这样一层自然的光泽。不只瓷器、木器、玉器、铜器、牙雕、文玩，书画、碑拓等纸绢制品也都有包浆。[1] 正如前文所说，杨德昌的作品，由于更多是自我“理智与情感”投射的结果，而这种个性化投射一旦完成，便使得杨德昌的影片不必完全依赖于外部，而是自身构成了一种氧化，笔者称之为“自我氧化”。 小野在谈到杨德昌的地位越来越高时认为，他的题材本身所触碰到的虽然是来自历史背景，可是他触碰到的是人的困境和人的内心比较黑暗的东西，或者说比较绝望的人际关系这种疏离，现在还全部成立。[2] 在这里，小野所提到的人的

【1】 参见“百度百科”：http: //baike.baidu.com/link？ url=JxIBiogmwZq9dV85Ou-y4NC11pDlpYiYZzF5yCOcscU4TJ60wOIzHwkwX4hwWrbbvVNZqUg9qJzVYc07SSHrNion4TPMuVA-8OrM56Ji8w3。

【2】《十年祭 | 小野：我和杨德昌曾是彼此的恐怖分子》，深焦Deep Focus，2017年6月29日。

困境，正是杨德昌自身的困境，在每部影片中，这种困境——理智与情感——的不断“自我氧化”，构成了杨德昌最有魅力的部分。而这种自我氧化所形成的“包浆”，主要体现在如下几个方面：

1. 自我氧化之一：自我历史的反刍

“历史”是杨德昌电影中的一个重要范畴。杨德昌一方面尝试从历史中为当下的问题寻找解释，一方面试图用影像重写之前被扭曲的历史。而他介入历史的方式是通过个体自我历史的反刍完成对社会历史的注解。《牯岭街少年杀人事件》就是以这种方式创作的杰作，是由个人记忆、社会事件和历史背景三种力量交织出的史诗。

这部影片脱胎于杨德昌的生活经历和个人记忆。影片的灵感来源于台湾当时的一则社会新闻：1961年6月15日，台北牯岭街，一个叫茅武的中学生杀死了同校的一名女生。这桩事件在社会上引起很大的轰动，本片的片名就直接使用了当时的新闻标题。这件事在当时也震撼了杨德昌，虽然他本人不认识茅武，但身边有些朋友跟茅武很熟。这使他觉得这件事情离他如此之近。而当他着手做这部电影时，他的兴趣不在茅武具体的动机，而是那个时代和环境。他自己、他的同辈、他的父辈共同经历的一个时代，一个对他们和台湾社会起到决定性作用的时代。所以他是以自己的青春和记忆搭建了一个瞭望台，俯瞰整个台湾一段动荡的社会历史。

在创作中，杨德昌将其个体的成长史“浸泡”在剧作中。他本人于1949年举家迁至台北，在此之前，其父亲任职“中央印制厂”。1959年他考取了建国中学初中夜间部，1960年插班考上了建国中学日间部。这个细节与小四在片中的经历完全一致。这部电影的大部分内容其实都是在呈现一种日常，甚至是有些琐碎的日常：街头聚集满了旧书摊、群聚的日式建筑、街坊邻居的吵闹拌嘴、小混混之间经常发生的斗殴、呆板的学校、少年们逃离家庭的摇滚音乐会。这些杨德昌自我历史中的经历被他以高度节制的美学风格转化到镜头中，占据了影片的主体。而彼时的历史与政治则在看似角落的地方出没：马路上不时驶过的坦克，天空中战斗机的轰鸣，远处士兵模糊的身影，以及被传唤的父亲。“白色恐怖”下专制统治的台湾社会隐现其中。这样的社会历史本来是影片的主要范畴和动力，是少年杀人事件的根源，是越轨、混乱和压抑的源头，是那个时代特殊性所在。但杨德昌在电影中把它变成了一个模糊而厚重的身影，一个幽灵，将其放置在生活世界的背后。这恰恰让我们更容易找到一个切口，去进入和面对影片中的整个世界。

然而，《牯岭街少年杀人事件》并非孤例，纵观杨德昌的创作，不管是早期的短片《指望》，还是后来的《海滩的一天》《青梅竹马》《恐怖分子》，抑或再后来的《独立时代》《麻将》《一一》，我们都能看到杨德昌的个人成长史，在将其打碎、变形，特别是将其与现实糅合在一起之后，其个人成长史与社会现实及历史之间，便获得了某种同构，或者说，更是获得了个人历史的无限延伸，取得了个人史即社会史的效果，而这种效果的获得，无疑是个人历史的不断反刍的结果。

2. 自我氧化之二：自我情感的反刍

杨德昌的现实情感困惑——个人困境——具体表现在柏拉图式精神之恋的绝对性和世俗爱情的相对性之间。当有人问起杨德昌是否相信爱情时，他的回答是，我很相信，就是非常相信才有这种关怀，我也许经历太多的事情，但是绝不会对爱情怀疑，我觉得爱情是每个人都需要的东西。我只是对初中、高中、大学时碰到一般对爱情比较不实在的诠释，表示一种抗议。[1] 在此，不管我们读解出的是爱情创伤，还是对爱情的某种过度相信抑或失望，其潜意识里所透露出来的那种矛盾性，却极好地再次验证了上述观点。

杨德昌的这种情感困惑，不仅影响了他自身，也深刻地影响了他影

【1】 郑慧芊访问杨德昌，原刊《世界电影》杂志第182期，1983年12月。后辑入李幼新编《港台六大导演》，台北自立晚报社，1986。

片中的角色人物，从《指望》开始，爱情的创伤，以及对爱情的不相信，一度指证着纯粹爱情的缺席，在杨德昌的影片里一一上演。在影片《海滩的一天》中，纯粹的爱情，或许只存在于林佳森和谭蔚青的恋爱，以及林佳莉为了自由恋爱而前往投靠程德伟的冲动之中，而随后则是各自的渐行渐远，以及无尽的等待、空虚、背叛、冷漠与彼此伤害，虽然爱情的创伤让林佳莉成长了起来，但对于纯粹爱情的缅怀，以及对于爱情的不相信，却被固置了下来。在《青梅竹马》中，是阿隆和阿贞爱情的日渐背离，以及与都市环境相称的荒原化；在《恐怖分子》中，则是李立中的无助与绝望，以及妻子的背叛与消失；到了《牯岭街少年杀人事件》中，由于爱情与非爱情的巨大偏差，最终导致了一场刺杀；而在《独立时代》中，这种困惑更是贯穿在每个人物身上，爱情的无序，以及爱情的单向性所换来的无力感，充斥着整部影片。

到了《麻将》与《一一》，杨德昌虽然表现出了某种对于纯粹爱情的回归（这与他和彭铠立的婚姻有关），但先前的困惑依然存在。或者说，当真正的爱情由缺席变为在场后，情感的困惑被另一种书写方式代替了。一方面，它通过次要角色体现出来，如《麻将》中的香港，以及《一一》中的婷婷、胖子、丽丽等；另一方面，则是变相地通过讲述自己的爱情故事——以NJ和旧情人的重叙旧情——完成了某种对于真爱的献祭。

总而言之，杨德昌正是通过这种自我情感的反复书写，达到了一种对于社会现实的认知，而有意思的是，这种自我情感反刍的频率与强度，与对社会现实反思与批判的广度与深度，是成正比的。

3. 自我氧化之三：自我情绪–暴力的反刍

在诸多的采访中，很多被采访人都谈到了杨德昌安全感的缺乏，譬如小野。这种缺乏或曰匮乏，以及由此所带来的对于周围人的不信任，使得他始终与当下的社会现实之间保持着一种紧张的关系，这种紧张关系一方面让他冷静、谨小慎微，另一方面又让他潜意识里以一种“暴力”的方式发泄着自己的压抑，并以此表达着他对于这个社会的“对抗姿态”。所以，对于“暴力”的无意识表达，一直是杨德昌的征候之一，虽然自《麻将》之后，杨德昌更多展现出一种“温情”，但对于“暴力”的表述，却始终不曾间断过。在林奕华的文章《杨德昌写给世人的七封信》中，他也看到了这点：在鲜血迸溅或流淌的地方，杨德昌总是会让镜头停留一小会儿。自杀者无言的头颅靠在水池边，血液停顿了一阵，终于走了出来，像水一样平常地淌进水池（《恐怖分子》）。捅向心爱的人的刀，一刀，两刀，一共结结实实的四刀（《牯岭街少年杀人事件》）。伴随着追问突然射出的枪，一枪，追问，再一枪，再追问，再一枪，一句比一句紧迫的追问。被枪击者痛苦地扭曲着，而霓虹灯光出奇地冷静，不因枪声改变闪烁变幻的频率……（《麻将》）。杨德昌描述了一种冷静的暴力，这里绝没有自恋加嗜血杂交而成的“暴力美学”。[1] 而在小野的访谈中，他也谈及这一点：《青梅竹马》是这样一个结局，一个中年人很失意，在一个很荒谬的情况下就被一个年轻人一刀干掉了，到了《恐怖分子》的时候更恐怖了，因为《恐怖分子》拿枪杀了好几个人，到了《牯岭街少年杀人事件》算是一场大屠杀，我们就开玩笑讲说他越杀越多，就说哇，他从杀一个到杀好几个到杀一堆。[2]

在影片《一一》中，一场看不见的血腥暴力，也被杨德昌安置在情节的重要关节点上，婷婷的初恋对象胖子，也是她邻居丽丽的男友，误以为丽丽和她的老师有染，冲动之下杀了那个男人。这一杀戮场景虽然被杨德昌省略掉了，但地上的血迹，却指证着暴力的存在。它不仅彻底打碎了婷婷的爱情幻想，也以一种惨烈的方式，宣告了杨德昌始终挥之不去的一种情感及社会表达。在他看来，暴力在我们“看见”或“看不

【1】林奕华：《杨德昌写给世人的七封信》，大豆奇遇电影微信推文，2017年6月29日。

【2】《十年祭 | 小野：我和杨德昌曾是彼此的恐怖分子》，深焦Deep Focus，2017年6月29日。

见”的地方，都普遍存在，而社会的真相也便正如他在《恐怖分子》中所宣称的：人人都是恐怖分子。当然，杨德昌的暴力并非仅仅以打架斗殴、杀戮的方式表现出来，也广泛弥漫于我们所熟知的各种“冷暴力”之中，譬如《海滩的一天》中林佳莉和程德伟之间的日渐隔膜和疏离，《恐怖分子》中的“恶作剧”电话等，都将这种“冷暴力”广泛化和日常化。因此，不同于快意恩仇的“暴力美学”，杨德昌的“暴力反刍”，除了是个人的一种姿态外，更多是在一种社会读解的基础上表达一种更为普遍的“绝望”。

4. 自我氧化之四：一种特殊关系的反刍

一种特殊关系，在此是指介入和伤害的关系。由于缺乏安全感，由于对周围人不信任，所以导致杨德昌的人物关系，存在着一种萨特式“他人即地狱”的特征，这种特殊关系的存在，是杨德昌借助人物关系来阐释他的社会意识的一种自然反映。

在影片《指望》中，一个虽然并不融洽但却相安无事的“女儿国”里，男大学生的介入，不仅打破了这一平衡，也使得女主人公遭遇了一场青春的情感创伤；在《海滩的一天》中，父亲的角色是林佳森恋情的直接摧毁者，也是林佳莉人生的间接破坏者；《恐怖分子》中，人人都是恐怖分子的理念，渗透到每个角色人物身上，每个人物互相的介入，最终导致了一场杀戮。而这一点在《独立时代》中，表现得更为淋漓尽致，所有人物的纵横交叉，非但没有带来改观，反而是更加的无序，以及彼此的伤害；而在《牯岭街少年杀人事件》中，女主人公小明的“被动介入”，令所有男性角色纷纷折戟；到了《麻将》和《一一》，所有的介入，不是以分裂、杀戮结束，就是以伤害或回归既定现实结束，所有的人物，几乎都带着伤痕，继续承受着未来的折磨和残酷。

杨德昌对这种特殊关系的迷恋，既是自我与社会关系的一种投射，也是以个人为坐标，完成了对于现代性社会的一种深刻体察。

5. 自我氧化之五：求死意志的反刍

在某种程度上，杨德昌是一个悲观主义者，他的这种悲观，带有一种先知的味道，看到了这个世界未来的某种结局，这使得杨德昌要比同时代人，甚至后来的人，都要走得远。

因此，在人物命运的安排上，杨德昌并不期待一种完美的结果，而是潜意识里，塑造了因绝望而放弃自我、以求死来完成自我的某种“英雄”。赖声羽曾对《青梅竹马》的结尾这样评论道：对许多观众来说，影片的结尾——阿隆的死——因为片子太低调了，不容易察觉到它的重要性，甚至会误以为是一桩偶发事件，一个牵强的结局，或是一种“炫弄死亡与空虚”的把戏。就阿隆个人来说，他的事业无成，他的“美国梦”破灭了，他和阿贞的感情也有问题；更要紧的是，他并不喜欢台湾目前这个崇尚物质、不讲伦理和人情的社会。他的生命停顿了，不再有生机了，他大半的时间都是活在过去的世界，过去的回忆中，因此，阿隆的死也可以说是意料中的，他后来的酗酒、赌钱和打架固然是发泄个人的抑郁，但也是一种潜意识的自杀，一种“死之愿望”的实现。[1]

赖声羽的这一解释，或许正是点到了杨德昌的思想之穴，以此延伸开来，程德伟的海滩失踪，李立中的枪击或自杀，哈尼的死，小明被小四刺杀，红鱼父亲和情人的自杀，如此等等，构成了杨德昌的“求死英雄”系列，他们代表着杨德昌的世界观及人生观，骨子里所透露出来的悲观和关怀，经由他的反刍，获得了对于这个现实世界的某种悲悯式凝视。

四、一种比较及结语

综上所述，杨德昌的电影书写方式是一种包浆式写作。在不断自我

【1】 赖声羽：《青梅竹马》，《电影欣赏》1985年第14期。

氧化的过程中，不时与社会现实交融在一起，并最终达到不可分甚至“淹没”社会现实的一种效果。

为了能更好地理解杨德昌的这种自我氧化，笔者想以侯孝贤和黑泽明与他做一个简单的比较。他曾经的亲密伙伴、另一位台湾新电影大师侯孝贤的创作方式无疑是一种“真情式写作”。在他的镜头里，我们看到的是一群鲜明生动、极其生活化的人物，演员融入精心设置的环境之中，情感、动作和台词在情境的刺激中自然流露。看他的影片，你会被影片中所流露出的真情、真诚所感动，那种景语、镜语、人语的天然合一，为侯孝贤的“人文本土”赋予了一种浓厚的深情，身陷其中，往往会被情所“化”。而对于黑泽明而言，他的电影书写，往往如同他影片中的人物一样——追求一种自我的修炼——是一种修炼式写作，不管是《无悔于我们的青春》《美好的星期天》，还是《酩酊天使》《野良犬》等，在黑泽明的笔下，都展现出通过自我修炼以对抗外部环境并表达出一种对美好未来的良好愿望。

因此，与侯孝贤通过“自我真情式”写作和黑泽明通过“自我修炼式”写作不同，杨德昌更多是通过“自我氧化-自我反刍式”写作来完成自己的创作旨归的。固然，杨德昌绵密的叙事结构、叙事逻辑、叙事关系自成一格，但笔者认为，杨德昌及杨德昌电影的魅力，却恰恰来自于这些“自我氧化”，以及“包浆式”写作，因为，这才是他的“光泽”。

（该文发表于《上海大学学报（社会科学版）》2018年第7期）